徳間文庫

恋々

東山彰良

徳間書店

もくじ

恋々たるわれを、つれなく見捨て去る当時《そのかみ》に未練があればあるほど、
人も犬も草も木もめちゃくちゃである。

夏目漱石『虞美人草』より

第1部　好きにならずにいられない

1

「へぇえ、そんなんで卒業できるんだ」

「単位制だから出席日数とか関係ないんですよ。学年もないし」

「マジで？」白いマスクの上で柳沢聡《やなぎさわさとし》の目が丸くなった。「単位ってどういう計算なの？」

「週に一時間の授業を一年間とったら一単位もらえるんです。うちの高校は七十四単位とらないと卒業できないことになってたけど、まあ、試験でどうにでもなりましたね」

「でも高良《たから》くんって、ひきこもってたようには見えないね」

「そうですか」僕はうずらの卵を盛る手を休めずに返事をした。「どんな感じに見えるんです?」

「ガタイはいいけど、スポーツマンって感じじゃないしなぁ」

柳沢の声をふたたび聞くまで、弁当箱が何個もベルトコンベアーにのって流れていった。

「タイのチェンマイにいたときにさ、バイクであのへんをひとりでまわってる日本人と会ったことがあるんだけど、その人、ガンの治療中でね。頭なんかつるつるで眉毛もなかった。マレー半島をバイクでくだって、シンガポールまでいったら船に積んでオーストラリアにいくって言ってたよ。もう長くなかったんだろうね」

「その人と僕が似てるんですか?」

「高良くんっていま大学一年生でしょ?」

「はい」

「十八?」

「はい」

「外見が似てるってわけじゃないんだけど」と、柳沢は言った。「ただ、その人もたしか十八だったなと思ってね」

うずらの卵を盛りそこない、僕はマスクから口を解放して声を張りあげた。「フォール！」

班長が停止ボタンを押してコンベアーを逆走させると、パートのおばさんたちがいっせいにぶうぶう言ってきた。

「それって僕も死にそうだってことですか？」

「いや、飄々《ひょうひょう》としてるってことだよ」

ブザーが鳴り、コンベアーが動きだす。

そもそも、このアルバイトを紹介してくれたのは母だ。父が死んでから母は弁当屋で働くようになったが、その弁当屋が弁当を仕入れている弁当工場が常時アルバイトを募集していると聞きつけたのだ。

工場は家から自転車で三十分ほどの、大きな汚れた川のほとりにある。すぐれた作家ならば迫真のプロレタリア小説が書けそうな界隈《かいわい》だ。学校の体育館ほどの広さがあって、工場と言われて思い浮かべてしまうありとあらゆる特徴をすべて持ちあわせている。雨染みのついたくすんだ外壁、スレート屋根、煙草を吹かすおばさんたち、この世でカップ酒がだれよりも似合う男たち、まるでだれかの家にいるようなあの独特の生活臭――朝の七時から夜の十時までは時給九百円、夜の十時から翌朝の七時までは千百円。僕は週に三、四回ほど夜のシフトに入っていた。

二機横ならびのベルトコンベアー（A機とB機）に十人が一列にならばされ、どんどん流れてくる弁当箱に自分の担当するおかずを盛っていくだけの流れ作業だが、これが慣れるまではなかなかむずかしい。ビニール手袋をした手でおかずを盛るわけだが、コンベアーのスピードは信じられないくらい速い。盛りつけに失敗したやつが「フォール」と叫べば、班長のおばさんがボタンを押してコンベアーを止めてくれる。コンベアーは逆方向にも動く。初日、僕は夜が明けるまでに四十一回もコンベアーを止めた。アルバイトのほとんどが口から先に生まれてきたようなおばさんたちだったけど、案の定、非難ごうごうだった。ちくわを弁当箱に盛るのがちょっと遅いだけで命とりになる世界だった。

恐ろしい勢いで流れてくる弁当箱には一瞬たりとも気がぬけないのに、おばさんたちの手はそれ以上に速く、おばさんたちの口はもっと速かった。せっせと唐揚げや卵焼きや魚の切り身を盛りながら、ひっきりなしに休みの人の悪口を言ったり、嫁の悪口を言ったり、脳梗塞で半身不随になった旦那の悪口を言ったり、パチンコの話に花を咲かせるのがあたりまえだった。コンベアーは弁当だけじゃなく、おばさんたちの人生ものせて流れていた。

そんななかで深夜に九時間も作業をするわけだから、男同士が群れて自衛するようになるのも無理からぬことだった。実際、男はこの工場では弱者だ。しかも、圧倒的に。この工場をアメリカだとすると、僕たちはさしずめブータン人くらいの位置づけだろう。自然、コンベアーにもかたまってならんだ。みんな、おびえていた。僕たちはおずおずとおたがいに頭を下げ、何週間もかけてやっと挨拶を交わす間柄になり、おばさんたちに目をつけられないようになるべくひっそりと息をした。

で、たいていのやつは一日ももたないと教えてくれたのが柳沢だった。前に二週間耐えた大学生が最後の最後に班長に弁当を投げつけたことがある、と。彼は僕より八つ年上で、長髪髭面《ひげづら》、大学を出てからは就職もせず、この工場でアルバイトをしては世界各地を放浪し、金が尽きるとまた舞いもどってくるということをもう何年も辛抱強くくりかえしていた。

ジェットコースターみたいに流れてくる弁当箱に柳沢は唐揚げを、僕はうずらの卵を盛った。

「日本語試験を受けた中国人の話って知ってる？」

僕は黙々とうずらの卵と闘った。

「『あたかも』を使って短文をつくりなさい」柳沢は勝手にしゃべった。「冷蔵庫に牛乳があたかもしれない」

「………」

「『どんより』を使って短文をつくりなさい。僕はうどんより、そばが好きです」

「えっ！　ははは！」また盛りを失敗してしまった。「フォール！」

班長が停止ボタンを押し、おばさんたちがギャーギャーわめいた。

「ははは！　ははは！　うどんよりそばが好き？　ああ、柳沢さん……そんな話、えっ？　どこで……あーははは！」

ブザーが鳴り、コンベアーが動きだす。

「『打って変わって』を使って短い文をつくりなさい。彼は麻薬を打って、変わってしまった」

「ハハハハ！　は、腹が、腹が！」ふるえる手でうずらの卵を盛りなおす。「ヒヒヒ、ケケケケ！　えっ、麻薬を打って変わってしまったって！」

フォール、と叫んでから、柳沢は僕にむきなおった。「こんな古いジョークでこれだけ笑えるなんて、きみ、ほんとにひきこもってたんだね」

班長が停止ボタンを押し、おばさんたちはおびえたような目をこっちにむけた。何人かが持ち場を離れて休憩をとりにいった。

僕は涙をぬぐい、体をよじってひとしきり笑いこけた。息も絶え絶えだった。それから夜が明けるまで、弁当箱におかずを盛って盛って盛りまくった。休憩時間は六十分とれることになっているけど、休憩をとらなければ一時間早くあがれるのだ。

2

僕が高校へ通ったのは二十四日間だけで、人の流れに逆らうことに罪悪感を感じていて、人の流れに逆らうやつらのなかにあってさえ居場所がなく、人の流れに逆らうことの意味なんかまるでわかっていなかった。

最初に違和感に気づいたのは中学生のときだ。

ある朝、目が覚めると、世界はもうすっかり狂っていた。理由はわからない。これかもしれないという心あたりならある。ささいな勘違いをして出したメールを、三島《みしま》愛《あい》が学校裏サイトにアップしたのだ。

しばらくして、僕は学校へいけなくなった。吐き気と下痢。制服を着て家を出るたびにそのどっちかに、もしくは両方に襲われた。心療内科で薬ももらったし、親は親らしいことをいろいろしてくれた。おかげで中学二年生のうちは騙《だま》し騙しやっていけた。涙がとまらないときには、なんともありきたりだな、と自分でも内心苦笑いしていた。

が、中三にあがってすぐ、もっと大きな波がやってきた。上手く言えないけれど、過去のある時点までもどってそこから人生をやりなおせないのがひどく理不尽に思え、それならば前に進んでも仕方がないような気がした。

その朝、家を出ていつもの道をとぼとぼ歩いていると、肩口になにかがベチャッと落ちてきた。僕は足を止め、顔をよじって自分の肩を見た。みずみずしくはじけた白いペンキのなかに、緑がほどよくブレンドされている。

鳥の糞だった。

世界を動かしている巨大な歯車は秒刻みでちゃんと機能している。僕は空を仰ぎ見た。赤信号はやっぱり止まれで、朝の喧騒は永遠にくりかえされ、太陽は相変わらず暖かく、口から入ったものはいずれ尻から出てくる。自分が消滅しても、それはずっと変わることはない。僕はうな垂れて家に着替えに帰り、そのまま四年間膝を抱えてすごした。

ただし、いけなくなったのではない。ここのところは、はっきりさせておかねばならない。学校へいかない、いかなくなったのだ。つまり、いこうと思えばいけた。

こういう場合、鬱《うつ》ということにしておくのが、いちばんおさまりがいい。実際、鬱の診断はびっくりするくらい簡単だった。インターネットであらかじめ情報を収集していたから、どうやるかはすっかり心得ていた。最初の診察で、体がだるい、やる気が出ない、死ぬことばかり考えるなどと口走り、つぎの診察でもおなじことをくりかえせば、それで立派な鬱患者のいっちょあがりだった。

鬱という肩書きは便利だった。がんばれ、というのは鬱患者には禁句だから、だれからもせっつかれない。処方してもらった薬なんかろくに服《の》みもしなかった。母は僕の前では努めて明るくふるまったし、姉は僕が生きようが死のうがどうでもいいみたいだった。父が口出しをしたのは一度きりで、名前さえ書けばだれでも入れて、しかも出席なんかしなくても定期試験だけ受ければちゃんと卒業させてくれる単位制高校の入学願書をとってきてくれたときだけだった。「とにかく、いまこの瞬間をうしろに押しやることだけを考えなさい」父はそう言った。

その高校は行き着くところまで行き着いてしまったやつらの吹き溜まりだった。入学式のあとで、学校の備品を故意に壊したら一千万円支払う旨に同意する契約書に全員がサインさせられ、担任からは週に何回学校へくるのかを訊かれた（三回、五回、試験だけ、午前、午後という選択肢があった）。「三回の午後だけ」というのがいちばん多く、僕も最初はそうしていたのだが、三週間で「試験だけ」に切りかえてしまった。

耐えられなかったのだ。他校を何度も退学になって最後の最後にこの高校に流れついてきた先輩たちにも、クラスメートたちにも。先輩たちのなかには成人している人もいて、そういう人たちは暴力的な感じのする車で登校した。女子の半数以上が援助交際をしていて、いちばん美人で志の高い娘なら、パパにマンションを買ってもらうのも夢じゃなかった。そういう娘たちは一軍選手で、二軍の女子たちは死に物狂いで一軍選手のふりをするか、さもなければ本当に死ぬことばかりを考えていた。死ぬことばかり考えていたのは男子もおなじで、そんなやつらにとって麻薬と性病は死を先のばしにするための代償のようなものだった。学校全体で毎年すくなくともひとりは自殺者が出たし、僕がちゃんと通った、たった三週間のあいだでさえ出た。

僕に関していえば、自分が本当に死にたいのかどうか、いまいち自信が持てなかった。一度、団地の屋上から飛び下りてみようとしたことはある。フェンスを乗り越え、下のアスファルトをにらみつけながら人の生き死にの確率について考えてみたのは、そのときだった。いま、この瞬間、僕はここから飛び下りることができる。飛び下りないこともできる。つまり、死ぬ確率も生きる確率もおなじ二分の一。明日も今日とおなじだとすれば、生死の確率はやはり二分の一ずつ。だけど、今日死なない選択をしても、明日もそうするとはかぎらない。今日死なない選択をし、明日も死なない選択をする確率は二分の一×二分の一で四分の一――そんな具合に頭のなかで二×二×二を七回くりかえしてみた。すると、一週間連続で死なない選択をする確率は百二十八分の一になった。これはちゃんと考えてみなければならない。僕はフェンスのなかへもどり、小さな煉瓦《れんが》の欠片《かけら》で屋上の地面に二×二×二の計算をえんえん三十回くりかえした（一時間半くらいかかった）。すると、一カ月連続で死なない選択をする確率が出た。なんということだ。十億七千三百七十四万一千八百二十四分の一!?

夕焼け空の下で、人が生きつづける選択をするのはほとんど奇跡だな、と途方に暮れたのをいまでも憶えている。なのに通勤電車は毎日ぎゅうぎゅう詰めで、失業者たちは団結し、アフガニスタンでは着実にテロリストが育ってきている。なぜなんだ？　いったいなにが人を生かすのか？

この世界には僕にだけ知らされてない大切なことがある。そうにちがいない。そこで死ぬのはやめにして、ふつうにひきこもって物思いに耽《ふけ》ることにした。

学校へいかないからといって、家からも出られなかったわけじゃない。ゲームにもインターネットにも通行人を手あたりしだいに包丁で刺すことにもさほど興味がなかったから、なぜか家にあったサッカーボールでリフティングの練習ばかりしていた。

高校三年間で五百回くらいできるようになった。

あとは自転車に乗ってよく図書館へ出かけた。本なんかべつにどうでもよかったのだが、人間、リフティングばかりしているわけにはいかないし、本を読むと母が安心した。ひとりの時間はほとんど本を読んですごした。つまりリフティングの練習以外は、ずうっと本を読んでいたことになる。読めば読むほど空っぽだった自分が満たされ、頭でっかちのニセモノになってゆく感覚が心地よかった。ニセモノこそこの世界を牛耳《ぎゅうじ》っているやつらの正体で、僕はそのニセモノにすらなりきれないでいた。まさにそこが問題だったのだ。

大学へ進学しようと思ったのは、父が突然死んでしまったからだ。単身赴任先での、ひどい交通事故のせいだった。不幸中の幸いは姉がもう大学四年で、銀行への就職が内定していたこと。ひとしきり嘆き悲しんだ母と姉は、これからはじまるふたりの生活にびっくりするくらい前むきな姿勢を見せた。

僕としては非常に困ったことになった。父の保険金を蛭《ひる》のように吸い上げて生きるのがいやなら、進学か就職か、さもなければ今度こそ団地の屋上から飛び下りるしかなかった（実際、姉からはしょっちゅう「死ねば？」と言われていた）。

　進学は消去法を採用した結果だった。それは高校三年の冬のことで、すでにどの大学も願書の受け付けを締め切っていた。ほとんど初対面の担任に相談すると、何枚かの書類にサインをさせられた。それだけだった。数日後、K大から入学許可がとどいた。厳正なる審査の結果、貴殿は推薦枠の条件を完全に満たしている、目玉が飛び出るほどの入学金と授業料を期日までに納めるならぜひ我が校に迎えたい云々《うんぬん》。

　考えなおさずにはいられない。K大はとても有名な大学だ。付属高校の野球部は甲子園の常連だし、学長がセクハラで逮捕されたばかりだった。そんな大学へ入って、ちゃんとやっていけるだろうか？　卒業したあと、日本を背負って立つ立派な社畜になれるのだろうか？

「お父さんの保険金もあるし、俺もアルバイトをしようと思うんだ」

　そう言って送られてきた書類を母と姉に見せると、姉がその場でビリビリに破りすててしまった。その剣幕ときたら、まるで僕が亡き父の顔に泥を塗り、おまけに唾まで吐きかけたと言わんばかりだった。手のとどくところにマッチがあれば、姉は紙吹雪になった書類に火もつけたことだろう。手のとどくところに石があれば、僕だってただではすまなかったはずだ。そして、またしてもこう言った。「あんた、マジでいっぺん死ねば？」

姉を恨む気にはなれない。姉は僕にまともになってもらいたいだけなのだ。たとえ彼女の思い描く「まとも」が「おまえみたいなクズはさっさと荷物をまとめてマグロ漁船にでも乗ってこい」という意味だとしても。こっちはなにも文句を言えた筋合いではない。僕はみんなを失望させつづけてきたのだから。

「お姉ちゃん」と、僕は言った。「尻にまで毛がびっしりの、この雌ゴリラめ」

「なんですって！」

つかみあいの喧嘩になった。

遠慮なんかしていられない。なんといっても、これは人生の問題なのだから。僕と姉は、生まれた日にまでさかのぼっておたがいのことをののしりまくった。あのとき、僕は僕なりに間違いを正そうとしていた。

僕が入ったのは人間環境情報学部という新設の学部で、なにを勉強するところかを知る者はほとんどいなかった。先生たちでさえ、自分がなにをやっているのかよくわかっていないみたいだった。

四月の第一週に入学式があり、二週目から授業がはじまったけど、五月になっても六月になっても、授業名と授業内容がちゃんと一致するのは比較文化論と第二外国語の中国語だけだった。

　やがて、だれもが気づいた。自分たちは年間百二十万円もの授業料を払ってインターネットカフェの会員になっちまったのだということを（学長がセクハラで逮捕される前に大量にパソコンを導入していたのだ。そこに学長とパソコン納入業者の黒い癒着があると、覆面の人たちが学内でまいていたビラには書いてあった）。しかも、K大がインターネットカフェよりマシだとはとても言えない。ネットカフェなら、すくなくともジュースだけは飲み放題だ。

　なのに、キャンパスの雰囲気はとことん明るい。理由はすぐにわかった。K大生の大半は中小企業の跡取りで、百年に一度の大不況と言われ、派遣社員が首をバサバサ切られ、正社員たちだってそうなるのも時間の問題だと戦々恐々としているこのご時世にあってさえ、卒業後の心配などは無用の長物だったのだ。不動産の競売物件を競り落としたり、中古車を売ったり、古着を買いつけたりする商売人が知っておくべきは、なるほど、人間と環境と情報のことだ。つまり、K大はそういうやつらをおびき寄せるべく、さながらサーティワンアイスクリームのトリプルのように、この三つのキーワードを景気よく盛った学部を立ちあげたというわけだ。

　実際、アイスクリームとは言いえて妙だ。アイスクリームは甘いけど、人間環境情報学部の授業も甘かった。先生たちは九十分の授業に十五分遅刻してきて、十五分早く終わる。文句を言う者はいない。アイスクリームが金で買えるように、K大の卒業証書も金を出して買うもののようだった。

とはいえ、真面目で厳しい先生もまったくいないわけじゃない。そういう先生は学生に好かれるか、ぶん殴られるかした。入学するまで知らなかったのだが、大学にも校内暴力の問題がちゃんとある。しかも、ある意味、高校より深刻だった。すくなくとも僕の高校には、校舎を半焼させるようなやつはいなかったのだから。高校では教師に手出ししたら問答無用で退学だが、大学はそこのところも自由でのびのびしていた。高い授業料と、そして文部科学省から出る補助金がなにか関係しているにちがいない。

そんな校風だからだろう、女の子は極端にすくなく、しかも二軍ばかりという感じだった。一軍の娘には大学なんか必要ない。花の盛りは短いのだ。そのかわりと言ってはなんだが、中国人がたくさんいた。授業によっては、ここが日本だということを忘れてしまいそうになるほどに。

残念なことに、中国人と日本人はめったに交わらない。僕がK大に入るすこし前、中国人留学生数人が結託して世話役の教授を殺した事件があったけれど、そこまで中国人たちと深くつきあっている日本人は、僕のまわりにはひとりもいなかった。中国人を知るために僕ができることは、中国語の授業に毎回欠かさず出席することだけだった。

中国語の先生によれば授業登録をしているのは十五人だそうだが、実際に授業に出てくるのは僕をふくめて四人だけだった。そのうちのひとりは肩にアイスピックで刺された傷痕を持つ元暴走族で、そいつは入試当日の朝まで仲間たちとぶんぶん走りまわり、その足で受験した。僕がそれを知っているのは、そいつが僕にそう言ったからだ。で、なぜそいつが僕にそんなことを打ち明けたのかといえば、自己紹介のときに僕がうっかり出身校の名前を口走ってしまったからだ。

授業のあとでそいつが話しかけてきて、僕の高校のだれそれの名前をならべたてた。高校には二十四日しかいってないことを教えてやると、そいつは狂喜乱舞してもっと大物の名前をどんどん出してきた。そのなかに偶然知っている名前があった。年に数回、定期試験のときに顔をあわせるだけだったが、その男はいつも仕事明けで酔っぱらっていた。ホストをやっていたのだ。最後の期末試験にはとうとう姿を見せなかった。僕は別段なんとも思わなかった。そんなことは、あの高校ではちっともめずらしいことではなかったからだ。どうせ、①自殺したか、②だれかに殺されたか、③警察に捕まったかだろうとたかをくっていたら、元暴走族によれば②が正解だった。ホストは自分の彼女の親友に麻薬を売りつけて関係を持っていたことがバレ、逆上した彼女に刺し殺されたというのが事の真相だった。

やっぱりね、という顔つきの僕を見て、元暴走族のなかで僕の株はますます上がったようだった。

3

彼女を最初に意識したのは、早めの梅雨が訪れたころだった。

雨が静かに窓ガラスを洗い、暗雲がいまにも落ちてきそうな午後、彼女は比較文化論のクラスでひとりぽつんと窓辺の席にすわっていた。

教壇で列強の帝国主義を批判していたはずの先生は中国人たちの気を惹《ひ》こうとでもいうのか、すこしずつ脱線して上海や青島の異国情緒をほめだした。清朝が青島の租《そ》借《しゃく》権をドイツに認めたのは一八九八年のことで、だから青島にはカトリック教会やチューダー様式の美しい建物がたくさんあるのだ、と。

中国人たちは得意げで、日本人にはチンプンカンプンだった。嘘のような話だが、中国の首都がどこだか見当もつかないようなやつは、ひとりやふたりじゃなかった。

「第一次世界大戦から日本が青島を占領しましたが」通路をぶらぶら歩きまわりながら、先生は力説した。「日本人がもたらしたものは悲劇だけでした！」

中国人たちはうなずきまくり、日本人はやはり頭上にクエスチョンマークをぷかぷか浮かべていた。勉強をしにこんな大学へきたわけじゃない。その点ではみんなおなじだけど、中国人のほうが日本人よりも堂々としていた。先生に意見を求められると、中国人たちはまるでなつかしむように列強に犬扱いされた時代のことを語り、日本人は無言で首をふるのが常だった。

「中国人は馬鹿で卑怯です」

だから髪の長い、目のすこしつり上がった一軍の娘《こ》がそう言ってのけたとき、先生は狼狽《ろうばい》し、日本人は眠りから覚め、中国人はひとり残らず彼女のことをにらみつけた。

「植民地時代の建物を残しておくなんて」彼女は通路をはさんで、僕のななめうしろの席にいた。「レイプされた記念に男の下着をとっておくようなものだと思います」

言葉に詰まった先生のかわりに、中国人の男が応酬した。「僕たち若い世代、日本のことなんて、なんとも思ってない」

「でも、日本にきてるじゃない」

「日本、お金があるよ」男が大げさに肩をすくめると、ほかの中国人たちがくすくす笑った。「僕たち、日本を許したわけじゃないよ。日本が中国になにをしたか、ちゃんと憶えている」

「それはお金のためならだれにでもキスするってことでしょ？」

教室がむんむん殺気をおびてゆくなか、それでも彼女は女王のようにしゃんとしていた。

「ちがう。僕、北京で日本製品の不買運動にも参加したよ。僕の友達、いまでも不買運動をやっている。みんな命がけよ。でも、経済の問題と心の問題はべつね。人間、ごはんを食べなくてはならないから」

「日本製品の不買運動？　中国のミルクからメラミンが検出されて、日本のミルクが中国で飛ぶように売れてるのよ。しかも、何倍もの値段で。それは、なぜ？」

「安全だからでしょ？」

「賭けてもいいけど、あなたの友達だっていまなら日本のミルクを買うでしょ？」

男は言葉を呑み、そのぶん目に力をこめた。

「それで命がけだって言えるの？　へぇえ！」

雨は降りつづいていた。

その日はイギリスの植民地政策の講義だった。先生はK大生になにも期待していないから、あてられた学生がひとりずつ順ぐりに首をふっても平然としていたが、彼女の白くて、なめらかで、良い香りのする手が高らかに挙がったのを見て、傍目《はため》にも明らかなほどどうろたえた。

彼女はシラけた空気のなかで発表した。二百年前にイギリス人がインドでやったことを。オーストラリアでやったことを。まるですべての気高さの見本みたいに。

僕以外、だれも彼女の発表など聞いちゃいなかった。日本人たちはいつものように捉えどころがなかったし、中国人たちはいつものように出る杭《くい》を見るような目つきで彼女のことを見守っていた。

彼女はなにかと闘っていた。僕はそんな彼女の言葉を一言一句もらさずに聞いた。彼女は僕の知らないなにかを知っている。そうじゃなければ、こんなにも毅然《きぜん》としていられるものじゃない。ああ、そうだ、いいぞ、この大学のやつらにイギリス人がどうやってアボリジニを皆殺しにしたかを教えてやれ！

それから先生は僕にあてた。

この教室にも味方がいることを彼女に伝えたくて、僕はすっくと立ち上がった。それに、イギリス人とアボリジニに関しては面白いエピソードがある。面白くて、深くて、しかも白人の本質がわかるようなエピソードが。煉瓦職人ジョージ・オーガスタス・ロビンソンの話だ。

ふりむいた彼女がこっちをまっすぐに見つめている。

「ジョージ・オーガスタス・ロビンソンは煉瓦職人なのですが」教室中の視線を浴びて、僕は発表した。「その人は煉瓦職人なんですが……彼のエピソードをマーク・トウェインが書いていて……えっと、僕は高校生のときその本を読んだんですが……ジョージ・オーガスタス・ロビンソンは煉瓦職人で……」

頭のおかしいやつがここにもいたぞ、という冷ややかな目つきでみんなこっちを見ている。先生でさえ、今日はどうなってるんだ、と言わんばかりに首をふった。

なにも言えなくなってしまった。胸がドキドキして吐きたくなった。そもそもなぜ自分なんかに、人のためになることが言えると思ったのだろう。それ以前に、なぜ僕はこの世に生まれてきてしまったのだろう。

「いまやっているのはイギリスの植民地政策だよ」先生が冷笑した。「『トム・ソーヤーの冒険』はアメリカの話だったと思うがね。いいから、もうすわりなさい」

教室は墓場のように静まりかえっていた。

僕は先生に頭を下げてから着席した。この程度の大学なのだ。先生でさえ、マーク・トウェインといえばトム・ソーヤーしか出てこない。彼女はまだこっちを見ている。ちくしょう、そんな目で俺を見るのはよせ。アボリジニが消滅したのは俺のせいじゃないんだぞ！

どうしたらいいのかさっぱりわからなかった。あまりにもどうしていいのかわからなかったから、あやうく彼女のことを憎んで自分を慰めてしまうところだった。それからあとは、だれの注意も惹かないようにただひたすら小さくなっていた。消えてしまったっていいくらいだった。

ようやく授業が終わり、リュックサックに荷物を詰めているときだった。

「ジョージ・オーガスタス・ロビンソンってだれ？」

顔を上げると、彼女がそこに立っていた。口を開けてぽかんと見とれていると、彼女の眉間に小さなしわが寄った。

「武器も持たずにビッグ・リバー族を説得し、血を流すことなく捕虜にした人だよ」

僕は平静を装って応えた。「そのあと、ビッグ・リバー族は白人たちの手厚い保護のせいで死に絶えてしまったんだ」

「ふうん、興味深い話ね」その視線が不意に落ちる。「高良くん？」

机の上を見ると、僕の名前の書かれたノートがまだ出しっぱなしになっていた。

「あたし、陸安娜《りくあんな》」僕の戸惑いを察して、彼女は言葉を足した。「両親は中国人だけど、あたしは小学校三年生から日本で暮らしてるから日本語はふつうに話せるの」

僕はうなずいた。

「こんな大学でも勉強してる人はちゃんとしてるんだね」彼女は目元を和ませ、立ち去るまえに言い添えた。「あの先生は馬鹿だから、気にしなくていいよ」

4

変化は否応なく訪れる。

その朝は六時にタイムカードを押し、呪われた弁当たちに別れを告げ、降りしきる小雨のなか、自転車を三十分こいで家に帰った。

びしょ濡れで台所に入ってきた僕を、パジャマ姿で新聞を読んでいた変化のやつが待ち受けていた。

「あんたの大学、四年後に廃校だってよ」

「……え？」

「入学して二カ月でこれだもんね」そう言って、姉は勝ち誇ったように新聞を見せてくれた。「来年からは新入生を募集しないってさ」

僕はそのちっぽけな記事を何度も読んだ。

Ｋ大はもう何年も定員割れがつづいていて（僕たちの代では定員の約三分の一、百三十三人の新入生しかいなかったそうだ）、これからは付属高校の経営一本にしぼる方針であると書かれていた。付属高校の野球部は春の甲子園に二年連続四度目の出場をはたしていた。

扱いの小ささが、いやにリアルに感じられる。

崖っぷちに辛うじてひっかかっている指をぐりぐり踏みつけられているみたいだ。

僕はシャワーを浴び、着がえ、トーストを焼いて食い、そして電車に乗って大学へいった。

世界がガラリと変わった、というほどでもなかった。じつのところ、ほとんどなにも変わらなかった。

新聞報道される前から休講の多い学校だなとは思っていたけれど、どっちみちだれも授業になんか出ないのだから、もっと休講が増えたところで痛くもかゆくもない。

誇張なんかじゃない。報道から一週間たっても、二週間たっても、大学へくればいつでもだれかが廃校のニュースにびっくりしている姿を拝むことができた。で、つぎの質問は決まってこうだ。「俺ら、どうなっちゃうの？」

何度耳にしたことか！ ところが、廃校になってもK大付属高校で卒業証明や成績証明を発行してもらえるとわかるや、だれもが初夏の蟬《せみ》のように笑いさざめく。K大生とはたいしたものだった。

大学理事会の責任を追及するビラを覆面の人たちがしょっちゅう配っていることをべつにすれば、キャンパスにこれといった変化も見られない。トイレットペーパーだって、相変わらずK大の校章入りのものが使われている。

ただ、すこしずつ、ほんのすこしずつ大学が死んでいくような兆候が、ふとした拍子に風といっしょに吹きつけてきて僕たちを不安にさせた。雑草がのび放題の芝生、あふれたゴミ箱、壊れたままのベンチ、水の出ない蛇口、教室に落ちている煙草の吸い殻、伏し目がちな先生たち、休講の掲示なんてなかった授業の突発的休講――そんなちょっとしたことが、なにもかも四年後の廃校へとむけた序曲だった。

トイレの落書きはまるで2ちゃんねるみたいなことになっていた。書きこみと、それに対するレスポンス。閉校の責任はだれにあるのか？ 殺すべき相手はいったいだれなのか？　その携帯に電話をすれば本当にヤレるのか？

やがてビラを配る人もいなくなった。

僕を憂鬱にしているものは四年後のことなんかじゃなく、いま、この瞬間、陸安娜が比較文化論の教室にいないことだった。彼女だけじゃない。正確に言えば、教室には僕と先生のふたりしかいない。閉校のニュースが流れてから、二週間連続でこんな有様だった。

噂が立っていたのだ。

経営状態からいって、大学側はこれ以上ひとりも学生を減らしたくない。しかも、四年後には全員を卒業させなくてはならない。もし留年なんかさせようものなら、そのひとりのために授業を開講しなくてはならないからだ（四回まで留年できることは学生便覧にちゃんと謳《うた》っている）。だから授業を休むどころか、たとえ試験を受けなくても、K大生は単位を落とす心配など金輪際ない。そんなことが、まことしやかにささやかれていた。考えれば考えるほど、もっともな気がしてくる。そうかといって、なんの慰めにもならなかったけれど。

ともあれ、先生は僕ひとりのために講義をしなくてはならなかった。二週連続で。

イギリス人がインド人にしたことについて。僕さえこの世に生まれてこなければ、先生は給料をもらうだけもらって、とっととこんなところから出ていけるというのに。テレビを観たり、ビールを飲んだり、ボウリングをしたり、インターネットにだれかの悪口を書きこんだりできるのに。

そして、僕はなにも聞いてない。僕の中国娘がいまどこにいて、なにをやっているのか、そのことばかり心配している。もう二度と彼女に会えないかもしれないことに打ちのめされ、自主退学などという早まったまねをしなければいいがと祈りまくった。だれにとっても一文《いちもん》の得にもならない時間がじりじりとすぎてゆく。

「今日はもう切りあげようか」しびれを切らした先生が、ついにそう言った。

僕は腕時計を見た。「まだ二十分残ってます」

「でも、きみは僕の話を聞いてないじゃないか。ノートもとってないし」

「授業をつづけてください」

先生が舌打ちをした。「じゃあ、東インド会社が設立されたのは何年？」

「わかりません」

「インド人がイギリスに対して起こした反乱は？」

「わかりません」

「いま話したばかりだよ」

「すみません、もう一度お願いします」

　先生は溜息をついて首をふり、口のなかでなにかつぶやいた。はっきり聞きとれたわけじゃないけど、馬鹿のくせに、と言ったように思う。たぶん、そう言ったのだ。

　僕は目顔で講義の再開を促した。タイタニック号が沈没したとき、楽隊の連中は最後の最後まで演奏をやめなかったという。それがプロというものだった。大学がつぶれるくらいのことで、だれもこの教室から出ていけると思うなよ！

　彼女のいない日々はベルトコンベアーにのった弁当箱といっしょに流れていった。弁当箱とちがう点があるとすれば、空白を埋めてくれるおかずがなにもないことだ。コンベアーならば逆走もできる。でも、日々は空っぽのまま、ただただ流れていくばかりだった。時間が音もなく彼女の面影に降りつもり、やがてすっかり真っ白にしてしまうまで、僕はこの場所でじっとしているしかなかった。

　家で中国語の勉強をしていると、姉がわざわざ部屋に入ってきて僕を侮辱した。姉はT大の卒業生で、T大とくらべれば、たしかにK大なんて靴の底にくっついたガムほどの価値もない。

「そんなことしてる場合なの？」姉はとても短いスカートをはいていた。「こんなときに中国語って、マジ、いっぺん死ねば？」

「もうすぐ前期試験だから」

「まだあんな大学にいく気でいるんだ？」姉がベッドに腰かけると、パンツが丸見えになった。黒だか紫だか、とにかくどぎつい色のパンツだった。「ねえ、ノブ、うちいまそんな余裕ないでしょ。四年間で五百万近くかかるんだよ。それで大学がなくなっちゃうんだよ」

「俺の金をどう使うかは俺が決めるからな！」

「就職、どうすんのよ？　四年間なんてあっという間だよ」

「わかんないよ」

「いつまでもこの家にはおいとけないから。お母さんだっているし、あたしだっていつかは……ねえ」

「お姉ちゃん、彼氏とかいるの？」

「えっ？　いや、まあ……いまはいないけどさ」

「じゃあ、前はいたの？」

「なによ、その言い方」姉の口元がゆがむ。「感じ悪っ」

「だって、すぐにでも結婚するみたいな言い方だったから」

「いつかはって言ったでしょ？　言っとくけど、あたしが就職したのは、あんたにタダめしを食べさせるためじゃないから」

「俺にはお姉ちゃんの苛立ちがよくわかるよ」

姉が目をすがめた。

「俺は大学へいけばなにかが見つかるかもしれないと思ってた。でも、なにかを見つけるのって、そんな簡単なことじゃないんだよね。それでも、やっぱりいつかはっていう想いをすてちゃだめだと思う。その想いがあるからこそ、人間はなんとかがんばっていけるんだ」

「なに言ってんの、あんた？」

「お姉ちゃんはたしかに頭がいい。でも、お姉ちゃんの求めるものってT大にあった？」

「はあ？」

「そんなスカートをはいて、そんなパンツをはいてもさ」僕は姉のドス黒いパンツを顎《あご》でしゃくった。「なんだか悲しいよね。T大ってかなりナンパな感じがするのにね」

「………」

「でも、その四年間は無駄じゃなかったと思うよ。おたがいにこれからも希望だけは持っていようよ」

「あ、あんたなんかといっしょにしないでよ！」

姉は顔を真っ赤にし、床をドスドス踏み鳴らして部屋を出ていった。

姉の愚かなパンツのせいで、またぞろ陸安娜のことを考えてしまった。いまはなにを見ても彼女と結びつけてしまう。だから、もうなにをやってもだめなのだと悟った。

5

その日は昼のシフトだった。

弁当工場の二階にあるパン工場で、ベルトコンベアーにのって流れてくるパンにバターを塗るだけの仕事。

くそっ、またベルトコンベアーだ！

パンを切るだけの人、バターを塗るだけの人、ハムや卵をはさむだけの人、ビニール袋に入れるだけの人、分類シールを貼るだけの人——サンドイッチづくりも弁当同様、僕たちにちっぽけな歯車になることを強要してくる。

何気なくとなりを見やると、トマトをパンにのせている年寄りがマスクを口からずらして口笛を吹いていた。年寄りは口笛を吹き、そしてくしゃみをした。彼の口からパッと飛散した霧状の唾はコンベアーを流れてゆくパンに福音のように降りそそぎ、レタスやハムに隠され、またたく間に僕の人生から消えていった。

ベルトコンベアーはひとつの象徴になりつつある。そう、どうにもならないことのシンボル。人生の最後の最後をこんなところで終えなければならないとしたら、いったいなんのために人は生まれてきたのか？

僕はパンにバターを塗った。で、仕事を終えてタイムカードを押しているときに、柳沢に声をかけられたのだった。

そんなわけで、僕たちはいま焼鳥屋のカウンターにならんですわっている。家族以外と焼鳥屋に入ったのは、そのときがはじめてだった。

柳沢のビールと僕のチューハイが運ばれてくるまで、僕たちは日本人らしく遠慮していた。天気の話をしたり、弁当工場でのつまみ食いの話をしたりした。僕の休みの日にB班のつまみ食いをA班の班長が目ざとく見つけて抗議をしたら、B班の班長も口をもぐもぐさせていたそうだ。

ジョッキをあおると、柳沢はその勢いで切り出した。「バイトは今日でやめた」

「また旅に出るんですか？」

「旅じゃない」

僕はチューハイをすすった。

「知りあいの中国人が上海で外車の個人輸入をはじめたんだ。いっしょに働こうって誘われてね。知ってると思うけど、上海ってハンパなく金持ちがいっぱいいるから」

「じゃあ、中国にいっちゃうんですか？」

「いつまでもぶらぶらしてられないしね。しばらく働いてみようと思ってる」

「柳沢さん、中国語ができるんですか？」

「できないけど、車のことはわかるから。それに、むこうが日本語できるし。俺の大学に留学にきてたやつだから」

「どこですか、大学？」

「ああ、T大」

僕たちは酒を飲み、運ばれてきた焼鳥に手をつけた。

「では、留守のあいだ、ときどき俺の部屋の様子を見てもらえないかな」

「アパート、そのままにしていくんですか？」

「ここだけの話、その仕事、ちょっと胡散《うさん》臭そうでね。ずっとつづけられるかどうか、わからないんだよね」

僕は相槌《あいづち》を打った。

「そいつ、事故車とかを安く仕入れて中国に輸入してるみたいなんだよね」

「それって……」

「そいつは密輸とは言わなかったけどね」

「ヤバくないですか？」

「ハイリスク・ハイリターンってところだろうね。一九八〇年代には海南島が密輸自動車の集散地だったらしいんだけど、取り締まりの強化でだんだん減ってきたんだ。だけど、二〇〇九年に輸入高級車にかかる消費税が引き上げられたんだよね。で、また密輸に火がついちゃってさ。中国語では走るに私って書いて走私《ゾウスー》と言うらしいよ」

「走私……」

「俺の友達は事故車を香港とか台湾経由で仕入れるんだ。ベンツとかホンダとか三菱とか。とくに三菱って、前に欠陥車隠しでヤバいことになってたでしょ。だから安く買えるんだよね。それを修理して、外装をきれいにしてまた走れるようにしたら五、六倍の儲けになるんだって」

「ぜったいヤバいですって、それ」

「だから、今回はまず様子を見にいくだけ」

「わかりました」泥棒の片棒を担がされているようで、なんだかわくわくした。「柳沢さんの留守中にときどき部屋の様子を見にいけばいいんですよね。どこにあるんですか、アパート？」

彼は弁当工場からさほど遠くない駅の名前を言った。うちとは反対方向で、T大にほど近いところだった。

焼鳥をかじりながら、人生の裏街道について想いをめぐらせる。そこへ柳沢が、たいした手間じゃないはずだ、植物たちさえ枯らさなければ問題ないし、枯らしたって問題ないと言い添えた。それならば、なにも問題はないような気がした。

柳沢は酒の追加をたのみ、それからはまるで世界中の人間が旅の話に飢えているはずだと言わんばかりに自分のことをしゃべり倒した。ビールが空になり、また空になった。チューハイが空になり、また空になった。

「アメリカを車で横断したときに、砂漠のど真ん中でガス欠になって立ち往生したことがあるんだ。テキサスって信じられないくらいでっかいんだよね。でっかい太陽が沈みかけたころ、パトカーが一台やってきたんだ。カウボーイハットにレイバンのサングラス、まるで映画に出てくるようなお巡りさんが降りてきてね。どうしたんだって訊くから、ガス欠だって説明したらガソリンを分けてくれたよ。そのときパトカーのラジオからね、なんと言うか……そのときの状況や場面や風景にぴったりの曲が流れてきたんだ。大きな夕陽に染まった赤土のハイウェイ、動かない車、砂漠を吹きぬける熱い風、まるでそのときの俺のすべてを歌っているみたいな気がしたね。で、ぼんやり聴いていたら、そのお巡りさんが言ったんだ。『ウィ・キャン・ラン・バット・ウィ・キャント・ハイド』」

「どういう意味ですか？」

「『僕らは逃げることはできる、でも隠れることはできやしない』その曲の名前だよ。グレイトフル・デッドというむかしの人たちの歌なんだって」

「ふうん」

「そのときにね」と、柳沢はつづけた。「ああ、どんなに上手くやっても俺はアメリカ人にはなれないんだなって思った。いくら憧れてもね。けっきょく、だれも逃げきれやしないんだよ」

僕はチューハイを飲みながら、その歌と自動車の密輸についてとっくりと考えてみた。わかるような、さっぱりわからないような気がした。すごく意味のあることを教わったようにも感じられるし、となりにいる男をペテン師だとも感じた。

僕らは逃げることはできる、でも隠れることはできやしないだぁ？　逃げることに関してなら、僕はだれよりもよく知っている。大学で講義したっていいくらいだ。逃げて逃げて逃げまくった結果、僕が見つけたもの、それは弁当箱のように空っぽの自分だけだった。そんなもの、見つけたくなんかなかった。ましてやアメリカくんだりまで出かけ、黄昏《たそがれ》のハイウェイでそんなものを見つけてしまった日には、気が変になってしまうかもしれない。そんなことになったら草の根を分けても人生の意味を探そうとするか、空っぽの自分を満たすためにこそこそ車の密輸でもやって金を儲けようとするか、ふたつにひとつじゃないか。

僕たちは酒を飲み、焼鳥を食い、言っても言わなくてもどうでもいいようなことをしゃべり、勘定をしてもらった。

「べつべつで」と、柳沢が店員に言った。「えっと、俺は生四杯と焼鳥が七本……唐揚げは食わなかったから……いいって、高良くん、いいって！　俺が誘ったんだから、枝豆のぶんは俺が出すって！」

店を出て、電車に乗って柳沢のアパートへいった。そこでまたすこし酒を飲み、浜田省吾《ハマショー》がロスからサンフランシスコまでヒッチハイクをしたときの歌を聴き、ついでに佐野元春が革命と決別してキスをねだる歌も聴き、観葉植物を眺めたりしてから寝た。

つぎの日、部屋の合鍵をもらった。柳沢は中国往きの船を手配し、僕は大学へいった。

その週は前期の授業の最終週で、来週の補講期間——そんな無駄なことをしようという酔狂な先生はひとりもいないけれど——をはさんで、再来週から定期試験がはじまるという時期だった。

期待せずにはいられない。なんといっても試験前の最後の授業なのだから、さすがのK大生も出席しないわけにはいかないだろう。

そして、思惑はあたった。閉校が決まってからずっとガラガラだった教室に、いつもの三倍くらいの学生がつめかけた。と言っても、僕を入れて三人という意味だが。ともあれ、陸安娜に会えるかもしれないと思うだけで気ははやり、弁当工場のベルトコンベアーさえのろく感じられるほどだった。

が、月曜、火曜、水曜とすぎていくうちに、いよいよもうあとがないことがわかってきた。ほとんどの先生が定期試験を行わず、簡単なレポートで成績を評価することに決めていたからだ。レポートは教務課の前にしつらえたボックスに提出することになっている。これは今週陸安娜に会えなくても、最悪試験のときには会えるだろうという僕の目論見《もくろみ》をこなごなに打ち砕いた。

後期の授業がはじまるのは九月半ばで、二カ月以上も先だ。あいだには夏休みがあって、これはつまり陸安娜がほかのだれかのものになってしまうかもしれないことを意味していた。

夏休みは恐ろしい。僕は二十四日しか高校にいかなかったが、それでも夏休みの恐ろしさは骨身にしみて知っている。高校一年生の二学期の中間試験のとき、女の子たちが大声でクラミジアのことを話しているのを聞いちまったのだ。その娘たちはどう見ても性病どころか、風邪のバイ菌からも相手にされそうになかったというのに。真っ黒に日焼けし、髪を明るく脱色し、派手な化粧に恥知らずな服を身にまとった陸安娜を想像するだけで頭をかきむしりたくなる。今週会えなければ、きっと永遠に彼女を失ってしまうだろう。ちくしょう、夏休みめ！　あんなにかわいくて頭もいい女の子を夏休みがほうっておくはずがない。

とはいえ、やけっぱちになっているのは、なにもこの世で僕ひとりだけじゃない。中国語は定期試験を実施することになっていたけど、先生は明らかに苛立っていた。非常勤の先生たちにとって、試験問題の作成や採点は無料奉仕なのだ。ここも試験範囲に含めると言って先生が黒板に書き連ねたのは、どこをどう探しても教科書どころか、辞書にも載ってないような単語ばかりだった。バーガーキング、ビヨンセ、それにブルーレイ・ディスクやボウフラ！

そして、ついに金曜日の三限目がやってきた。

僕は昼飯もろくに喉をとおらなかった。昼休みのあいだじゅう、ずっとそわそわ腕時計とにらめっこをしていた。一時からの授業に、十二時半には教室で犬のように待っていた。

時間はまるで糖蜜のようにゆっくりと流れ落ち、喉元にわだかまって僕を窒息させようとする。せめて教室に花でも咲いていたらよかった。そうすれば花びらを一枚ずつひっこぬいて、くる、こない、くる、こない、ができたのに。

K大生がちらほらやってきても、始業のチャイムが鳴っても、先生がうんざりしたような顔で教室に入ってきても、十分すぎても、二十分すぎても僕のあの娘はこなかった。こんなに僕をやきもきさせといて、彼女はどこかで僕の知らない男と乳繰《ちち く》りあっている。もしかしたら、ひどい事故に遭ったのかもしれない。親戚に不幸があったとか。そうだ、病気だ！　でも、それ以外の理由なら、僕としては彼女のことを許してやるつもりはなかった。

課題のレポートについて話し終えた先生は、授業開始から三十分で断固として教室を出ていってしまった。こんなところには一秒たりとも長居したくないという決然とした足取りで。ほかの学生たちも、まるでそれがあたりまえであるかのように席を立った。

僕は八十人入る教室にひとり残り、いつ陸安娜がやってきてもいいように中国語の復習をしているふりをした。彼女が息をはずませて教室に飛びこんできたら、レポートのことを教えてやろう。そして、中国語をすこし教えてもらおう。そんなことを考えながら、ボウフラやビヨンセをノートに何度も書きつけた。

空っぽの教室で僕は待った。あまりにも待ったものだから、しまいにはなにを待っているのかわからなくなってしまったほどだった。

やがて、ゴヤの絵のような不吉な西日が窓から射しこんだ。これから先、いったいどうやって希望をつなげばいいのだろう？　教科書をリュックサックに詰め、教室を出る。体育館の横をとおり、暮れなずむキャンパスをとぼとぼ歩いた。もう明日なんかないというのに、柔道部は今日もちゃんと汗を流している。僕が人生を無駄にしているあいだにも、地球はちゃんとまわっているのだ。

校門のところに中国人たちがたむろっていた。六、七人ほどのグループで、二台の車に楽しそうに荷物をのせている。みんな声が大きく、笑いあい、待ちに待った日がついにやってきたような感じだった。そのせいか、彼らを避けてとおりすぎる日本人たちがいっそう孤独に見えた。開きっぱなしのトランクから木炭やバーベキュー・コンロがのぞいている。

電車の駅へ足をむける。孤独だと世界は自分とそれ以外にくっきりと分かれる。そんなものなのだ。本屋の前で漫画を立ち読みしているK大生も、店先で煙草を吸っている調理場の人も、パチンコ屋のなかのずらりとならんだおなじような顔もみんなちゃんとこの世界の一員なのに、ああ、なぜ俺だけこんなにさびしいんだ！

使命感のようなものに衝《つ》き動かされて大学へ引きかえすと、僕は中国人たちに話しかけた。

「陸安娜？」と、その男は眉をひそめた。「あなた、なに？」

「えっと、僕は友達です。彼女の、その……朋友《ポンヨウ》！　朋友です」

「朋友？」

「高良《ガオリャン》と言います。高粱酒《こうりゃんしゅ》の高粱とおなじ発音」

男が訝《いぶか》しげに目をすがめた。

「ちょっと連絡したいことがあって。えっと、ノートってたしか……本子《ベンツ》！　本子を借りてですね――」

中国人たちがぞろぞろあつまってくる。彼が中国語でなにか言うと、みんなは首をふったり、僕をにらみつけたり、また車にもどっていったりした。

「陸安娜、いま中国に帰ってるよ」と、ひとりの女が言った。スタイル抜群で、将棋の駒みたいな顔をした女だった。「あなた、比較文化論の授業で見たことある。陸安娜の友達、ほんと?」

手も足も出ない。

その女がほかの人たちに中国語でなにか言う。みんなは僕を指さしたり、手をふりまわしたり、車からやってきて疑わしげに眺めたりした。

「いつもどってくるか、わからないよ」

礼を言ってそそくさと立ち去ろうとする僕を、彼女の声が追いかけてくる。頭のなかが真っ白で、それが中国語なのか日本語なのかさえわからない。もう、ほっといてくれ! 俺にかまうんじゃない!

「チャンバイ」と、彼女は言った。「長いに、白い。長白《チャンバイ》。陸安娜のうち、中華料理の店ね」

それから店の場所を丁寧に教えてくれた。ひょっとすると、僕が陸安娜をつけ狙ってブスリとやってくれればいいとでも思ったのかもしれない。

僕は歩いて大学を離れ、角を曲がり、うしろをふりかえってから、駅まで走った。

6

待てば海路の日和ありとはよく言ったものだ。もしくは、一念岩をも通す。経営学の試験を受けているときだった。思わず立ち上がってしまった僕に、試験監督の先生がしどろもどろになった。

「三十分たたないと退室できませんよ」

腕時計を見る。試験開始からまだ十分もたってない。答案用紙は白紙同然。窓外に目をもどすと、図書館のほうへ歩いていく陸安娜の後姿があった。

「すわりなさい」

僕は荷物をまとめて教室を出た。どうせ「マックス・ウェーバーの官僚制論を説明せよ」なんて、逆さづりにされてトゲトゲの鞭《むち》でたたかれたって一行も書けやしない。元暴走族がそんな僕を誇らしげに見送った。

廊下を突っ走り、階段を飛び下り、校舎を飛び出して走りに走った。ドタバタと図書館に突入すると、カウンターにいた職員がおびえたように身構えた。

どこにもいない。

半地下の書庫へ下りると、本たちの醸《かも》し出すあのなつかしい静けさにたちまち呑みこまれた。書架はそれほど高いわけではないが、まるでどんどん閉じていく森のように僕を息苦しくさせた。経済、文学、言語――

僕のあの娘は歴史の書架にいた。

とっさに書架の陰に身を寄せた僕は、本のあいだからそっと彼女の姿をのぞき見た。陸安娜は本を手にとり、ページをめくり、また書架にもどした。

胸がドキドキした。空気が薄くなったように感じ、息苦しさにゼェゼェ喘《あえ》いだ。彼女が移動すると、書架をはさんで反対側にいる僕も移動する。本たちがそんな僕をじっと見ていた。本たちの声が聞こえる。おい、みんな、こいつを見ろよ。女をつけ狙ってるぜ！　読まなくちゃならない本なら無尽蔵にあるのに、まったくたいしたやつだぜ。

これじゃあ薄汚い変質者じゃないか！

それでも彼女から目が離せなかった。こうなったら、ぶ厚い本で彼女の頭でも殴って気絶させてしまうしか、想いを遂げるすべはないような気がした。

彼女の気配にすこし遅れて、抜き足差し足で書架のあいだを歩く。

この中国女のせいで経営学の単位を落としたかもしれない。たしかにマックス・ウェーバーの官僚制論は書けなかったかもしれないが、書くことならいくらでもある。授業の感想や、それにグーテンベルクのB型生産関数についてならちゃんと勉強していた。どうせ先生は答案なんか読みはしない。なにか字さえ書いてあれば単位をもらえたはずなのだ。それなのに、ちくしょう、こんなところで俺はいったいなにをやってるんだ？　年間百二十万円をなんだと思ってるんだ！

ほんの一瞬の気の迷いだった。気がつけば、通路をまわりこんだ陸安娜がこっちの書架列に足を踏み入れていた。彼女は僕を見て、とてもびっくりしたみたいだった。とっさにまわれ右をしてしまった。もう、おしまいだ。性の幻想で頭がパンパンになった童貞野郎だと思われてしまった。

「あれ？　阿良《アリャン》？」

僕は肩越しにふりかえった。「ありゃん？」

「比較文化論の人でしょ？　高良くんだっけ？」

彼女は流暢な日本語でそう言ったのだが、僕の耳には、この変態野郎、いますぐ警察に突き出してやる、と中国語で言ったように聞こえた。

「あはは、ごめん。自分のなかで勝手に阿良って呼んでた」

「なに、それ？」

「あだ名みたいなものかな。良ちゃん的な。でも、ちょうどよかった。高良くん
――」

「阿良でいいよ！」思わず言葉をかぶせてしまった。

彼女はきょとんとし、それからにっこり微笑《わら》った。「じゃあ、あたしのことも安娜
でいいよ」

僕はうなずいた。

「じゃあ、あらためまして」彼女は咳払いをひとつした。「阿良、比較文化論のレポ
ートの課題を教えて」

彼女はたしかにそう言ったのだが、僕の耳には、もう意気地なし、ずっと話しかけ
てくれるのを待ってたんだからね、としか聞こえなかった。

「いいけど、家に帰らないとわからないや」

「じゃあ、メールで。アドレス、教えとくから」

「…………」

ヘッ、見えすいたことを言いやがって。僕は内心そう思った。おまえがそんな積極

的な女だとは思わなかったぜ。メールだな。やってやろうじゃないか。だけど、ほんとにメールだけでいいんだな！

僕たちはメールアドレスを交換してから別れたが、あとのことは、なにがなんだかよく憶えてない。

ひゃっほーい！

K大サイコー！

メールのことは甘く見ないほうがいい。そのメールに親しみをこめたいのなら、なおさらだ。とりわけ過去に自分の出したメールが学校裏サイトに載ったことがある人の場合、文面は練りに練って練りあげてしかるべきだ。

そんなわけで、大学からすっ飛んで帰ってきた僕は部屋にひきこもってメールを打った。この僕に得意なことがひとつだけあるとすれば、それは部屋にひきこもることだ。

打っては消し、消してはまた打つ。自己紹介にはじまり、すでに父が他界していることにつづき（つまり、僕と結婚する女は舅《しゅうと》の面倒をいっさい見なくていい）、姉の不幸なエピソードに軽く触れ（姉のいる男は交際相手として望ましいというのを、どこかで小耳にはさんでいた）、くどくならない程度に弁当工場の文句を言い（親のすねかじりじゃない）、中国語でわからないところを質問し、中国をほめ、上海で働いている柳沢のことを羨《うらや》んでいるふりをしつつ、いつか自分も中国に留学にいきたいと結んだころには文字数が三千を越え、スマホのバッテリーが切れかけていた。

断腸の思いで千字以内にまで削ったが、そのときにはメールを書きはじめてからすでに二時間半が経過していた。光陰矢の如しだ。が、それで終わりというわけじゃない。完璧に練りあげた文章のはずなのに、いざ送信しようとすると、いや、ちょっと待てよ、という具合に二の足を踏みまくった。彼女がこのメールを不特定多数の他人に見せたとき、はたしてこの文面で本当に大丈夫なのか？　もっと曖昧《あいまい》な表現におきかえるべきではないのか？

時計を見ると、もう十一時近かった。

僕はスマホを持って姉の部屋へいった。ノックもせずに勢いよくドアを開け放つと、とんでもない光景にガツンと頭を殴られた。

姉はベッドに寝そべっていたのだが、まるで妊婦のようにM字開脚して自分の股間を手鏡で観察していた。パジャマを膝まで下ろしていたが、パンツも下ろしていた。足をこっちにむけていなかったのは不幸中の幸いだった。

「ちょ、ちょっと！」七転八倒した姉が大あわてでパジャマを引き上げる。「入ってこないでよ！」

「ちょっとメールの文章を見てもらいたいんだけど」

「出てけっ！」

顔を真っ赤にした姉に突き飛ばされ、部屋から押し出され、ドアをバシンと閉められた。

僕はしばしドアの前にたたずみ、なかの物音に耳を澄ませた。ペン立てかなにかが倒れる音がした。すこししてドアが静かに開き、姉が顔を出してぶっきらぼうに言った。

「ちゃんとノックしろ」

「でも、なんで？　かゆいの？」

姉は僕の肩をどんっと突き飛ばし、これ以上一言でも余計なことを言ってみろ、世界にはおまえなんかの知らない悲しみがうんとあるんだ、というような目でにらみつけてきた。

僕が目をそらすと、姉が溜息をついた。「なんのメールよ？」

「学校の人にレポートの課題を訊かれてさ」

「女？」

「まあ、そうかな」

「好きなんだ？」

「違《ちげ》ぇよ、馬鹿！　なに言ってんだよ、ぜんぜん違ぇし！」

「入りなよ」

「うん」

姉は僕が四時間近くかけて書いたメールをざっと読み、キモッ、と飾らない感想を述べてくれた。

「どこがだよ？　なにがキモいんだよ？」

姉はそんな僕を哀れむように見つめ、それからスマホをいじって文章をなおしてくれた。見ると、レポートの課題と中国語の質問を残して、あとはきれいさっぱり削除されている。そのかわり「よかったらノートを貸します」という一文を書き足してくれていた。千字ほどあったメールが五十字くらいにコンパクトにまとめられた。

僕が文句を言う前に、姉が口を開いた。「こういうのは縁だから」

「けどさぁ……」

「どうせだめだと思うけど」

「…………」

いろいろ訊きたいことはあったけど、礼を言って部屋を出るしかなさそうだ。姉はなにか大切なことをしている最中だったのだ。それなのに僕のたのみを聞いてくれた。餅は餅屋、女のことは女に訊けだ。ドアを閉めるときに軽く目があう。だれにも言わないからね、という気持ちをこめてうなずいてやると、思いっきり雑誌を投げつけられてしまった。

僕は部屋にもどり、もう一度文面を読み、そのまま送信した。しばらく待ってみたが、返事はこなかった。

電気を消し、ベッドに入る。

なかなか寝つかれず、ようやくうとうとしかけたと思ったら、陸安娜が自分の股間を鏡でのぞいている悪夢にうなされてまた目がパッチリ覚めた。姉の身にいったいどんな悲しいことがふりかかったというのか？　闇のなかで考えた。それとも男がパンツを下げて自分の男としての大きさを物差しでたしかめずにはいられないのとおなじで、女の子にしてみれば、あたりまえのことなのか？　俺になにかできることはないのか？

携帯の着信音が鳴ったのは夜中の二時ごろで、僕の目はふくろうのように冴えていた。陸安娜はまず返事が遅れたことを詫び、それは家の中華料理店の手伝いをしているせいだと書いていた。ノートを貸してもらいたいし、そのお礼に中国語を見てあげるから、よければ明日学食で待ちあわせようとも。

7

きっかけは、いつだってこんなちっぽけなことなのだ。もしも「きっかけ」という言葉がラテン語で「小さな」とか「なにもない」という意味だとしたら、これはもう大納得だ。

試験期間が終わってからも、僕と陸安娜は連絡をとりあうようになった。彼女の教えてくれたいくつかの中国のサイトでは昨日やったばかりの日本のドラマを今日見ることができたし、好きなだけチャイニーズ・ポップスをダウンロードすることもできた。周杰倫《ジェイ・チョウ》、飛輪海《フェイルンハイ》が彼女のお気に入りで、僕は張惠妹《アーメイ》や王菲《フェイ・ウォン》をスマホに入れて持ち歩いた。

陸安娜はだれ憚《はばか》ることなく、K大の中国人留学生が好きじゃないと言う。みんな中国ではぜったいに大学になんか入れないようなやつばかりなのだ、と。

「それでも、むかしみたいにお金を稼いで帰るんならいい。だけど、いまの留学生にはなにもない」

K大の留学生たちも、そんな打ち解けない彼女に好感なんか持てっこない。彼女はみんなから「香蕉人《シャンジアオレン》」と呼ばれていた。これはバナナ人間という意味で、ひとたび黄色い皮をむけば、なかから出てくるのは西洋文化に毒された真っ白な中身だけ、ということらしい。

ともあれ、こんな調子で人生を共有していたわけだから、僕が彼女をどこかへ誘ってみようという気になったのも無理からぬことだった。口実ならある。留学だ。そのための本を何冊も買いこみ、アルバイトのない日はそれを眺めてすごした。

姉は、そんな阿呆なことより車の免許でもとっておけと言った。姉の言うことも、もっともだ。だから、なけなしの貯金をはたいて教習所に通った。

正味の話、車というのはものすごくいいアイデアだ。免許をとったらコンバーチブルのかっこいいやつに乗って彼女を迎えにいこう。ビーチボーイズをかけながら湾岸道路を突っ走る。ピカピカの車に寄りかかり、水平線へ沈む大きな夕陽を眺めながら、僕は彼女の肩を抱き寄せる……

うだるような暑さに家で腹を立てているところへ、学校から電話がかかってきた。相手は田中《たなか》という男で、よくよく話を聞いてみると、それは中国語の田中寿《ひさし》先生だった。前期試験でちょっとした問題が起きたと言う。で、状況もろくに見えないまま、炎暑の大学に呼び出されてしまった。

蟬時雨《せみしぐれ》の降りそそぐキャンパスには僕と職員を別にすれば、柔道部しかいなかった。柔道部の連中はK大でもとりわけ頭が悪いと思われていたから、廃校という言葉をなにかべつの言葉と勘ちがいしている可能性もあるにはある。けれど道場のドタンバタンがあまりにもあたりまえで、一心不乱で、ぼんやり聞いていると、なにもかもがこれからも永遠につづいていくような錯覚におそわれた。青空にぽっかり浮かぶはぐれ雲、木もれ日、芝生のバッタ――

スマホで陳珊妮《サンディー・チェン》を聴きながら図書館の前で待っていると、田中先生が学生をひとり引き連れてあらわれた。パサパサの金髪頭に土気色の顔。すぐにあの元暴走族だとわかった。

「高良くん」と、田中先生が切り出す。「きみは中国語の試験を受けたよね？」

「はい」

「だけど、きみの答案用紙がなかったんだ」

「え?」

「西《にし》くんはきみの近くにすわっていたかい?」

田中先生が横目で元暴走族を見やると、元暴走族がへらへら笑って頭を下げた。

「人数のすくないクラスだと、僕らはどうしたって学生の顔を憶えてしまう」田中先生は西に言った。「きみは高良くんの答案用紙の名前を自分の名前に書きかえただろ?」

「いや、そんなことないっすよ」西は口をとがらせた。「なんかの間違いですって」

「名前の欄に消しゴムをかけた跡があった。ふつう自分の名前を書き間違えたりしないだろ?」

「俺、馬鹿なんすよ」

「K大だもんねぇ。どうしてバレたと思う?　名前は書きかえたけど、きみ、学籍番号までは手がまわらなかっただろ?」

西が、あっ、という顔をした。

「試験監督の目を盗んで、先に教室を出た高良くんの答案用紙を盗《と》ったんだろ。本来なら全科目零点だよ」

西がうつむくと、蟬の声が大きくなった。

なんだというのだ？　僕はふたりにかわるがわる目をやった。この先生はいまさらカンニングを見つけて、いったいどうしようというのか？　この元暴走族はいまさらカンニングなんかして、いったいどこへいこうとしているのか？

「高良くん」田中先生が呼びかける。「きみはどう思う？」

「でも、どうせ全科目零点になんかしないんでしょ？」僕は言った。「大学がこんな状態じゃあ、どうせだれも留年なんかさせられないんだから」

西の顔が輝き、先生の顔が曇る。

「僕はそんなことを問題にしてるんじゃない」先生が西を顎で指す。「彼が悪いことをしたのは間違いない。だったら、それ相応の処罰を受けるべきじゃないのか」

「じゃあ、なんで僕を呼び出したんですか？　さっさと全科目零点にしたらいいじゃないですか」

「きみもグルかもしれないじゃないか」

「だったら僕も処罰したらいいじゃないですか」

「そうするかどうかを決めるために、わざわざきみにきてもらったんだ」

「本当にカンニングを処罰したいんですか？」

「僕はね、きみたちの心構えを問題にしているんだ」

「じゃあ、処罰するんですね？」

「それは彼の出方しだいだ」

「先生には西がどういう人間に見えますか？」

場の空気が一変した。

僕の言いたいことを察して、西はナイフの刃を舌でなめるときの目で先生をじっと見つめた。先生は先生でやはりなにか察したらしく、西に刺殺される幻影を見ているような目をあっちこっちに泳がせた。

「じゃあ、ぜったいにちゃんと処罰してくださいよ」

先生は二の句が継げない。西がニヤリと笑った。

「とにかく僕は関係ないんで、これで失礼します」

僕は胸を張ってその場を立ち去った。

こんなんで日本からいじめがなくなるはずがない。大人たちはいつだって巧妙に子供を追いつめる。そして、子供たちにだってちゃんと学習能力がある。悪意は受け継がれてゆく。K大は人間環境情報学部なんか新設するべきじゃなかった。どうせ創るなら犯罪心理学科とか〈だれにもバレずに他人を自殺に追いやる学科〉とかにすればよかったのに。だって、僕や西のような人間が掃いてすてるほどいるのだから。

八月の終わり、中国のことをいろいろ教えてほしいという口実で、とうとう陸安娜を誘い出すことに成功した。

待ちあわせ場所にあらわれた彼女はジーンズにちびっこいTシャツを着ていて、ビーズをあしらったとてもきれいなサンダルをはいていた。

僕は僕たちの記念すべき初デートのためにあれやこれや計画を立てていたのだが、いざ計算してみると、僕のやりたいことを全部やるには二十万ほどの金がかかりそうだった。しかも下心見え見えと姉に看破《かんぱ》され、けっきょく姉のいきつけの鼻持ちならない居酒屋に彼女を連れていくことにした。

「わあ」と、陸安娜がはしゃいでみせた。「この店、一度きてみたかったんだ」

持つべきものは姉だ。

僕たちはふたり用のちっぽけなブースに案内された。テーブルは掘り炬燵《こたつ》式になっていて、天井からつり下げられた簾《すだれ》でとなりの席と仕切られている。店のなかは薄暗く、テーブルの蠟燭《ろうそく》にかざさないとメニューもろくに読めない有様だった。鼻持ちならない店にお似合いの、鼻持ちならない音楽がかかっていた。

最初の試練は飲み物の注文だった。どうしたらいいのか、さっぱりわからない。酒の種類どころか、未成年ということでびくびくしていた。メニューを目で追っていくと、セックス・オン・ザ・ビーチという名前のカクテルがあった。そのせいで、いよいよにっちもさっちもいかなくなってしまった。なんて名前をつけやがるんだ！　阿呆みたいに陸安娜に笑いかけ、横目で女の店員をチラチラ盗み見るも、その店員は特別な訓練でも積んだのかってくらいニコリともしない。たぶん客がセックス・オン・ザ・ビーチを注文したときに、もじもじしないように日々鍛錬しているのだ。僕は目を伏せ、心のなかで姉を呪いまくった。こんなことなら、ロッテリアくらいにしておけばよかった。

「モスコミュール」と、陸安娜が言った。「阿良は？」

「じゃあ、おなじもので」

しかし、一難去ってまた一難だ。注文を復唱してひっこんだと思いきや、僕と陸安娜がろくに言葉も交わさないうちに店員はもう飲み物を持ってきて、今度は食い物を決めろ、いま決めろ、すぐ決めろ、と言わんばかりにテーブルのそばにかしずいた。

「なにがいい？」陸安娜が訊いてくる。

「陸さんの好きなもので」

彼女がテキパキと料理も注文していく。さすがは飲食店の娘だ。それを復唱して去っていく前に、店員がこっちに一瞥《いちべつ》をくれた。あんた、もうあきらめたほうがよくない？　と、その目が言っていた。全部女まかせじゃん。くそ、セックス・オン・ザ・ビーチでも注文して、こいつに復唱させてやればよかった。ひとりの人間と仲良くなるのに、いったいどれだけの試練があるというのか？　陸安娜がいなかったら、どうなっていたかわからない。陸安娜がいなかったら、そもそもこんな店になんかこなかったはずだ。

彼女がすこし怒ったような顔をつくった。「安娜でいいって言ったじゃん」

「俺はなんで阿良なの？」

「だって、香港映画に出てくる人のいいチンピラみたいなんだもん。いや？」

僕はかぶりをふった。

「阿良はいつも落ち着いてるね」彼女が言った。「あたし、はじめは先輩かと思っちゃった」

僕たちはK大の悪口でおおいに盛り上がった。K大生をあざ笑い、授業にケチをつけ、職員の悪口を言った。閉校が決まってから何人もの先生がやめていったけど、大学側がその穴埋めのために採った方策は無料《フリー》の求人誌に広告を出すことだった。大学の先生を急募する広告が「未経験者歓迎」とか「時給八百円」とか「やる気のある若い職場」といった謳《うた》い文句といっしょにならんでいるところを想像しただけで、お先真っ暗な気がした。大学で三十年間心理学を教えてきた先生が付属高校の総務課に異動になって毎日泣き暮らしているという。インターネットにはＫ大の爆破予告まで書きこまれているらしい。

「あんな大学、あたしたちもさっさと見切りをつけないと」と、陸安娜が言った。「あたしなんか、ニュースが流れてから一度中国に帰ったんだよ。なにをやってたかと言うと、中国の大学に編入できないかと思っていろいろ調べてた」

「大学をやめちゃうの？」

「まだ決めてないけど」

急にひどく喉がかわき、グラスをあけ、ちょうどとおりかかった店員におなじものをたのんだ。

「あたしもＫ大にいる中国人たちとおんなじ」と、彼女はつづけた。「頭が悪いから日本じゃこんな大学にしか入れない。でも、中国に帰れば帰国子女扱いでいい大学に入れる」

「陸さん――」彼女がふくれっ面をし、僕は言いなおす。「安娜は留学生たちのことをあんなに嫌ってるじゃん。中国で大学に入れないようなのが日本人からお金で学位を買ってるって」

「うちは日本で店をやってるでしょ。あたしも将来は日本で働きたい。だったらK大と北京大学じゃ、どっちが就職に有利？」

「そりゃあ、北京大学だろうけど」運ばれてきたモスコミュールをごくごく飲む。

「じゃあ、北京に住むの？」

「まだわかんない。長春におじいちゃんたちがいるから吉林大学にするかも。阿良も中国へ留学したいんでしょ？」

留学なんて、ぶっちゃけ、オートバイでマレー半島を縦断するよりぜんぜんありえない。それでも、彼女をがっかりさせたくない一心でうなずいた。

「中国で会えたら楽しそうだね」

陸安娜と中国で再会する。それまで空想でしかなかったものに、ほんのちょっとだけ働きかける余地ができたような気がした。

さっきの話なんだけど、と言ってから僕はつづけた。「もし俺が落ち着いて見えるとしたら、それは警戒しているせいだと思う」

「なんに警戒してるの？」

「たぶん、すべてのことに」

彼女は髪をかき上げ、話を聞く姿勢になった。

「中学のころ、好きだった子に告白メールを出したら、クラスの裏サイトに載せられたことがあるんだ」

彼女は酒に口をつけ、考え、そして言った。「だったら、無理もないね」

「ささいなことなんだけど、俺もささいなやつだから」

「そんなことない」

「はじめて人に話したよ」

「じゃあ、もう大丈夫だよ。なにかを無理に忘れようとしなくなったときが前に進めたときなんだから」そう言って、彼女はグラスをかかげた。「一気にいこう」

僕たちはカチリとグラスをあわせ、残ったアルコールを一気に飲み干した。

「あたしはその馬鹿女じゃないから」

「ああ」

「いまのは契《ちぎ》りの酒よ」彼女がニヤリと笑った。「また飲もうぜ、兄弟」

僕は天にも昇る心地で近くの店員を呼び止め、勘定をしてもらった。

「べつべつで！　俺はモスコミュール三杯と、えっと、料理は……いいって、安娜、俺が誘ったんだからサラダのぶんは俺が払うって！」

目を白黒させた陸安娜があわてて財布を開く。そのあわてっぷりが、とてもかわいかった。

店を出、駅まで歩く道すがら、彼女の口数はめっきりすくなくなっていた。話しかけても生返事しかかえってこない。改札で別れてからも、彼女はふりかえったりしなかった。毅然とした足取りで人混みにまぎれてゆくその後姿。きっと、照れくさいのだ。

自転車を停めたところまで、ふわふわと夢見心地でひきかえした。大きなプラカードに「僕は陸安娜の友達」と書いて街をねり歩きたい気分だった。自転車にまたがり、気持ちのいい夜風に吹かれながら、柳沢のアパートまでびゅんびゅん飛ばした。

合鍵で部屋に入ると、空気がよどんでいた。

窓を開け、主《あるじ》の気配をすっかり追い出し、しょぼくれた観葉植物に水をやり、ティッシュを湿らせて葉っぱを拭いてやる。

柳沢がいつ中国に発ったのかは知らないが、きっと見送る者もなく、風に吹かれるようにひっそりと旅発《たびだ》っていったのだろう。たぶん、動かなくてはならない時期というのがあるのだ。ベルトコンベアーを流れる弁当箱ばかりを相手にしていても、夢を育《はぐく》むことはちゃんとできる。

　動け。

　さもなければ食うことに足をひっぱられて、勇気も憧れも、そしてあせりでさえもすこしずつ幸せへと変わってゆく。

　畳に寝そべって留学のことを真剣に考えてみた。中国へいくことは、まるで生まれてくる前から僕の人生に書きこまれている宿命だという気がした。万事休すで、どんづまりのK大に払う年間百二十万円の金があるなら、どうして中国へいかない？　母はきっと賛成してくれるだろう。問題は姉だけど、あんな処女の言うことなんかほっとけ。

「痛い！　痛い！」

　それは窓ガラスをひっかくような子供の声で、僕は思わず半身を起こして天井を見上げてしまった。

「もう、いや！」と、今度は女の声。「あんたなんか、もうセンターの人に連れてってもらうから！」

「殺すぞ、ババァ！」

　ドタバタ足音がして、窓をピシャリと閉める音がつづく。

午前零時をすこしまわっていた。

僕は部屋を出、アパートを半周まわり、柳沢の部屋の真上の部屋をしばらく観察してみた。灯がついている。どこかで犬が吠えた。すると窓がガラッと開き、小学校三、四年生くらいの男の子が顔を突き出して、わん、わん、と吠えかえすではないか。男の子は吠えた。全身全霊に月光をいっぱい浴びて。夜の忘れ形見のような美しい男の子。大きな手に髪の毛をつかまれて、なかに引きずりこまれてしまうまで。わん！　わん！　わん！

ふたたび窓が閉まると、界隈は嘘のように静まりかえった。街灯に翅虫が群れ、どこからかテレビの音が漂ってくる。

僕は夜空の真下に立ちつくした。

動け。

いま動かなければ、ゆるやかに空回りする人生から永遠にぬけ出せなくなってしまう。弁当づくり級のノスタルジーに窒息しちまう。

つぎの日、僕は留学の本に出ていた旅行社に電話をして北京への短期留学を決めた。

8

何度かメールを出したが、返事がきたのはずいぶんあとだった。

その日、僕たちは大学の学食で待ちあわせた。それは九月半ばのことで、後期の授業がはじまってすぐのころだった。

約束の時間より三十分も早く待ちあわせ場所に着くような悲しいやつに僕は逆もどりしていた。はじめていっしょに出かけた夜に感じた一体感というか、勇気というか、これでなにもかも上手くいくという予感は、いまやすっかりあやふやになっていた。

また飲もうぜ、兄弟。彼女はたしかにそう言った。だけど、それすらも自信が持てない。

この数週間というもの、まるで夜空から北極星が消え失せてしまったような心もとなさに七転八倒した。メールを出しても返事がない。だれにでも都合というものがあるのは理解できるけど、理解できることと腹を立てないこととはまったくべつの話だった。僕があまりにも部屋をドタドタ歩きまわったり、壁を拳骨でたたいたり（トイレの壁に穴を開けてしまった）、夜中に中国語で叫んだり、意地悪を言ったりするものだから、とうとう姉がぶちギレてバドミントンのラケットでめった打ちにされた。相手の出方しだいでは、なにもかも水に流してやろうと思っていたのだ。なのに、学食にあらわれたその姿を見たとたん、もしかしたら僕が悪かったのかもしれないと初心を忘れたあげく、どうにか許してもらわなくてはと居ても立ってもいられなくなった。

「なに?」冷たくそう言い放ってテーブルについた陸安娜は、なんだか疲れているように見えた。

「ごめん」僕はもごもごとあやまった。「忙しかったかな」

「べつに」

「俺、中国に留学することにしたんだ」

「ああ、メールにそんなこと書いてたね」

「北京の阜成門《フウチエンメン》というところの語学学校なんだけど、華僑の子供たちのためのプログラムがあるんだ」すっかりうろたえ、とにかくしゃべりまくった。「そのプログラムに日本人も参加できるんだよ。来年の二月、後期試験が終わったらすぐに出発するんだ。たった二週間の短期留学だから、費用のほうはバイトで貯めた金でなんとかなるし」

「ふぅん」

僕の舌先で言葉が煙のようにかき消えた。

「ねえ、喉かわいたんだけど」

「俺、買ってくるよ」

「お茶」

自販機にダッシュして言われたものを買ってくる。放り投げられた小枝をくわえて持ちかえる犬にでもなったような気分だ。犬のほうがまだマシだ。犬なら小枝をひろうことを心から楽しめる。

テーブルにもどると、陸安娜が財布をとり出した。

「いいよ、これくらい……」

彼女は僕の前にコインをパチリとおき、おまえなんかにおごってもらう筋合いはないと言わんばかりに鼻で笑った。それからお茶を飲んだり、スマホをいじったりした。わけがわからなかった。

「また飲みにいこうぜ、兄弟」僕は努めて明るく言った。

彼女の目が携帯から離れ、物憂《ものう》げにこっちに流れてくる。そのまま横目で僕のことをにらみ、やにわに席を立った。

「やっぱり、無理」

「……え？」

「じゃあ、つぎ授業だから」

どうやら僕は、またしてもなにかをしくじったみたいだ。確固とした足取りで歩き去る彼女の後姿を見ていると、父の言葉が胸に迫ってきた。とにかく、いまこの瞬間をうしろに押しやることだけを考えなさい——人間がやらなくてはならないことなんて、とどのつまりそれしかない。いまをうしろへ押しやる。それこそが、いまの僕に必要なことだ。方法はなんだっていい。そうすれば空っぽだった弁当箱が、いつの間にかご飯や唐揚げや魚のフライや漬物でいっぱいになる。

だから、図書館へいって中国語検定試験の勉強をした。

僕はほとんどの時間を柳沢の部屋ですごすようになった。そこなら、すこしくらい暴れてもだれからも文句を言われない。

陸安娜にはもう連絡をしないことに決め、彼女のいっさいがっさいをスマホから消去した。そのおかげで、眠れない夜は地獄の責め苦を味わうことになった。

何度か悶死しかけて、夜中に自転車をすっ飛ばして〈長白〉までいってみたことがある。店は裏通りに面していて、大きなガラス窓からは忙しく立ち働いている彼女の姿や、暇そうにしている姿が垣間見えた。暇そうにしているときの彼女はたいていスマホをいじっていた。

一度、思いきって店に入って担担麺《たんたんめん》を食った。

夜も遅い時間で、僕のほかに客はひとりもいなかった。陸安娜は僕を見るや店の奥にひっこみ、それきり出てこなかった。彼女の母親と思《おぼ》しき金歯の女性が担担麺を持ってきてくれた。僕はなるたけゆっくり食い、一滴も残さずに汁を飲み、手持ち無沙汰になっては水をガバガバ飲んだ。それっきり、そこへはいかなかった。

十一月に入っても、さほど寒くはならなかった。そろそろ柳沢が帰ってくるはずだと思っているうちに、時間はどんどんすぎていった。

日々が積み重なり、まるで水と油のように僕のなかで陸安娜と世界がゆっくりと分離していく。飲みにいった日から数えたら、もう三カ月にもなるのだ。三カ月！　女の子とつきあったことのない僕にだって、それが短い時間じゃないってことくらいはわかる。僕が通った高校の女の子たちなら、三カ月もあれば二度恋をして二度失恋できるだろう。三カ月想いつづけてだめだったら、それはもう一生無理なのだ。

それでも、ふとした拍子に死ぬほどさびしくなることがある。キャンパスで彼女の面影を追い求めている自分に気づいたとき、彼女のいない比較文化論の教室をひどく薄暗く感じたとき、部屋に寝ころがって何時間でも頭のなかで彼女をなじり、土下座させ、わん、わん、わん、という叫び声で呼びもどされたときなんかに。

二階の少年はかなり重症だった。犬が吠えると彼も窓から吠えずにはいられなかったし、暴走族のオートバイがとおるたびにエンジンの音を真似てみなくては気がすまないみたいだった。それだけじゃない。検定試験の勉強をしているとアパートの壁が、ドスン、ドスン、と揺れる。少年が側壁にボールを蹴りつけているのだが、問題はそのドスン、ドスンが、雨が降っていようが槍が降っていようが真夜中だろうが、とにかく少年の気がむいたときにはいつでも響いてくるということだった。

僕は気がついたのだが、本当の問題は彼の母親にある。「キャベツも残さずにちゃんと食べなさい」、「今日はお好み焼きだからね」、「こら、ちゃんと手は洗ったの？」、「今日はなにをして遊んだの？」ごくごくふつうの母親らしい気遣いなのだが、それを深夜の一時とか二時とかにやられると、さすがにぞっとしてしまう。もちろん、文句を言う人はだれもいなかった。

ある朝、アルバイトから帰ってくると、階段に血痕が点々とついていた。それをたどっていくと、彼らの部屋の前まできてしまった。ドアの前に血溜まりができていた。

しばらく耳を澄ませてみたけど、なかからはなんの物音も聞こえてこない。空恐ろしくなった僕は携帯で一一〇番通報をした。

すぐに警察がパトカーでやってきて血を採取し、ドアをノックした。そのころにはアパートじゅうの住人があつまってきていた。

ドアを開けて出てきたのは、恐ろしく太った醜い女だった。その赤っぽい髪は、まるで血で染めあげたようなドス黒い色をしていた。警察の質問に彼女はおどおど答えた。「いいえ、なんの血だかわかりません」、「ええ、夜の仕事をしてるもので」、「息子と暮らしています」、「ええ、まだ寝てますよ」

住人のなかから声があがった。最初、それは夜中にもうすこし静かにしてもらえないかという控え目な要求だったが、おろおろする太った女を見て、みんな一気に勇気づいてしまった。声はつぎつぎにあがり、しだいに罵声《ばせい》や怒声が混ざりだした。そして、ついに積年の恨みが爆発した。

脅し文句や皮肉や嫌味に、女はペコペコ頭を下げるばかりだった。

そこへあの少年が出てきたのだ。

すっと母親の前に立った少年は、大人のTシャツをパジャマがわりに着ていた。その目はひたすら静かで、怒りもなければ、おびえもなかった。

一瞬にして騒動がやんだ。嘘じゃない。スパッと切りとられたみたいに、それまでの罵詈雑言《ばりぞうごん》が地面に落ちて消えた。それほどまでに彼は美しく、神々しいと言っても差し支えないほどだった。整った白い顔にやわらかそうな髪の毛がはらりとかかり、いまにも朝陽に透けてしまいそうだった。

だれもが息を呑み、自分がいまどこにいて、なにをやっているのかを忘れ、まるでうしろめたいことでもあるかのようにこそこそと自分たちの部屋にもどっていった。血痕のことは、それきりうやむやになった。

知れば知るほど、人間というのはどうしようもなく救い難い。部屋にかえった僕は畳にひっくりかえり、天井を見つめながらそう思った。僕たちはあの少年をかわいそうだと思うべきじゃない。だって僕たちのだれひとりとして、あの少年よりすこしもマシなんかじゃないのだから。

9

大学へいく途中にある見慣れた自動販売機の前をとおりすぎたとき、ふと足が止まった。不思議に思って、しばらく自販機の前で自問自答した。それまで煙草を吸いたいと思ったことすらない。が、抑えつけようとすればするほど、自分でもどうにもならない塊のようなものが喉元にせり上がってくるのだった。

よく「世のなかには金で買えないものがある」と言うが、煙草もそうしたもののひとつだとは知らなかった。コインをスロットに投げこんでも、自販機はうんともすんとも言わない。途方に暮れていると、水商売風の女がカードのようなものを自販機に読みとらせてから煙草を買った。

「そのカードがないと買えないんですか?」

女は犬の糞でも踏んづけたような顔で僕を一瞥し、そそくさとその場を立ち去った。

その夜、僕は人生ではじめての煙草をコンビニで買ったのだが、煙草とくればつぎは酒だ。

これから先、もし死ぬまでに女の子と飲みにいくことがあるとしたら、たかが酒ごときでうろたえる青二才のままでなんかいたくない。だから、毎日コンビニでいろんな酒を買って試した。ビール、ウイスキー、ジン、ウォッカ、ハイボール、焼酎、甘いの、甘くないの、なんでもこいだった。美味くもなんともなかったけど、酒をちびちびやりながら煙草をくゆらせていると、陸安娜に仕返しをしてやったような気分になれた。僕は十九で、しがみついていられるのは自分の気持ちだけだった。

その夜、ドスン、ドスン、という例の音がはじまったときも、僕は酒と煙草で世のなかを見返していた。時計を見ると、十一時をすこしまわっている。僕は酒を飲み、煙草を吸った。

ドスン、ドスン。

僕は空っぽで、金はなく、かわいいあの娘は今夜も油でギトギトの皿を洗っている。十一時十分になり、二十分になり、十一時半になった。僕は缶ビールと煙草を持って部屋を出た。

千鳥足で建物をまわりこむと、はたしてあの少年が空気のぬけたドッジボールを蹴っていた。こっちには目もくれず、ボールを蹴っては走り、走ってはボールを捕まえてまた一心不乱に蹴る。

僕はすこし離れたフェンスに背をもたれた。ボールが壁にあたるたびにアパートが黒ずんでいくように見えた。あくびをし、ゲップをし、煙草に火をつけ、ビールを飲む。この子はいつかあの太った醜い母親に殺されるだろう。じゃなければ、こんなに美しく生まれてくるはずがない。もし殺されなかったら、きっとこの子が逆に母親を殺すだろう。

男の子の足をすりぬけたボールがこっちにころがってくる。僕は煙草をくわえ、缶ビールを手に持ったまま、そのボールを蹴り上げてリフティングをした。

　すると男の子が猛然と駆け寄ってきて、大声で数えだすではないか。いち！　に
い！　さん！　しい！　ごお……彼が三十と叫ぶのを聞きとどけてから、僕はボール
を地面に落として足をのせた。

「サッカー、好きなの？」キラキラ輝く彼の目に話しかける。「きみ、名前は？」

「ナオヤ」

「俺は伸晃《のぶあき》」

「すっげえな、おまえ」

「こないだ、きみんちの前に血がついてたでしょ？」

「俺、知らねぇよ」

「あれ、けっきょくなんだったの？」

「もっかいやってよ！」

「よしきた！」

　僕は両足でボールをはさみ、体をひねって踵《かかと》で蹴り上げるトルネードという技から
リフティングに入った。せっかくだから、大技をいくつか出してやった。宙に浮いた
ボールを包みこむようにして足で円を描くアラウンド・ザ・ワールド、ボールを踵で

蹴り上げて肩にのせるエスパンザ、額にボールをのせてバランスをとるヘッドストール。奇抜なことをやるたびに、数を数えるナオヤの声は大きくなった。

その声にあわせてボールをぽんぽん蹴っていると、唐突に自分がとてつもない偽善者だということに気づいてしまった。僕は彼を大目に見てやろうとしていた。この少年を大目に見てやる？　ちゃんちゃらおかしいや。おい、高良伸晃、ずっとみんなから大目に見てもらっているのに、それでもまだ足りないと思っているおまえがか？

オットセイみたいにボールを額にのせたまま体を回転させるスピニング・フォーヘッドをやっているときに、ナオヤがいきなり横から抱きついてきた。

ボールがこぼれ、ころころと草むらへころがっていった。

ナオヤは僕の腰に顔を押しつけ、深く息を吸った。それは本当に深く、まるで僕のすべてを許そうとするかのように慈愛に満ちていた。それから、ボールを蹴りにもどっていった。

僕はしばらくナオヤを見守り、部屋へもどり、畳に寝ころがって闇を見つめた。ナオヤは神様か、さもなければこの世に生まれてくる前に僕がなくしてしまった大切なにかだ。僕はひどく酔っていた。

失恋と互角に戦えるものがあるとすれば、それは二日酔いだけだ。

つぎの日は学校へいくどころじゃなく、夕方まで柳沢の部屋でもんどり打ったり吐いたりしてのんびりすごした。二階は静かだった。陽のあるうちに二階が騒がしくなることなど、めったになかった。

うつらうつらとしては、美しい少年の夢を見た。少年が空気のぬけたドッジボールをこっちに蹴ると、僕はとても感謝してリフティングをするというような夢。夢のなかではそれがなにを意味するのかちゃんとわかっていたのに、目が覚めたとたん、なにもかも忘れてしまう。陸安娜からメールがとどいたとき、僕は宵闇迫る部屋でその夢についてぼんやり考えていた。

メールは、今日の比較文化論の授業で僕を見かけなかった、最近は忙しくてなかなかゆっくり話せなかったけれど、よかったら今晩七時に待ちあわせしてどこかへ出かけないか、というような内容だった。僕の中国語検定試験や留学のことにもすこし触れていた。

もう六時半をすぎている。どんなに速い車だって、七時までに待ちあわせ場所になんて着けっこない。なにもかもほっぽり出して、大急ぎで駆けつけたって無理な相談だ。

陸安娜のイメージする僕がはっきりと見える。彼女のなかの僕は、呼ばれればいつでも犬っころみたいに涎《よだれ》を垂らしてすっ飛んでくる下半身の権化なのだ。しばらく文面を眺めてからメールを削除した。なめやがって、あの女。そうそうおまえの思いどおりになんかいくもんか！

僕は煙草を一本吸い、部屋を出、駅まで突っ走り、電車に飛び乗った。電車が駅に着いてからは、年寄りを階段から突き落とすのも辞さないほどの猛ダッシュを見せた。飛ぶように走った。おかげで五分前にはなんとか待ちあわせ場所に着くことができた。大きなライオンの像のそばで、陸安娜は人混みにまぎれてたたずんでいた。声をかけると、彼女はゆっくりと目を上げ、不器用に微笑んだ。

「阿良、不登校だったんだって？」それが彼女の第一声だった。

「だれから聞いたの？」

「西くん」

「ああ」

「この前、学校でナンパされた。高校には二十八日しかいかなかったんだって？」

「二十四日だよ」

「じゃあ、無理もないか」

「なにが？」

「人とちょっとズレてるのが」

僕はちょっと考えてから口を開いた。「そういえば、タスポの存在をつい最近知ったよ」

「うん」彼女はこくんとうなずき、僕をまっすぐに見た。「飲みにいく？」

「今日は持ちあわせがない」

「あたしがおごる」彼女が言った。「勘違いしちゃったお詫びに」

「勘違い？」

「あたし、セコい男は無理だから」

「わかった」

「西くんがそこの居酒屋でバイトしてるんだって」

その瞬間、離れ離れになっていた時間が消滅した。

僕たちはその気の利かない居酒屋に入った。ビールと料理を適当に注文してから、僕は煙草を買いに席を立った。西がいた。僕たちは挨拶がわりに田中先生の悪口を言いあった。僕が陸安娜のナンパの件を問いただすと、西は彼女を指さし、小指を立ててニヤニヤした。

席にもどると、飲み物がもうきていた。ビールを一口やってから、煙草のパックを破って一本くわえる。陸安娜はそんな僕を不思議そうに見ていた。

「阿良、なんか感じ変わったね」

「煙草を吸うようになったからってべつになにも変わってないよ」

「へぇえ」彼女がにっこり笑った。「ひょっとして彼女ができた？」

すんでのところで煙にむせてしまうところだった。僕はビールをぐいぐいやった。

「いや、ぜんぜん」

「ふぅん、なんかあったら相談にのるからね」

僕たちはガンガン飲んだ。ビールを飲み、チューハイを飲み、西がこっそり差し入れてくれた赤いグラデーションのきれいな酒を飲んだ。飲むだけの理由があったのだ。陸安娜はまさにその日、ほんの数時間前に男にふられたのだと陽気に打ち明けてくれた。

この再会の背後にある欺瞞に気づき、僕のペースはさらにあがった。

陸安娜は笑っているときでも半分泣いていた。彼女が二カ月だけつきあった男はT大の三年生で、彼女の店の客で、彼女のほうから声をかけ、そして彼女は自分が中国人なのが原因のすべてだと思っていた。

「自信ないってなに？　中国人とつきあうのにどれだけ覚悟がいるっていうの？」トイレに立ったときに西がにじり寄ってきて、よっ、女泣かせ、と肘《ひじ》で僕のことをつついた。そのせいか、僕は自分が陸安娜を泣かせている張本人のような気がした。「忘れちゃえ！」酔いにまかせて、僕は吼《ほ》えた。「そんなやつ、いつまでも想ってやる価値なんかないよ！」

「ありがとう！」陸安娜は酒でにごった目を輝かせた。「阿良、いつまでも友達だからね！」

陸安娜は窓を背にしていた。僕は腹を立てたり、笑ったりしながら、何度も窓ガラスに映る青白い自分と目があった。そのたびに、自分が嘘をついていることを思い出させられた。僕は彼女の痛みに共感もしていなければ、同情もしていなかった。

どうやって勘定を払ったのかぜんぜん記憶にない。きっと西がどうにかしてくれたのだろう。僕たちは寄り添って街をさまよい、はしゃぎ、噴水に踏みこんではジーンズを濡らしたりした。ガタガタふるえながら電車に乗り、気がつけば柳沢のアパートへつづく坂道を歩いていた。

黙々と歩いた。

僕は彼女の手を引いていた。女の子と手をつなぐのは生まれてはじめてだった。アパートに着き、ドアの鍵を開け、彼女が戸惑って手をひっこめようとしても、僕のほうは放してやるつもりなんてさらさらなかった。それどころか、彼女のすべてを手に入れようと決めていた。それが僕の欺瞞だった。いまそんなことをすれば、自分が自分じゃなくなってしまう。そんなことはわかっていたけれど、それこそ望むところだった。

「痛いよ、阿良」

陸安娜は体ごと縮こまって自分の手をとりもどそうとした。そうは問屋が卸さない。ドアを開け、彼女を部屋に引きずりこむ。

「やっぱり今日は帰る」そう言って、彼女は渾身の力で僕の手をふりほどいた。「つきあってくれて、ありがとね」

僕は彼女を見据えた。

「おかげですっきりした」

「原因が国籍なら楽だよな」口が頭に喧嘩を売っているような感じだ。「だって、自分じゃどうしようもないもんな」

「阿良……?」

「中国人も日本人も関係ないんだよ」

「急にどうしたの？」

「問題はおまえが自分のことしか考えてないってことなんだ」

「…………」

「今日、俺たちは三カ月ぶりにちゃんと話をした。たぶん、はじめて飲みにいったときに俺がワリカンにしたのが気に食わなかったんだろ？」

「ワリカンの仕方が問題なの」

「とにかく、そのワリカンの仕方が取るに足りないことに思えるほど、いまのおまえは失恋をして困惑しているんだろ？　だけど、そんなことでチャラになるなら、最初からたいしたことでもなかったんじゃないか？」

「だから、今夜はお詫びに……」

「なんで今夜なんだよ？」かぶせた。「西から俺のことを聞いたのっていつだよ？」

彼女の目が揺らぐ。

「俺には恋愛経験はないけど」失われた三カ月。眠れない夜に悶絶した三カ月。「そういう自分勝手なところが彼氏にも伝わったんじゃないの？」

僕たちの視線がぶつかる。

彼女は涙を溜めた目で僕をにらみつけ、唇をわななかせ、あとずさりし、くるりと背をむけて駆けだした。

僕は部屋に入り、ドアを閉め、窓を開けた。煙草に火をつけ、夜に煙を吐く。風は冷たく、二階は静かだった。

よくふったコーラの壜《びん》をぽんっとぬいたように、後悔が一気に噴き出した。わかっている。僕は完全に正しいことを言った。だけどスカッとするのはほんの一瞬で、舌のつけ根に甘ったるい自己嫌悪だけがいつまでも消えずに残った。

10

酒と煙草があって本当によかった。さもなければ、ふたたびドロドロになっちまった時間をどうやりすごしていいものやら、とんと見当もつかない。

ずっとむかしに埋められた地雷を踏んづけてしまったみたいだ。やっと立ちなおりかけたと思ったら、僕の心はまた木端微塵《こっぱみじん》だ。自業自得とはいえ、勉強は手につかず、アルバイトでは「フォール」を連発しておばさんたちの顰蹙《ひんしゅく》を買いまくり、路上教習では教習車を暴走させて危うく年寄りを轢《ひ》き殺してしまうところだった。

中国語検定試験は十一月最後の日曜日にT大で行われた。僕が受けたのは四級で、勉強の甲斐あって、かなりよくできた。問題にボウフラやビヨンセが出ていたら、もっといい点がとれたはずだ。

我がK大とはちがい、T大は大学らしい立派な大学だった。煉瓦造りの荘厳な美しいチャペルがあって、図書館の建物だけでK大のすべてがおさまりそうだ。日曜日だから学生はいなかったが、ふだんならきっと気持ちのいいやつらが本の話をしたり、絵画やクラシック音楽について論じたり、法律や経済について意見を交換しあったりするのだろう。こんな大学に通えるのなら、どんなにか人生が光り輝くことだろう。ちょっとくらい中国娘にちょっかいを出したって、部屋にこもって自分の股間を鏡で見ていたって、それがなんだと言うのだ。K大を先に見といてよかった。もしT大を見たあとでK大を見ていたら、僕は身のほどを思い知っていまでもひきこもり生活からぬけ出せていないかもしれない。

そう、僕はぬけ出したのだ。もしこの僕にひとつだけ誇れることがあるとすれば、それはひきこもりからぬけ出せたことだ。だから、怖いものなどなにもない。そんなロジックで、陸安娜に試験の報告をしにいくことに決めた。

わかっている。飛躍のしすぎだということは。高校のとき、一度だけ団地の屋上から飛び下りようとしたことがある。けっきょく臆病風に吹かれちまったのだが、陸安娜に会いにいくのは自殺するのに似ていた。大いなる飛躍と言えば言えなくもないが、ただたんになにもかも終わらせたいというのが真相だった。

窓越しに僕の姿を認めるや、彼女はさっさと店の奥へひっこんでしまった。

僕はガラス扉を引き開け、テーブルにつき、担担麵を注文した。待つあいだにリュックサックからルーズリーフをとり出し、長々とお詫びの手紙を書いた。ああ、なにもかも俺が悪かったのだ！　きみさえよければ、もう一度友達になってくれないか！　そんな気持ちを正直に綴《つづ》った。担担麵をすすりながらも、勢いづいた筆は紙の上を走りに走った。俺がずっときみを守るから！　だから、どうか、どうか、嫉妬に狂っていた哀れな男を許してくれ！

勘定をするときに手紙を金歯の女性に託し、陸安娜に渡してほしいとたのんだ。金歯の女性はなにも言わなかったが、日本語がよくわからなかったのかもしれない。

店を出た僕は、物陰に隠れてなかの様子をうかがった。

薄汚い猿にでもなってしまったような気分だった。陸安娜はすぐにあらわれたけど、金歯の女性が手紙を渡す気配はいっこうにない。ちょうど店が忙しい時間帯だったのだ。窓ガラス越しに見る彼女は、まるで別世界にいるみたいだった。客を迎え、客と笑いあい、客を送り出す。そこには生きていく上で必要なものが全部そろっていた。

僕は煙草を吸いながら待った。一時間がすぎ、二時間がすぎ、三時間がすぎたころ、ふたりの警察官に職務質問されてしまった。

「怪しい男がいるとの通報が入ってね。きみ、なにやってんの？」

うろたえまくって店に目をやると、窓のむこうで陸安娜と金歯の女性が腕組みをしてこっちを見ていた。

「名前は？　住所と電話番号も」

僕はつっかえつっかえ答えた。陸安娜はこっちにむけて僕の手紙をヒラつかせ、読むふりをし、それからビリビリに破りすてた。

「こんなところでなにやってんの、きみ？」

「ちょっと友達と待ちあわせを。けど、こないからもう帰ろうと……」

「学生？」

「はい」

「どこ？」

「K大です」

「おお！　俺も俺も！」

「………」

ねぇな」

「じゃあ、後輩じゃん」と、もうひとりの警察官が言った。「K大ってろくなやつい

「ざけんな」K大の先輩はうれしそうだった。警察官なのに悪ぶるチャンスに飢えているみたいだ。「まあ、むかしは俺もいろいろやったけどね！」

「けど、あそこってつぶれちゃうんでしょ？」

「えっ！　マジマジ？」

「おまえ、新聞読んでないの？」

陸安娜はもうこっちなど見てもいなかった。金歯の女性とふたりして料理を運んだり、ビールを運んだりしていた。

「あの、すみません」僕はK大の先輩に言ってみた。「もういってもいいですか？」

ふたりは顔を見あわせた。

これが、僕がはじめてパトカーに乗った一部始終だ。

急に冷えこんだ灰色の午後に、陸安娜がまたメールを送ってよこした。T大生の例の彼氏とよりをもどしたから今夜いっしょに飲みにいかないか、と。

僕はビザの申請をすませて、中国領事館を出るところだった。冬のコートを着た警

察官が、まるで凍りついたように門脇の詰所に立っている。大きな箱に入った悲しいフィギュア人形みたいに。

これは彼女の復讐だ。そうにちがいない。この誘いに応じるにしろ、断るにしろ、僕の負けは変わらない。ほくそ笑みながらメールを打つ彼女が見える。もし断れば僕は小さな人間だし、応じたら応じたで、それはやせ我慢をしている小さな人間だった。

身を切るような木枯らしに吹かれながら川辺のベンチで二時間ほどカモメを眺め、けっきょく弁当工場に電話をかけ、風邪をひいたと嘘をつき、とぼとぼと待ちあわせ場所へむかった。

朝、目が覚めたらいきなり師走になっていたとでも言いたげな、あわただしい夜の街だった。

陸安娜は彼氏と連れ立ってあらわれた。その顔を見たとたん、自分の勘が正しかったと確信した。彼氏の手前、屈託のない女を演じてはいるが、いい度胸してんじゃん、とその目が言っていた。

僕は一瞬にして彼女の求めるキャラクターに成り下がった。彼氏にはペコペコ頭を下げ、取るに足りないこんな僕のようなものと酒を飲んでくれるなんて、なんて心の広いお人なんだと必死でわからせようとした。陸安娜はとても満足そうだった。彼女が満足してくれて、僕もうれしかった。

彼氏のほうはすっきりした背の高い男で、最初こそ僕のいかつい顔に戸惑っていたけど、こっちがあまりにもへいこらするものだから、たちまちリラックスして大物ぶってきた。どこにいきましょうか、えへへ、とこっちがもみ手で言うと、すっかり貫禄を出した彼氏が、うん、どこでもいいよ、と鷹揚にかえしてくる。だから、西がアルバイトをしているあの居酒屋へ連れていくことにした。

控え目に言っても拷問のような時間だった。

陸安娜と彼氏は――河田《かわた》という名前だ――ずっと手をつないでいたし、河田はひとりでしゃべりにしゃべった。T大生がいかに馬鹿ばかりで、いかに冒険心がないか。先生たちは保守的で、政治家たちは冒険を恐れ、このままじゃ日本はだめになり、そのことに自分がいかにうんざりしているか。それはT大をこき下ろすことで、暗に僕や陸安娜の上に立っていることを再確認させる作業のようだった。陸安娜はうっとりと聞き惚れていた。

「T大生はね、すっかり社会に飼い慣らされてるんだよ。野心も抱負もなにもない。人生、もっとギャンブルに出なきゃ！」

「ふぅん、天下のT大なのにねぇ」僕はどんな太鼓持ちでも舌を巻くほど驚いてみせた。「じゃあ、河田さんは卒業したらどうするんですか？」

「うん？　ああ、公務員」

「………」

「ヒロくんはね、ほんとは作家になりたいんだよ」陸安娜が援護射撃をする。「すっごい読書家なんだから」

ふたりは顔を見あわせてくすくす笑った。

「へぇえ、すごいですね。どんなのを書いてるんですか？」

「まだ書いてはいないんだけどね。まあ、充電中ってところかな」

飲まずにはいられない。日本はこの河田のようなやつのもので、僕の居場所なんかどこにもない。

あんまり食べてないね、そう言って陸安娜が僕の皿に焼鳥をとってくれた。「今日はヒロくんのおごりだから、串の数なんか数えなくていいよ」

「なに、それ？」と、目をキラキラさせる河田。「串を数えるって、彼、そんな細かい人なの？」

「でも、いいやつなんだよ」もうこっちのものだとでもいうように陸安娜が冷笑した。

「大学でできたはじめての友達だし」

ふたりはマダガスカルのゴキブリでも見るような目で僕のことを見て笑った。

河田はなんだかんだとしゃべりつづけた。人としての在り方や、金というもののむなしさについて。僕は酒を飲んだ。西がまたあの赤いグラデーションの酒を差し入れてくれた。僕と西は一言、二言、挨拶を交わした。

それだけだった。

「いまの店員、高良くんの友達？」

「はい」

「悪そうなのになかなか親切だね」

「元暴走族ですから」

「へぇえ！　そうなんだ、ふぅん！」

さしたる理由もなく、僕は唐突に風向きが変わったことを感じた。小動物の本能で針の穴ほどの活路を見出したのだと言ってもいい。見やると、陸安娜がおびえたように目をそらした。

河田はまぶしそうにこっちを見ている。

ははーん。僕は煙草に火をつけ、酒を飲んだ。ははーん。それから、ちょうどいい頃合であの切り札を出した。

「俺、高校に二十四日しかいってないんですよ」

河田の目に尊敬の色がありありと浮かぶ。いるのだ、こんなやつが。しかも、いたるところに。

僕は高校時代に小耳にはさんだエピソードをいくつか披露してやった。売春、麻薬、警察沙汰、自殺――そのうちのひとつふたつは自分を主人公にし、ただの骨折を致命傷に仕立てなおした。K大には便宜上籍をおいているだけで、本当はもっと大きなことを考えているのだと言外に匂わせた。河田のような人間には、それくらいしてもいいような気がした。

「さっきの店員とは大学で知りあったんですけど、入試当日の朝までバイクで走りまわってたそうですよ。話してるうちに意気投合しちゃって。そしたら、少年院に入った共通の友達がいるってわかっちゃって！」

「へぇえ！」河田は陸安娜に顔をむけた。「そんなことってあるんだねぇ！」

「俺もさっきのやつもたいがいでたらめやってきましたけど、強姦だけはしたことないんですよ。まわりにはやってるやつもたくさんいたけど。クスリとか使って。そんなの間違ってるっていうか、俺らは本気で好きになった女じゃないと、いくらや

って も意味ないって思ってるから。だって、女って大事にしなきゃなんないもんでしょ？」

「うん、そうだよねぇ」

「俺はホンモノになりたいとずっと思ってるんですよね」

「わかる！　それ、よくわかるなぁ」

「キツいこともたくさんあるけど、そこで女に逃げちゃうってのは俺的にはありえないんで。河田さん的にはどうですか？」

「ぜんっぜんありえないよね！」

それまでしっかりつないでいた手を硬派河田にふりほどかれると、陸安娜はもうやめてくれと言わんばかりに僕を凝視した。

「女に逃げるようなやつはニセモノだよ、うん」

「さっき河田さんの話を聞いて思ったんですけど」僕はつづけた。「河田さんって世のなかに腹を立ててるじゃないですか。なんか、うれしかったですよ。そんなガッツのある人と知りあえて」

顔を紅潮させた河田がいまにも泣きだすか、抱きついてくるんじゃないかと思った。いまや僕は、腰は低いが押し出しの利いた渋いやつだった。腰の低さが、かえって僕の凄味を天井知らずに押し上げていた。

「いや、俺もね、むかしはけっこう悪かったんだよね！」

河田はカツアゲに遭ってもへこたれなかったときのことや、友達の弟の喧嘩話や、T大を出て社会の歯車になるしかない人生がいかに不本意かをまくしたてた。

僕としては相槌を打ってやるだけでいい。それだけで、このかわいそうな男を幸せな気分にしてやることができた。

「じゃあ、高良くんはこれからどうするの？」と、河田が訊いてくる。「ほら、K大ってなくなっちゃうわけだし」

「わかりませんけど」僕は煙草をひと吸いしてから言葉を継いだ。「日本を出て、しばらくあっちこっち見てみようかと思ってます」

河田がうなずきまくった。かわいい彼女のことはもう眼中にない。彼の瞳には破滅しか映っていなかった。

陸安娜は影のように薄っぺらくなっていた。

僕は早くひとりになりたかった。

数日後の深夜、大きな石が窓ガラスを破って飛びこんできた。

石は窓を背にしてビールを飲んでいた僕の頭をかすめ、柳沢のラジカセを直撃して破壊した。

窓を開け放つと、窓枠に残っていた割れガラスが音をたてて落ちた。

「だれだ!?」

粉雪の舞う夜の下で街は息を殺し、ぶくぶくに着ぶくれした陸安娜は鼻息を白く荒らげていた。

「安娜？」

「あんたのせいだからね！」

彼女の雄叫《おたけ》びに即座に反応したのは近所の犬と二階の少年だった。窓から身を乗り出したナオヤが全身全霊で犬に吠えかえすと、うろたえた陸安娜の目から殺気がぬけた。

「部屋に入ってきなよ」

「なんで？」彼女の目は僕と二階を行ったり来たりした。「あんなことしてなにが楽しいの？」

「それはこっちのセリフだ」

陸安娜がにらみつけてくる。

「おまえは馬鹿だ。俺の気持ちに気づいているにせよ、そうじゃないにせよ。そこで凍えていたいんなら勝手に凍えてろ」

彼女はしばらく目つきを鋭くしていたけれど、二階に一瞥をくれ、けっきょくおとなしく建物をまわって部屋に入ってきた。

僕はジンを注いでやった。

それから、記憶の断片のような言葉が僕たちのあいだに降りつもっていった。河田はふたたび陸安娜に別れを告げた。僕と出会い、自分もこのままじゃだめだと思ったそうだ。公務員になることをやめると言いだし、二言目にはホンモノになりたいと唱えるようになった。

いったいぜんたい、どこで間違ってしまったのだろう？　空っぽのやつが必死で満たされようとしているのに、満たされているやつらはせっかく手に入れたものをわざわざドブに投げすててまで空っぽになりたがるなんて。同情を禁じえない。河田もまた僕とおなじように、自分を見失っているのだ。

「自分でもわかってる、阿良のせいじゃないって」

「あたりまえだ」僕は酒を飲み、煙草に火をつけて一服した。「俺のせいであってたまるか」

「あんたのせいよ！」陸安娜が吼《ほ》えた。「なんであんなことするの⁉」

「そっちこそなんで俺を呼んだんだよ？　河田にちょっと危機感でも持ってもらおうと思ったんだろ」

「あんたになにがわかるの？」

「見え透いてるんだよ」

陸安娜が目をむく。

「けどな」と、僕はつづけた。「言っとくけど、そんな駆け引きが成立するのは相手もおまえのことが好きなときだけだぞ。そうじゃなけりゃ、男にとってへりくだることなんか屁でもないんだよ。おまえはな、あいつに見下されてんだよ」

「そんなことない」

「じゃあ、なんですてられるんだよ？　ホンモノの男になるため？　ハッ！　つまり、おまえはホンモノの男にふさわしい女じゃないってことじゃん」

「そんなことない」

「そうまでして、あんなやつといっしょにいたいのかよ」

僕たちは破滅的な沈黙のなかで酒を飲み、煙草を吸った。どんなに咳きこんでも、陸安娜は年老いたインディアンのように煙草の火を絶やさなかった。窓の穴から雪がちらちら降りこんだ。

「なにがあるの?」彼女の声がしじまを破る。「だれかといっしょにいたいと思う気持ちのほかに、あたしたちになにがあるの?」

やがてビールがつき、煙草もみんな消えてなくなった。

僕はダッフルコートを着て部屋を出た。自転車でコンビニまでいき、酒と煙草とガムテープを買って帰ってくると、陸安娜はまだジンを飲んでいた。そのへんの雑誌を破って窓の穴にガムテープで貼りつける。

それから、彼女の唇に吸いついた。

死に物狂いの抵抗に遭うと思っていたから、彼女の舌がするりと口のなかに入ってきたのには面食らってしまった。

「教えてよ」その声はジンと煙草の味がした。「その気持ちのほかになにがあるの?」

雪は静かに降りつづいている。

ダウンジャケットの下から手を差しこみ、女の胸に触ってみる。掌《てのひら》にすっぽりおさまるくらいの胸に。彼女のジーンズのボタンをはずし、ファスナーを下ろし、指先を下着のなかへ這わせる。陸安娜はあたたかく、やわらかく、逃げこみたくなるほど奥深く潤い、そして傷ついていた。僕は熱く、硬く、なにかを壊さずにはいられないほど空っぽで、そして傷ついていた。

「その気持ちがいつも愛だとはかぎらない」僕は彼女から離れ、煙草に火をつけ、ビールのプルタブを開けた。「じゃなきゃ、こんなに俺たちをうろたえさせるはずがない」

陸安娜はジーンズのファスナーを上げもせず、まるでそうするのがあたりまえのように、またジンに沈んでいった。

僕たちは夜明けまで酒を飲み、いっしょに駅まで歩き、そこで別れた。

11

年末で実家に帰っているときに柳沢から電話があった。三カ月の留守のつもりが、現地でビザを延長できたのだと言う。仕事が思ったより順調だったそうだ。

僕のひとり暮らしは突如として終わりを告げた。

窓ガラスについて嘘をつかなくてはならない。植物に水をやりにいったらすでに割れていた、ひょっとしたら二階の少年の仕業かもしれない、と。もうすぐ中国に短期留学することを明かすと、じゃあ、その前に一度会おうということになった。

待ちあわせの日、ふと思いたってサッカーボールを持って家を出た。空気がすこしぬけていたから、スポーツ用品店でパンパンにしてもらった。

僕たちは適当で無難な喫茶店に入った。

柳沢はまるで別人のようだった。パリッとしたダークスーツを着こなし、長かった髪は七三に変わり、髭もきれいさっぱりなくなっていた。

「高良くん、なんか雰囲気変わったね」煙草に火をつける僕を見て、柳沢がそう言った。「なんかあったの？」

「べつに」

「なんか堂々として見えるよ」

「もしそう見えるんなら、それはもう俺に失うものがなにもないからです」膝の上のサッカーボールに目を落とす。「ただの失恋ですよ」

「マジ？　いつ？」

「ひと月ほど前」

「じゃあ、いまがいちばんキツイ時期だね」

やっぱり、あれは恋だったのだ。他人と分かちあえるような、ありきたりの痛みだったのだ。それがわかって、僕は自分がひとまわりも、ふたまわりも小さくなってしまったように思えた。

「仕事、上手くいってるみたいですね」

「俺ももう二十八になるからね、いつまでもふらふらしてられないよ」

「車、売れてるんですか?」

「上海って台湾人が多いんだ」そう言いながら、柳沢は名刺を一枚くれた。「台湾村と呼ばれる高級住宅地があるくらいでさ。ほとんどが中小企業の社長で金持ちだから」

「金持ちなのに、み……」すんでのところで密輸という言葉を使ってしまうところだった。「えっと、走私《ゾウスー》の車を買うんですか?」

柳沢がニヤリと笑った。「けっきょく中国人だからね」

「なるほど」

「いいことばかりじゃないけどね。この前なんか、車を運んでた船をイミグレーションに押さえられちゃったし」

「大丈夫なんですか?」

「問題ないね。車の調達、保管、輸送、書類の偽造、みんなばらばらの会社がやってるから。おたがいの素性も知らないよ。どこかでつまずいても、ほかのところには飛《と》び火《ひ》しないようになってるんだ。うちは車を輸送するだけだからね」

「じゃあ、台湾人相手なんですね」

「中国人の顧客もいるけど、上海では基本的にそうだね。高良くん、金色の絲の鳥ってなんだかわかる？　金絲鳥《ジンスウニャオ》」

「金絲鳥？」

「カナリアだよ。中国語では妾《めかけ》を持つことを『金絲鳥《カナリア》を飼う』という言い方をするんだ。台湾社長のカナリアちゃんたちはみんな高級車が好きなんだよね。でも、正規の代理店で買ってやることもないでしょ？　ただのカナリアなんだから。うちの会社はアフターサービスもちゃんとしてるから、いまのところ順調だね」

「アフターサービスって？」

「高級車って盗まれやすいから。ほとんど見つからないんだけど、ほら、警察が見つけてものこのこ引き取りにいけないじゃん？　だから、うちが引き取りにいってやるんだよ。いちばん遠くへは四川省までいったな。成都《せいと》から上海まで帰るのにまるまる三日かかったよ」

「運転して？」

「もちろん」

「何キロくらいあるんですか？」

「二千五百くらいかな。ほとんど日本列島ひとつぶんだね」

「いつ日本に帰ってきたんですか？」

「クリスマスの日」柳沢は煙草を吸いかけ、急になにかを思い出したみたいに顔を上げた。「そうそう。失恋ってさ、まさか陸さんじゃないよね？」

「え？」

「いや、俺が帰ってきた日にアパートにきたんだ。高良くんがいると思ったみたいで」

「クリスマスに？」

「高良くんは実家に帰ってるはずだって言ったら、とても困ってたみたいだからさ。

高良くんの相手って……ちがうよね？」

「で？」思わず身を乗り出した。「それからどうしたんですか？」

柳沢が口をつぐんだ。

「柳沢さん」

「飲みたいって言うからちょっと飲みにいって……まいったなぁ」彼は顔をしかめ、

口を開いてはまた閉じ、煙草を吹かし、ついにカラッと言った。「彼女、けっこう遊んでるみたいだよ」

サッカーボールが膝からこぼれ、跳ねながらころがっていった。

柳沢は僕の顔とサッカーボールを交互に見やり、僕は席を立ってボールをひろってきた。それから、しばらく放心していた。

「なんでサッカーボールとか持ってんの？」

僕は膝の上のボールを撫でながら、こいつの顔面にぶつけてやるべきかどうかをいっとき真剣に悩んだ。

「柳沢さんのアパートの階上に男の子がいるでしょ？」

「あのちょっと変わった双子の兄弟？」

「…………」

「きれいな顔をした双子のことでしょ？　いっつも窓から吼えてる子と、いっつもボールを蹴ってる子」

「双子？」

「仲良くなっちゃったの？　やるなぁ、高良くん……あっ、そのサッカーボール、もしかしてプレゼント？」

「はあ、まあ……」

「でも、あの家族、もうあそこにはいないよ」

「引っ越しちゃったんですか？」

「俺も大家さんから聞いただけだから詳しくは知らないんだけど、母親が双子のどっちかといっしょに心中しちゃったんだってさ」柳沢が言った。「で、残ったほうの子は遠い親戚の家だか施設だかにいっちゃったらしいよ。俺がいないあいだにあの部屋の前に血がついてたんだって。どうも双子のどっちかが小動物を殺してたみたいだよ。大家さんの話では、母親がキレちゃったのはそのせいだろうって……高良くん、大丈夫？　ぼうっとしちゃって」

「大丈夫です」

「さっきのことを考えてるんなら、言っとくけど、俺が誘ったわけじゃないから」

だれかといっしょにいたいと思う気持ち——いったい、いつになったら人類はそんな気持ちから自由になれるのだろう？　どうしてひとりぼっちじゃだめなのだろう？

ひとりぼっちで生まれて、ひとりぼっちで生きて、ひとりぼっちで死んでゆければ、陸安娜もナオヤもありのままの自分でいられたのに。

心が水漏れをしている。あらゆるところから。あらゆる水が。

せっかくだから飲みにいこうという柳沢の誘いをことわり、サッカーボールを骨壺のように大事に家に持ち帰り、悲しみでパンパンになったそのボールで、僕は脚が上がらなくなるまでリフティングをした。

第2部　ノー・モア・アイラヴユー

12

中国へきてみてまず思ったのは、自分が中国なんか好きでもなんでもないということだった。

街並みは日本よりゆったりしているのに、奇妙な息苦しさがある。北京首都空港からバスと地下鉄を乗り継いで阜成門《フウチエンメン》へ着いたまではよかったが、だれに訊いても付近に僑《チャオシェン》生語言学校なんてないと言う。「不知道《知らない》」ではなく、みんなが自信たっぷりに「没有《ない》」と断言するものだから、もしかしたら日本の旅行社にいっぱい食わされたんじゃないかと不安になってしまったほどだ。

駅の前で右往左往していると、信じられないくらい汚い男の子が脚にしがみついてきた。陽は落ちかけていて、気温はマイナス七度。男の子は裸足で、顔は黒く煤《すす》け、着ているものは穴だらけの緑のセーター。髪の毛はパサついて房になっている。僕の脚に抱きつき、なにやらわけのわからないことをわめいておいおい泣いたが、金をくれなきゃ父親にぶん殴られる的なことを訴えていたにちがいない。道ゆく人たちが無表情に僕たちのそばをとおりすぎる。二〇〇八年といえばたかだか十年ほど前だけど、こんなところでオリンピックをやったなんて、なにかの冗談だとしか思えなかった。

彼は粘り強く、ほとんど無私無欲と言っていいほどよくがんばったが、けっきょく僕からは一銭ももらえなかった。ものすごく太ったおばさんがものすごい剣幕でやってきて、彼をバチバチひっぱたいたからだ。この恥知らず！　と、太ったおばさんは怒鳴ったのだと思う。この害虫！　共産主義の敵！　それから僕を指さし、この人はね、もう十分かわいそうなんだよ、と言ったような気がする。

「どうして？」と、男の子が訊きかえす。

「勇気がなかったのさ」おばさんは応えた。「だからもう放してあげな」

「やだやだ！」

彼が頑として僕の脚にしがみついていると、そっちがその気ならこっちにだって考えがあるとばかりに、おばさんはどこからか木の棒をひろってきた。男の子が一目散に逃げ出さなかったら、血を見ることになっただろう。

「あの夜のことはそっとしといてあげな！」棒切れをふりまわしながら、おばさんはこんなふうな罵声を男の子の背中に浴びせたんじゃないかと思う。「自分が傷つくのが怖かったんだ、ただそれだけのことさ！」

いつしか街に灯がともり、冷えこみもいっそうひどくなった。

途方に暮れた僕の目が白人、黒人、アジア人の混合グループを見つけたのは、もうこのまま日本に帰ろうかと真剣に考えはじめた矢先だった。藁《わら》にもすがる思いで話しかけてみたのだが、三井《みつい》恭介《きょうすけ》とはそうやって顔馴染みになった。

「ちょうどみんなで晩飯を食いにいくところだからよ、おまえもいっしょにくれば？」

初対面でいきなり「おまえ」呼ばわり。それがなんとも新鮮で、ああ、これが世界というものなのか、という実感がふつふつとわいてきた。

英語が上手いですねとヨイショした僕に、三井はこう応えた。「大学を出てからしばらくアメリカにいってたからよ」

彼はみんなを紹介してくれた。アメリカ人の男はミッキーで、カナダ人の女はナタリー、エチオピアのデイビッドに、韓国はふたりとも金《キム》。ようやく文明に出会えたような気がした。マクドナルドやスターバックスが世界中にあるのは、こういうことだったのだ。ああした店は西洋の価値観や人々の帰属意識をも商っている。

「最初は親父の友達の中国人の家に居候してたんだけどな」三井が言った。「女を連れこんだら追い出されたんだよ。中国人、マジ、笑うぜ」

人を見下したようなその薄ら笑いに、僕はすっかり魅了されてしまった。

中国での最初の食事は餃子だった。餃子は重さで注文する。一斤《きん》は約五百グラムで、八人なら三斤もあれば十分だった。燕京啤酒というビールをガバガバ飲み、他の料理——鶏肉とカシューナッツを炒めた宮宝鶏丁、茹でた豚肉にニンニク醤油をかけた蒜泥白肉、ナスに豚肉をはさんだ茄合、ピータンと豆腐を混ぜた皮蛋豆腐、野菜と蝦を炒めた青菜蝦仁、玉米濃湯《コーンスープ》——をたらふく食っても、ワリカンにすればひとり五十元(八百円)ほどだった。

この多国籍軍といっしょにいるのは楽しかった。アメリカ人、カナダ人、エチオピア人が会話をリードしているときはみんな英語でしゃべったし、ふたりの金がなにか言いだすと、それがとたんに中国語に切りかわる。すると、それまでざわついていた店内が固唾《かたず》を呑んで聞き耳を立てるのがわかった。自分がまわりの中国人たちよりも一段上等だという気にさせられる。本当の自分自身より上等な気さえした。

食事がすむと、日本人以外は地下鉄に乗ってどこかへいってしまった。

僕と三井はナトリウム灯の黄色い夜道をてくてく歩き、僑生語言学校へむかった。

「アメリカでなにをしてたんですか？」

「ハーレー・ダビッドソンの学校にいってたんだよ。メカニックを養成する学校な。そこで免状をもらえたら、世界中どこでもハーレーのバイクをいじらせてくれるからよ」

「バイクが好きなんですか？　それともアメリカが好きなんですか？」僕は言葉を足した。「俺の知ってる人が自分はアメリカ人になりたかったたって言ってたから。アメリカを横断中にそいつの車が故障しちゃって。そのときたすけてくれたパトカーのラジオから流れてきた曲を聴いて、ああ、自分はやっぱりアメリカ人にはなれないんだって悟ったそうです」

僕たちはしばし無言で歩いた。

「世界はどんどん白人のもんになりつつあるからよ」三井が言った。「白人の文化が気づかねぇうちに俺らを真っ白に染めやがる。それに嫌気が差したから、俺は中国なんかにきちまったのかもな」

「なにかいやなことがあったんですか？」

「べつに。ただ、あいつらって我が強ぇ《つえ》からよ、疲れちゃうんだよな」

「中国人も我が強そうですけどね」

「ちょっとちがうんだよな。アメリカってよ……なんつーか、人情より法律が勝つほうが多くてよ。たとえば大岡越前かなんかであったと思うんだけど、ひとりの子供をふたりの母ちゃんがとりあってるとするな？　ひとりは偽者でな。そんで、大岡越前がそのふたりの母ちゃんに子供の手をひっぱらせるんだよ。勝ったほうが本当の母ちゃんだ、とか言ってよ。で、ガキはひっぱられて痛《いて》ぇから泣きわめくわけだ。そしたら、本物の母ちゃんはガキがかわいそうだから手を放しちゃうんだよ」

「で、その手を放したほうが本当の母親ってことで一件落着でしょ？　でも、それって聖書にもおなじような話がありますよ」

「とにかくアメリカじゃ、ぜったいに手を放したほうの負けなんだよ。おまえはなんで中国にきたの？」

待ってました。ここは慎重にいかなくては。僕は話を上手く運び、自分が持っている唯一の切り札へと導いた。

「ふぅん、二十四日ね」案の定、こいつも針にかかった。「そんなんで卒業できるんだ？」

「単位制だから、学年とかも関係ないんですよ。友達はみんな麻薬でだめになったり自殺したりしてて。暴走族に入ってる友達で、大学入試の朝まで走ってたやつがいますよ」

僕の嘘は、もう僕自身なんかよりもよっぽど僕に近くなりつつある。横目でうかがうと、三井はぼんやりと煙草を吸っていた。

「で、仲のよかった友達が……あ、そいつ、ホストやってたんですけど、自分の彼女の親友に麻薬売りつけてたのがバレて刺し殺されちゃったんですよ」言い知れない不安に駆られ、僕は嘘に嘘を重ねた。「それで俺もこのまんまじゃ、やべえなって感じで。上海で車売ってる友達がいるんですよ。いっしょにやらないかって誘われてて。これからはやっぱり中国でしょ？　その友達、こないだ四川から上海まで盗まれた車を運転して帰ってきたんですけど――」

「痛《いて》ぇな、おまえ」

「え？」

「友達が、友達が、って言うやつの話はよ、聞いてていたたまれなくなっちゃうんだよな」

悪寒が背筋を駆け上がる。

「あと、格闘技がどうのこうの言うやつな」三井は煙草をはじき飛ばした。「まあ、あんまり無理すんな。ここは日本じゃねぇんだからよ」

僕たちは夜風に背中を丸め、白い息を吐き吐き、夜道を急いだ。

ここは日本じゃない。そんなことはわかっている。僕は今日、ぴかぴかのパスポートを無愛想な役人に見せて飛行機に乗ったのだ。それでもこの初対面の男に言われるまで、自分が日本以外のどこにもいなかったことに気がつかなかった。ここは日本じゃない――彼の声がなにかのはじまりを告げるホイッスルのように耳のなかで鳴り響いた。不思議な感覚だ。いままで容赦なく飛び交っていた銃弾がいきなり空中で静止したような。その銃弾に顔を近づけてとっくり眺めたり、指でちょっとつついてみたりもできる。

そう、ここは日本じゃないのだ。

三井は僕をちゃんと僑生語言学校まで連れていってくれたばかりか、諸々の手続きも見届け、ついでに部屋に上がりこんでシャワーまで浴びた（彼自身は僑生の宿舎を出てひとり暮らしをしていた）。

いつかはこういう日がくると思っていた。あたりまえだ。世界中の人間が僕の栄光の二十四日間の前にひれ伏すわけじゃない。これでようやく柳沢や河田のようなやつらとはちがう次元に進めた。

浴室から漂ってくる三井の鼻歌を聴きながら、僕はリュックサックから服やら文房具やらをとり出してベッドにならべていった。

目まぐるしく開けてゆく世界にすこしずつ興奮が追いついてくる。どうにも落ち着かない。十九年の懲役がなんの前触れもなく終わり、いきなり娑婆《しゃば》に放り出されたような気分だ。自由。すくなくともこれから先の二週間は、だれにもなんの気兼ねもいらない。なのに期待の上に不安がおおいかぶさり、それをさらに得体の知れない無力感がすっぽりと包みこんでいた。

窓の外では木枯らしがびゅうびゅう吹いているのに、部屋のなかは汗ばむほど暖かい。

所在なく窓辺にたたずみ、猫の額ほどの中庭を見下ろす。裸木のシルエット。石炭が山と積まれている。冬のあいだじゅうこの石炭を燃やし、炕《オンドル》と呼ばれる床下の溝に熱い煙を送って建物を暖めるのだ。

三井にハッタリが通じない以上、なにをどうしたらいいのかさっぱりわからない。大急ぎで自分のなかにあるものを探してみたけれど、陸安娜に傷つけられた心以外、なにも見あたらなかった。僕がそれまでの自分とは正反対の自分を演じてみる気になったのは、たぶん、そうしたことが理由だったのだ。変身しなくてはならない。せめて、中国にいるあいだだけでも。

「どうした？」

ふりかえると、上半身裸の三井がいた。髪が濡れていて、左肩には燃え盛る太陽の刺青《タトゥ》が入っている。

「泣いてんのか、おまえ？」

あわてて目をこする。変身しようと決めたばかりなのに、僕は情けないほど僕のままだった。

「べつに泣いてるわけじゃ……」

「話してみろ」

話すつもりなんてさらさらなかった。とんでもない。なのに気がつけば、陸安娜とのことをかいつまんで打ち明けていた。きっと、本当は話したかったのだ。

言葉にしてみると、びっくりするくらい薄っぺらで、ありきたりな失恋沙汰でしかなかった。なんの盛り上がりもない。最後まで話すのに三分もかからなかった。ベッドに腰かけた三井はじっと耳を傾けるばかりで、これといってなにも言ってくれない。

そのせいか話はどんどんふくらみ、陸安娜はどんどんいい女になり、しまいには陸安娜のことを話しているのかパリス・ヒルトンのことを話しているのか自分でもわからなくなってしまった。

「とにかく、ちょーいい女なんですよ！　だけど、俺も男としていい加減なことはしたくないし」

僕はほとんどパニックを起こしかけていた。ドアがノックされなかったら、三井の肩をつかんで揺さぶっていたかもしれない。

ドアを開けると、背の低い、ずんぐりむっくりの男が立っていた。

「よう、ジョンジョン」三井が彼を招き入れる。「こいつ、新入り。二週間ここで短期留学するからよ」

「こんばんは」と、ずんぐりむっくりがお辞儀をした。「中塚《なかつか》です。さっき三井《サンジン》から電話をもらって」

「え？」僕はふたりをかわるがわる見た。「え、サンジン？　ジョンジョンって？」

「留学生はよ、名前を中国語の発音で呼びあったりするんだ」

「なるほど」僕は中塚《ジョンジョン》にむきなおった。「高良《ガオリャン》です。高粱酒とおなじ発音で」

「今日はこいつの歓迎会だからよ」と、ベッドから立ち上がる三井。「ちょっと飲もうぜ」

僕たちは連れ立って宿舎を出、真っ暗な細い路地をぬけ、もっと細い路地にある売店でビールと赤ワインと魚肉ソーセージとアメリカ煙草を買った。売店は通りに面していたが、面しているのは上の二十センチだけだった。残りは歩道の下にうずもれている。半地下の部屋の、上の隙間だけで商売をしていた。よくよく注意して見ないと、だれもそこが店だとは思わないだろう。小さな窓から目だけをギョロギョロのぞかせている店のオヤジが、まるでなにか重大な任務をおびて地下に潜伏しているスパイのように見える（実際、三井たちはこの店をアジトと呼んでいた）。オヤジが渡してくれる品物を僕たちはいちいちしゃがんで受けとらなくてはならない。ちっぽけな店内には品物があふれていたけど、中塚の話では女も買えるとのことだった。

部屋にもどり、さっそく乾杯した。

赤ワインをビールで割ったR&Bなるカクテルをガンガンやりながら、いろんな話をした。中塚と僕は同い年だった。高校を出てすぐに中国にやってきて、北京大学への編入を狙っていると言う。

「日本じゃどうせろくな大学にいけないからね」と、中塚は言った。「留学生ならこっちの大学には入りやすいし」

そのせいで、またぞろ陸安娜のことを思い出してしまった。

僕は率先して乾杯に乾杯を重ね、やがてビールもワインもなくなったが、夜はまだはじまったばかりだった。

宿舎をぬけ出した僕たち三人は、ほとんど辻強盗のようにしてタクシーを捕まえた。すぐに助手席の三井が運転手と口喧嘩をはじめ、中塚が大声で歌いだした。運転手は角刈りで、夜よりも黒いサングラスをかけていて、しょっちゅう頭を窓の外に突き出しては唾を吐き飛ばした。

ラジオから聴き覚えのある曲が流れてくる。聴き覚えはあるけど、まったく知らない曲が。歌わずにはいられない。すると、中塚もでたらめにハモってくる。三井が手をたたいてゲラゲラ笑った。

僕たちの乱痴気騒ぎを窓からあふれさせながら、タクシーは赤信号を何度か無視してどんどん突っ走った。窓外を流れゆく街並みは無表情で、このまま街路樹にでも激突してみんないっぺんに塵《ちり》に還《かえ》ってしまうのも悪くないという気にさせられる。

やがてタクシーは大きなビルの裏で停まり、僕たちは一丸となって〈なんとかパラダイス〉と読めるネオンをかかげた門へ突進した（ネオン管が半分消えていたのだ）。三井が剣呑な門番と話をつけるあいだ、僕と中塚は付近の売店でバーボンを一本買ってコートの下に隠した。もどってくると、ちょうど三井が門番の男と握手をしているところだった。

「この店、週末は外人はタダで入れるんだ」と、中塚が教えてくれた。「日本人って中国人と見分けがつかないからさ」

まるで大砲みたいにぶっ放される強烈なビート、宝石が砕けたような光彩、ダンスフロアにひしめく人影――なにもかもはじめての経験なのに、僕はこんなところには中学生のころから入りびたっているんだぞという感じで人混みをかき分け、三井が手招きをするテーブルにたどり着いた。そこで一生をかけても知りあえないほどたくさんの人たちに紹介された。男、女、白人、黒人、東洋人。目まぐるしく乾杯し、見よう見真似で掌を打ちつけあい、また乾杯する。バーボンのボトルがテーブルをひとまわりして僕のところにもどってきたときにはもう一滴も残ってなかった。

テーブルのむかいには白人の膝の上にすわっている東洋人の女の子がいる。白人はハンサムで、女の子はとても美人だった。僕はもうすっかり自分のことをアメリカ人だと思いこんでいたから、その光景が奇妙に誇らしかった。国際化とはこういうことだ。人前でこんなことを平気でするやつらの仲間に僕もようやくなれたのだ。

「ウエスタナイズドの意味をはきちがえてる！」となりの女が僕の耳元でわめく。

「あたしはあんなふうにすぐ白人にひっかかる娘って、ほんとにかわいそうだと思う

「そうそう!」僕も叫びかえす。「俺もちょっとパスだな!」

「男をおとすのって簡単じゃん! でも、セックスしたからって、イコールなにかが生まれたことにはなんないよね！」

「それはそれだけだよね！」

　僕たちはおたがいに自己紹介をしたが、三秒後にはきれいさっぱり記憶から消えていた。クールで、イケてて、だれもがお近づきになりたいと思うような連中を三井がつぎつぎに紹介してくれる。そんなやつらと知りあえば知りあうほど、英語ができないこと、日本人なんかに生まれついてしまったことが怨めしくなる。むかいのカップルはとうとうキスをはじめてしまった。女の子ならセックスという近道もある。中国語なんかやって、いったいなんになるというのか？

　大音量のダンスミュージックにますます孤独感がつのる。

トイレに立とうとしただけで、何人もの女の子に抱きしめられた。そんな空気のなかで、僕としてはみんなに感謝を伝えたかったのだと思う。こんな俺を受け入れてくれて、センキュー！　本当にセンキュー・ベリー・マッチ！

　だからトイレ帰りにたまたまお立ち台から降りる女の子を見かけたとき、ほとんどあたりまえのこととして彼女がいた場所へよじのぼったのだった。

生まれてこのかた、一度だって踊ったことなんてない。とにかくビートにあわせて頭と尻をふりまくった。為せば成るだ。汗で濡れたTシャツを脱ぎすてて上半身裸になると、ダンスフロアがどよめき、僕たちのテーブルは爆発した。拳をふり上げる三井、口笛を吹くイケてる外人たち、歓声をあげる美しい女の子たち。中塚が真っ先にダンスフロアに斬りこみ、悪霊がとり憑《つ》いたみたいに踊りだす。女の子たちがそれにつづくと、男たちも腰を上げた。

すべての目が僕にむけられている。

――これでもまだ柳沢のほうがいいか、安娜？

――わかってた。阿良がこのまま終わる男じゃないって、あたし、ちゃんと知ってたのよ。

――見てろ、もっとすごいことをやってやる！

ジーンズのボタンをはずしてジッパーを下ろすと、ダンスフロアが狂ったように、脱《トゥオ》！　脱！　と叫びかえしてきた。DJがなにかわめき、緑色のレーザービームが乱射され、スモークマシンの煙がそこかしこで噴き上がる。

ああ、なんという陶酔感！

ちっぽけなやつらを高いところから見下ろすのがこれほど気持ちいいとは。世界はミラーボールみたいにくるくるまわる。脱げ脱げコールにあわせ、もったいつけながらジーンズを下ろしてゆく。毛沢東は中国建国の挨拶を天安門の上でやったが、よくも脱がずにいられたものだ。この場所に立っていられるなら、すっ裸になることくらいなんでもない。だから、残念でならないのだ。警備員に引きずり降ろされるのがあとちょっと遅かったら、陸安娜に目にもの見せてやれたのに。

ダンスフロアに降臨した僕にやんややんやの喝采が飛んだ。中国人たちに背中をバシバシたたかれ、三井たちはハイタッチの手を差しのべてくる。女の子はひとり残らず僕に恋をしていた。明日の人民日報のトップはこれでキマリだ。

僕は服を着、アメリカの流儀で警備員をコケにし、トイレに駆けこんでひとしきり吐いた。だれかが背中をさすってくれた。それから肩を貸してもらい、みんなのいるテーブルへもどり、またがぶがぶ酒を飲んだ。

あとのことは、あまり憶えてない。アルコールに沈んでゆく北京の夜は凶暴で、それ以上に憂鬱だった。

13

こうして留学は波乱ぶくみの幕開けとなったわけだが、新しい週がはじまっても、あの怒濤の週末の余韻はいつまでも尾を引いた。

中国語の授業は午前中の三時間だけで、テストの結果、僕は下から二番目のクラスにふりわけられた。先生は郭《グオ》老師という老人で、のっけから自分が下放《かほう》されたときのことを三時間ぶっとおしでしゃべった。中国語のレベルが下から二番目の僕たちに。ちなみに下放とは文化大革命のときに農村へ送られて強制労働をさせられたという意味だけど、もし予備知識がなかったらなんの話かさっぱりわからなかっただろう。予備知識があってもなんの話かさっぱりわからなかった。あまりにもチンプンカンプンだったから、スタッスとコスチアというふたりのロシア人などは途中で席を立ち、そのまま二週間ほどもどってこなかった。

午後は自習室へいくのだが、そこでもクラブで裸おどりをした男の噂は津々浦々まで知れ渡っていて、比喩なんかじゃなく世界中の人間がハイタッチを求めてくる。そうなったらもうおしまいで、あとは夕方までダベり、それから夜中までR&Bを飲んですごすのが日課のようになった。

その自習室で、いつも男とべたべたしている女がいた。目があうたびにその女はつんっとそっぽをむき、決まって近くにいる男といちゃつきだす。近くに男がいないときは、ひどく落ち着かない様子だった。

僕はたいして気にとめていなかった。めずらしくもない。僕の高校ではいちゃいちゃしているカップルなんて掃いてすてるほどいたし、そういう人たちは非常階段やトイレでもっとけしからんことだってしていた。なのに、どうして意識するようになっちまったのかといえば、廊下で彼女とすれちがったときに三井がいわくありげにこう耳打ちをしてきたからだ。

「それでよぉ、ノブ、トシゾーとはどうなったの？」

「は？」

「おまえが裸おどりしたとき」と、親指でうしろを指す三井。「朝まで抱きあってたじゃん」

あわててふりかえると、彼女が親の仇を見るような目でこっちをにらみつけているではないか。

「トシゾーって？」

「土方《ひじかた》麻里《まり》」角を曲がって視界から消えようとする彼女にむかって三井が顎をしゃくる。「だから、トシゾー」

「朝までって……」

「ぜんぜん憶えてねぇぞ、こいつ」三井が中塚を肘でつつくと、中塚がニヤニヤしながら話を継いだ。「ノブ、かなり飲んでましたもんねぇ。でも、トシゾーってうざそうですよね。ここにきたばっかのころ、日本人全員に胸を触らせたって話だし」

「おまえも触ったの？」

「三井《サンジン》といっしょにしないでくださいよ」

「それがさぁ、先週も我慢できなくて買いにいっちゃったよ」

「マジでエイズになりますよ」

「いい女がいるんだ、これが」三井がこっちをふりかえる。「ノブ、今度いっしょにいこうや」

絶句した僕のかわりに中塚が会話を引き取った。「いつもどうやって声をかけるんですか？」

「べつに。ふつうに『开房间吧《部屋をとろう》』でいいんじゃねぇの？」

ふたりはそういう行為の値段の相場や危険性について熱く議論し、しまいには中国の一人っ子政策のことにまで話がおよんだ。中塚の話では、どこかの農村の三兄弟が遠くから女をさらってきて何年も鶏小屋に監禁したあげく、兄弟全員の子供を産ませたという事件が前にあったそうだ。

「けっきょく、一人っ子政策をやってたころに女の赤ちゃんを殺しすぎちゃったんですよね」というのが中塚の言いぶんだった。「鄧小平《とうしょうへい》がやめろっつったからだいぶ収まったみたいですけど、田舎では女がぜんぜん足りないそうですよ」

「上海とか、マジで人さらいがいるって話だしな」と、三井。「なのに、女たちは都会に出てきて体を売ってんだよ」

「で、三井《サンジン》がそれを買うわけですね」

ふたりがゲラゲラ笑った。

僕は部屋へもどり、ノートに「开房间」と書きつけた。辞書で調べると、たしかにある。①（ホテルなどの）部屋を借りる、②あいびきをする。例文はこうだ。〝背着父母双双开房间的年轻人（両親の目を盗んであいびきをする若者たち）〟なんということだ。こんな例文を辞書に載せていったいどうしようというのか？　日本の中国語学習者に中国の純情な娘さんをたぶらかせとでもいうのか？

はるばる中国までやってきた甲斐があったというものじゃないか。生きた中国語とは、まさにこういうことだ。

郭老師はいろんな話を聞かせてくれた。そのなかでいちばんおもしろかったのは(それは僕がほとんど唯一聞きとれたと思える話だ)、ホトトギスに関するエピソードだ。中国語ではホトトギスのことを「杜鵑《ドウジュエン》」と言う。日本語では「不如帰」と書くけど、それはホトトギスの啼き声が中国人の耳には「不如帰《ブールーグイ》」と聞こえるからなのだ。「不如帰」とは「帰ろうか」という意味になる。だから中国人にとって、ホトトギスの声は郷愁を誘うのだと先生は話した。

その日も郭老師のためになる授業のあと、アジト――例の半地下にうずもれた売店――で酒を買い、中塚の部屋で『あしたのジョー』のDVD(中国語字幕)を観ながら飲んでいた。

「留学のいいところはよ」矢吹丈が豚に乗って少年院を脱走しようとしているあたりで、三井がおもむろに口火を切った。「だれとでもすぐに仲良くなれることだ」

「ひとつ屋根の下で暮らしてたら、どうしても人間関係が濃くなりますもんね」と、これは中塚。

「だからよ、ノブも四の五の言ってねぇでパパッとヤっちゃえばいいんだよ」

三井がなんのことを言っているのか皆目見当もつかなかったが、中塚にはちゃんと通じたみたいだった。

「そういえば、トシゾーってもうミッキーと別れちゃったんですか？」

「ミッキーって、家がウィスコンシンなんだ。で、ウィスコンシンってチーズが有名なんだよ。あいつんちもチーズをつくってるらしいんだけど、この前言ってたな」三井の視線がこっちに飛んでくる。「トシゾーってゴルゴンゾーラみたいな臭いがするんだってよ」

中塚がそれで大爆笑した。あまりにも涙をちょちょぎらせて笑うものだから、こっちまでつられて笑ってしまったほどだ。テレビでは力石徹が丈をぶちのめしている。

「そこそこかわいいんだけどな」三井だけが力石の右ストレートのように醒めていた。「まあ、ヤルだけなら手ごろじゃね？　ノブなんかどうせすぐ日本に帰っちゃうんだしよ」

しばらくして井元《いもと》という格闘技オタクがきたから、僕たちはＤＶＤを切りあげて麻雀を打った。

牌をまぜ、積み、ならべながら、もしかしたら自分はなにか根本的な思いちがいをしているのではないかと寒気がした。セックスに意味があると思っているのは、ひょっとして世界中どこを探しても俺だけなのか？　陸安娜が俺に身をまかせようとしたのも、柳沢とどうにかなったのも、ただただそういう星のめぐりあわせだったとでもいうのか？

そんなことを考えながら打っていたものだから、半チャンが二回終わる前にスカンピンになってしまった。

僕は雀卓を離れ、部屋を出、廊下を渡ってトイレにとぼとぼ歩いていった（中塚のような長期留学生は経済的な理由から部屋にトイレがない）。トイレには服務員のおばさんがいて、モップがけをしていた。もう真夜中と言ってもいいような時間だ。まぶしすぎる蛍光灯の下で、おばさんはモップを大便器のなかでじゃぶじゃぶ洗い、素手でそれをぎゅうぎゅうしぼった。モップの毛にからみついた得体の知れないものをひっこぬいてピンッとはじき飛ばすと、短パンをはいていた僕の脚に冷たい感触がペタッと貼りついた。目を凝らすと、ちっぽけな白いものが太腿にくっついている。すこし水が垂れていた。

濡れたティッシュだった。

おばさんはこっちを見てさえいない。僕は指でそれをはじき飛ばし、モップが床をこする力強い音を聞きながら用を足した。世界がこれほど広いとは思いもしなかった。

彼女の両手はモップがけのためだけにあるわけじゃない。その手でご飯を食べたり、美しい文章を書いたり、だれかを愛し、守ってきたのだ。もしこれが人生というやつなら、陸安娜がだれと関係を持とうが、そんなことはなんでもないじゃないか。

中塚の部屋へもどる途中、風呂あがりのトシゾーとばったり出くわした。

彼女はあの憎しみに満ちた目でにらみつけてきた。長い、空っぽの廊下に人はなく、窓を破って中庭に飛び下りるつもりがないなら、これはもう勇気を出してすれちがうしかない。

一歩足を踏み出すごとに、彼女の怒りに満ちた双眸《そうぼう》が近づいてくる。その長い髪は濡れていて、たしかに三井の言うようになかなかいい女だった。

彼女が足を止めたせいで、こっちも思わず立ち止まる。チーズの臭いのかわりに、石鹸のいい匂いがふわっと鼻先をかすめた。

「こんばんは」

返事はない。

「はじめまして、高良って言います」

「はじめまして？」彼女の目がカッと見開いた。「うちら、キスまでしたじゃん！」

僕はびっくり仰天して口をパクパクさせてしまった。

「とぼけないでよ！」

廊下の両側のドアがバタバタ開き、おせっかいな顔がにょきにょき突き出された。

僕はうろたえまくったが、トシゾーのほうは目に涙を浮かべていた。

「『それでいい』って言ったじゃん」顔が紅潮し、かわいそうなくらい体が強張っている。「あたし、自分のことをちゃんと話したのってはじめてだったんだからね」

なにがどうなっているのか、さっぱりわからない。酒のせいなんだ！ そう叫びたいのと同時に、こんなときにそんなことしか思い浮かばないなんて、自分のことがとんでもない犬畜生に思えた。

「お立ち台から降ろされてから、高良くん、トイレで吐いたじゃん。あのとき、あたしがずっとそばについてたんだよ」

そういえば、だれかが介抱してくれていたような気がしないでもない。

彼女が疑わしげに目をすがめる。「三井からなんか聞いた？ どうせあたしのこと軽い女だって言ってたでしょ？」

「いや、なにも」僕は首をぶんぶんふった。「あっ！ トシゾー……じゃなくて、土方さん、ウエスタナイズドがどうのこうのって……」

「場所、変えよう」

留学生が僕たちを見守っている。ある者は疑わしげに、ある者は迷惑そうに、またある者は早くガツンと一発食らわしちまえと言わんばかりに。

僕たちはその階の談話室へと河岸を変えた。談話室では黒人たちが煙草を吸っていたが、僕たちと入れ違いに出ていった。ひとりがふりかえって僕を見、仲間たちになにか言って大笑いした。

まるで言い訳をするかのように、トシゾーは矢継ぎ早に言葉を繰り出した。彼女が僑生語言学校へやってきたのは三カ月の語学留学のためで、中国への留学自体はこれで二度目だということ（以前は大連で一年間）、すでに漢語水平考試《HSK》の七級を持っていて（八級が最高だ）、会社をやめて中国の大学への編入を真剣に目指していること、僕より四歳年上で、ここにきてすぐ数人の留学生とつきあったこと――

「高校のときから七年つきあった彼氏と別れたばっかだったんだよね。別れ際に言われたことがずっとひっかかってて。あたしってものすごく計算高いんだって。ぜったいに損をしたくないと思ってるのがすべての面に出てるんだって。わかってる。だからって男をとっかえひっかえすることとは関係ない。でもね、そのときはなんか関係があるような気がしたんだよね」

彼女は言葉を切り、僕がなにか言うのを待った。

哀れを誘う話じゃないか。もしどうしてもなにか言わなくてはならないのだとしたら、僕としてはこう言いたい。そんなことを俺に教えてどうしようってんだ？　おまえはもう立派な売女だ。おまえが死んだら雌犬どもが血をなめにくるぞ。

「元彼としかつきあったことないから、なにも考えずにだれかとつきあってみたかったんだよね。自分が計算ずくのいやな女じゃないって証明したかったのかもね」

おめでとう、これでおまえはもう押しも押されもしない国際的ヤリマンだ。そう思うのと同時に、僕は軽いデジャヴにも襲われていた。この声だ。たしかに聞いたことがある。あのクラブで泥酔した夜以外にありえない。目蓋《まぶた》の裏を灼《や》く緑色のレーザービーム、強烈なダンスビート、体のなかで暴れるアルコールと吐き気、喧騒、孤独――うずもれていた小さな声が耳に甦《よみがえ》る。

「それでいいんじゃないの？」

「え？」

「とにかく、その縛られている場所から動くことが大事なんだ」そうだ、あのときも僕はこう言ったんだっけ。「だから、きっとそれでいいんだよ」

トシゾーの顔が一瞬まっさらになり、小さく崩れ、笑顔でがんばったあげく、目から涙がはらはらと落ちた。

彼女の手をとる。ささやかな抵抗をものともせずに引き寄せ、唇をあわせた瞬間、僕たちの時計は逆回転してあの夜にもどった。

「高良くん……」舌と舌がそっと触れあう。「あたし、年上だよ」

キスの感覚をしっかりつかんでから僕は談話室を出、廊下を渡り、階段を下りて宿舎を出た。

マイナス五度の星空の下、短パン姿で路地をぬける。アジトはもう閉まっていた。酒でも買おうと思ったのだが、どうせ財布を持ってきてない。白い息をぽっぽっと吐きながら、きた道をとぼとぼ引きかえすしかなかった。

自分がひどくねじくれてしまった気がした。あの夜、僕は陸安娜を胸にお立ち台でストリップをやり、陸安娜を胸に嘔吐した。自力ではもう思い出せもしない言葉をだれかにささやいたのだとしたら、それだって陸安娜を胸に秘めていたからだ。そして、いまも陸安娜を胸にだれかを抱こうとしている。

宿舎の階段をのぼり、廊下をとおり、自分の部屋に入る。手足はかじかみ、指先はしびれ、こめかみはキンキン痛い。

僕とトシゾーは似ている。ベッドに寝そべって、天井を見つめた。自分を損なうことでしか復讐できないという点で。だけど、それを言うなら僕と陸安娜だって似ている。もっと言うなら、似てない人間などいやしない。きっと、似ているというのは言い訳でしかないのだ。

僕は気がすむまで天井をにらみ、また部屋を出、てくてく廊下を歩き、階段をのぼり、中塚の部屋へもどって三井たちが麻雀を打つ傍らで酒を飲んだ。

14

僕とトシゾーは午後のほとんどの時間をいっしょにすごすようになった。

工人体育館の界隈には外国人に酒を飲ませる一角がある。一度そこでへべれけになったあげく、タクシーで天安門広場まですっ飛ばし、「中国はチベットに手を出すな！」とシュプレヒコールをあげてみた（もちろん日本語で）。

「人間のアイデンティティってね、積み木みたいなものなんだよ」僕たちは世界一有名なあの毛沢東の肖像の前を千鳥足で歩いた。「まずは自分はこの両親の子供だという アイデンティティ、つぎは生まれ育った場所に根を張ったアイデンティティ、最後が国家に対するアイデンティティ。そうやってあたしたちはあたしたちになる。文化大革命では若者たちが自分の親を槍玉にあげたりしたけど、それって積み上げられたアイデンティティのいちばん下のブロックを破壊することになるのね。そこが壊されると、自我がぐらついちゃう。自我がぐらつくと、人間はついなにかに寄りかかっちゃう。なにか大きくて、安心できるものにね。ファシズムはそうやってつくられるわけ」

「そういうことだったのか、毛沢東め」

「アメリカと仲が悪かったときにね、原爆を落とされても大丈夫だって言ったんだよ。二億五千万人殺されても、生き残った二億五千万人がすぐにまた子供をつくるからって」

「とんでもないやつだ！」

「でも、あたしは中国が好き」

「あっ、俺も」

「ここにいると生きてる実感がする」

相談して決めたわけでもないのに、僕とトシゾーはキス以上の行為にはおよばなかった。ふたりとも、いつ結ばれるべきかちゃんと知っていた。僑生語言学校のはからいで、期間が半年までのあらゆる留学プログラムの最終日がおなじ日に重なるように設定されている。その日にささやかなパーティが企画されている。僕とトシゾーの一分一秒はその夜にむかっていた。

「高良くんの顔が好き」ふたりきりのとき、トシゾーはよく僕の頰を撫でた。「目が大きい男は嫌い」

よくわかってるじゃないか。柳沢聡に河田、目の大きい男にろくなやつはいない。

「唇がぷくってなってるんだよねぇ」

もしかすると、彼女のとなりが僕の生きてゆく場所なのかもしれない。

「人はどうしてひとりきりではいられないんだろう？」

上手く言えないけど、そう言ってトシゾーは目をめぐらせた。「たぶん、それはあたしたちが神様じゃないからだよ」

「神様はひとりぼっちで不幸せだと思う？」

「さあ、どうかな。高良くんは？」

「俺は思わないな」

「どうして？」

「だって、もし神様が不幸せなら、イエスにはすくなくともあと一ダースくらいは兄弟がいるはずだから」

「むずかしいことを考えるんだね」

僕は彼女におおいかぶさり、乱暴に唇を重ねあわせた。彼女はやさしく応えてくれた。暗い道の先で僕たちの舌は出会い、求めあった。

「そんなことないよ」僕は言った。「ただ混乱してるだけさ」

最後の授業のときに、ちょっとしたいざこざがあった。ちょうど郭老師が魯迅について一席ぶっている最中だった。

「『阿Q正伝』は一九二一年、彼が四十一のときに北京の新聞で連載をはじめた作品なのです。言うまでもなく阿Qという、なんでも自己正当化してしまうちっぽけな男の物語ですね。だから、今日《こんにち》我々が『阿Q精神』と言うとき、それはなんでも自分に都合のいいように解釈する人への風刺として使います。まあ、あてつけですね。『你这个人很阿Q《きみってておめでたいね》』というような使い方をするわけですが——」

ドアがガラガラッと開き、最初の授業で途中退場して以来、約二週間ぶりにロシア人のスタッスとコスチアが顔を出した。

「遅刻ですよ」と、先生がおだやかに諌《いさ》めた。「今日は最後の授業だから、授業に参加しようと思ったのはよいことですが」

静々と教室に入ってくるや、スタッスとコスチアはいきなり郭老師にむかって罵詈雑言を浴びせはじめた。したたかに酔っぱらっていることは一目瞭然だった。

留学生たちに緊張が走る。

「孔子曰く、『人知らずして慍《うら》みず、亦《ま》た君子ならざるや』」郭老師はガチガチの笑顔で物事の道理をならず者たちに説いて聞かせた。「人に認められなくとも気にかけない、それが本当の君子じゃないのかね？」

「☠☠☠！」

なのに、どんなめでたいことがあったのかは知らないが、ロシア人たちはただただ怒鳴り散らすばかり。

このふたりは心から中国人を奴隷だと考えているような、よくいるタイプの外人だ。アジトへ酒を買いに出るほかは、部屋に閉じこもって凶暴なヘヴィ・メタルをガンガンかけている（と三井が言っていた）。真夜中でも平気で大きな音をたてる。ベッドをたたき壊しているのじゃなければ、コサックダンスを踊り狂っているとしか思えないような音を。

郭老師は辛抱強く語りかけた。コサックどもはまるでおまえのせいで親が死んだんだと言わんばかりの剣幕だ。それがロシア語ではなく中国語だと気づいたとたん、僕の頭はカッと熱くなった。

「☠☠☠！」

一言もわからないじゃないか！

三井は勘違いをしているにちがいない。スタッスとコスチアが部屋にこもって出てこないのだとすれば、それはきっと中国語を必死で勉強していたからだ。そうじゃなければ、こんなにもすらすら中国語で悪口なんか言えるものではない。おそらく中国語のヘヴィ・メタルで日夜腕を磨いていたのだ。

ちくしょう。日本にいるときから中国語を心の支えにし、この二週間どんなことがあっても授業を休まなかった僕としては、ゆゆしき事態だった。

「ツァオ！」スタッスががなる。

僕の耳が正しいなら、いまの言葉のピンインは〝cao〟にちがいない。あわてて辞書をめくる。「草《ツァオ》」？　さっぱりわからない。それとも、「槽《ツァオ》」か？　だけど、この場面でロシア人が「飼い葉桶」とわめく理由がない。

「ガン！」コスチアが拳をふりまわす。

こうなったら自分の耳だけがたよりだ。〝gan〟もしくは〝gang〟の第四声。辞書をめくる。「肝《ガン》」？　意味は、①夜遅く、②せっせと働く。コスチアは郭老師に「夜遅く」まで「居残り」でもさせられたのか？　辞書をめくる。ここであきらめるわけにはいかない。少年老い易く、学成り難しだ。「杠《ガン》」？　意味は、①太い棒、②鉄棒、③難癖をつける。郭老師はコスチアに「難癖をつけて」、「太い棒で」なにかひどいことをしたのだろうか？

「フゥンダン」スタッスが鼻であしらう。

竜巻みたいに辞書をめくって最初に見つけたそれらしき漢字は「溷《フウン》」。①よごれている、きたない、②まぎれこむ、③トイレ。その下の漢字は「慁《フウン》」で、意味は「乱す、騒がす」のひとつだけ。人を侮辱する言葉としてはかなりいい線だが、しかし「ダン」という音の説明がつかない。ページを指でなぞっていく。つぎは「混《フウン》」の項だ。「混成《フウンチェン》」、「混充《フウンチョン》」、「混沌《フウンドウン》」……刮目《かつもく》してしまった。あった！「混蛋《フウンダン》」、意味は「大馬鹿野郎」。これだ、これだ！

シベリアの吹雪のように暴れるだけ暴れて、スタッスとコスチアは出ていってしまった。

窓から射しこむ冬の陽光が、やさしく教室に満ちている。口を開く者はいなかった。

郭老師は品のいい笑顔を保っていた。文化大革命のときに農村で強制労働をさせられたことにくらべれば、こんなことはきっとなんでもないのだ。そんな気丈な郭老師を見るにつけても、その顔に刻まれた深い皺《しわ》の重みを感じずにはいられない。僕は誇らしかった。K大でボウフラだのビヨンセだのを暗記させられていたこの僕が、なんとも遠くまできたものじゃないか！

高々と手を挙げた僕に、教室中の視線があつまった。僕には乱暴なロシア人を撃退することなどできやしない。日露戦争のときの日本人にそんな芸当ができたなんて、とてもじゃないが信じられない。だけど、やつらに乱された平和をとりもどす手伝いならできる。それはけっしてへこたれず、断固として中国語の授業を再開すること。

「高良」郭老師が力強い目でこっちを見た。「有问题吗《質問ですか》？」

僕は席を立ち、胸を張って教壇へあがり、まず郭老師の勇気を讃えるために会釈をした。それから黒板に大きく「混蛋」と書いた。

「先生、これって大馬鹿野郎という意味ですよね？」

郭老師がわっと泣き崩れ、僕はその場に立ちつくした。

郭老師、たった二週間だけだったけど、お世話になりました。世界中の留学生たちの白い目に見守られながら、僕は席にもどった。僕から先生に贈る言葉があるとすれば、それはいまをおいて阿Q精神を発揮するときはなし、ということです。阿Qならば、スタッスとコスチアの乱暴なふるまいの背後にあるなにかに気づいたことでしょう。なにか……たとえば、そう、ウォッカ漬けの父親にいつもぶん殴られていたから先生みたいな本当の大人にちょっと甘えてみたかった的な。

感慨もひとしおだ。僕の留学がもうすぐ終わる。

15

風の強い土曜日に、僕たちはタクシーを借りきって遠出をした。

市内の渋滞をぬけ、八达岭《バーダーリン》高速公路にのりさえすれば、万里の長城までは一時間ほどの道のりだ。風光明媚とも言えない道だったが、ある地点から長城がちらほら見え隠れしだしたときには、さすがに鳥肌が立った。

大地の法は血と剣だ。そんな気にさせられる。始皇帝め、なかなかやるじゃないか。気が遠くなるほどたくさんの命を奪って、あんたは悠久という言葉をひとり占めしたんだな。

入場して左へいけば男坂。急勾配の城壁がそれこそ地の果て——山海関——までもつづいている。ところどころに防塁《ぼうるい》があり、ほとんど垂直に切り立った坂道をまるで芥子《けし》粒のような観光客が往来している。

僕たちは迷わず右のゆるやかな女坂で手を打った。

どんな観光客でもやるようなことをひととおりやりつつ、ふうふう言いながら坂道や階段を上り下りする。どこまでもうねうねとつづいてゆく胸壁の凹凸を見ていると、ラーメンのどんぶりの模様はここからきているんじゃないかという気がした。

「二週間、あっという間だったね」レンタル駱駝と写真を撮ったあとで、トシゾーが切り出した。「いつ日本に帰るの？」

「まだ決めてない。三井さんが部屋に泊まっていいって言ってくれてるし」

「あの人もなにやってんだかなぁ。留学でだめになっちゃう典型的なパターンだよね。毎日だらだらして、短期留学の女の子にちょっかい出して」

「麻里ちゃんは？」

「あたしは明後日の便でいったん帰る。こっちの大学への編入手続きをしなくちゃ。もう年だから、のんびりしてらんないし」

「まだ二十三じゃん」

　僕たちはしばらく無言で歩き、遥かなる遠景に白々しい歓声をあげたり、すれちがう観光客に会釈してみたり、石粒を蹴ったりした。とても強い風が吹いていた。僕たちは歩き、石の階段をのぼり、やがてこれ以上はもうどこへもいけないところまできた。

城壁は山々の稜線を走りつづけている。どこまでも、どこまでも。細くて擦り切れたロープが渡してあって、それが観光用の歴史と本物の歴史を分けへだてていた。山の斜面に点々と落ちている雲の影だけが、太古の天地にそっと寄り添うことを許されていた。

「じゃあ、あたしたち、もう明日だけだね」ごうごう吹きすさぶ風のなかで、トシゾーの声は細い糸にかろうじてぶらさがっているみたいだった。「また会えるかな」

僕はその大きな目を見つめた。彼女がにっこり笑い、手をつないでくる。手袋同士ではおたがいの力強い手は感じられても、ぬくもりや冷たさや嘘までは伝わってこなかった。

だから、僕は知った。明日ですべてが終わってしまうのだということを。石畳のあいだに生えているぺんぺん草だけが風と闘っていた。

宿舎に帰りついたのは午後も遅くなってからだった。

玄関を入ると、服務台《カウンター》の女の子に呼び止められた。僕宛にメッセージをあずかっていると言う。

「謝謝《ありがとう》」

　彼女の差し出したメモ紙には電話番号らしき数字の羅列と、ひどく読みにくい立派な字でこう書いてあった。〝陆小姐《陸さん》、请回电《コールバック》〟

「これ、いつ?」日付は四日も前のものだ。「どうしてすぐに渡してくれなかったんですか?」

　僕の口調に服務台の女の子がむきになり、攻撃的な態度に出た。そんなことはわたしたちの領導《リーダー》にでも言いやがれと気炎を吐く。

「なに?」トシゾーが手元をのぞきこんでくる。「なにかあったの?」

「べつに」僕はメモをダッフルコートのポケットに押しこんだ。「ちょっと友達から連絡があったみたい」

　僕たちはいっしょに廊下を歩き、階段をのぼった。

「晩ご飯はいっしょに食べるでしょ?」自分の部屋に入る前に、トシゾーは念を押した。「シャワー浴びたら部屋に電話してくれる?」

「うん」

「じゃあ、あとで」

「うん」

「大丈夫?」

「なにが？」

「ううん。でも、無理しなくていいからね」

「どういう意味？」

「べつに。ただ無理をしてほしくないだけ」

「無理なんかしてないよ」僕は彼女にキスをした。「あとで電話するよ」


部屋へ帰り、ひとりになったとたん、恐慌をきたしてしまった。ポケットからそのちっぽけなメモ紙をひっぱり出し、ためつすがめつ眺める。何度も裏がえしにしてみたけれど、自分でもなにを探しているのかはわからなかった。

居ても立ってもいられない。部屋のなかを行ったり来たりする。とにかく電話をかけてみないことには、なにもはじまらない。そう思って受話器を手にとるも、みすみす相手の罠にかかってしまうような気がしてまた下ろしてしまう。いまさらなんの用なんだ、安娜？　俺にはもうちゃんとした姉《あね》さん女房がいるんだぞ！

が、自分にそう言い聞かせれば言い聞かせるほど、まるで借金を踏み倒して逃げているみたいなうしろめたい気分になる。時間は白い鳥のように飛び去り、窓の外に目をやるたびに時計仕掛けの夕陽が落下していく。ようやく意を決して電話をかけたときには、もう陽もとっぷり暮れていた。

いくら呼び出しても、だれも応じない。電話をたたき切り、かえす刀で実家に国際電話をかける。こうなったら、ひとり殺すもふたり殺すもおなじだ！　時差が一時間あるから、日本はもうすぐ午後八時。この時間なら母はいつも家にいるはずなのに、耳のなかで永遠に鳴りつづける呼び出し音に僕はほとんど気が狂いそうになった。くそったれの電話をたたき切り、ここが命のすてどころと姉の携帯を鳴らす。

「たのむ、出てくれ……」

もし中国からは日本の携帯電話にかけられないのだとしたら、もうこれ以上こんなところに未練はない。姉の怪訝そうな声がかえってきたときには万歳三唱しそうになった。

「お姉ちゃん!?」

「ノブ？」

「あのさ、俺に電話あった？」

「あんた、もう帰ってきたの？」

「まだ中国だけど質問に答えろよ、このブタ！」

「はあ!?」

「ごめん、ごめん。ねえ、何日か前に俺に電話があったでしょ？　女の子から」

「なんなの、あんた？　マジ、もう中国で骨をうずめたら？」

「ねえ、あった？」なければおかしい。「お姉ちゃん！」

「なんとかアンナって人？」希望の光が日本海を越えてとどく。乱れた電波にのって。

「一週間くらい前にあんたの携帯にメールが入ってたのよ」

「人の携帯を勝手に見たな！」

「切るわよ」

「わああ、ごめん、ごめん、ごめん！」

「しつこく何回もメールしてきてたから、あんたの留学先の電話番号を返信しただけよ。なんか急用があるかもしれないってお母さんが言うから。連絡、あったの？」

「うん」受話器を持ちなおす。「四日くらい前に。たったいま知ったんだけど」

「じゃあ、もうそろそろ日本に帰ってきてるころだね」

「え？」

「あたしが出したメールにお礼の返信があったから。ちょっと中国に帰る用事ができたからって。そっちであんたに連絡したかったんだって。もう、いい？　切るわよ」

「ちょちょちょちょ……いつ日本に帰るって書いてあったの？」

「憶えてないし」

「なんですぐに電話してこなかったんだよ？」

「はあ？　あんたが携帯を置いていくから悪いんでしょ。どうせあんたもすぐに帰ってくるんだから日本で会えばいいじゃん」

「ぜんっぜんよくねぇし、このアスパラガス！」

「はぁあ!?」

「そんなこともわからないからお姉ちゃんはだめなんだ！」

受話器をたたきつけると、僕は部屋を飛び出し、廊下を駆けぬけ、階段を飛び下り、服務台にいって服務員にメモを突きつけた。

「この番号ってどこですか!?」

服務員の女の子は僕の剣幕に罵声で応えつつも、とにかくその市外局番が長春のものであることを突き止めてくれた。

部屋に飛んで帰る。

大急ぎでガイドブックをめくり、北京から長春までの列車を調べまくった。一日に十二本も出ているじゃないか。動車六時間七分？　ガイドブックには、動車とは時速二百キロで走る高速列車などを含む動力分散型列車で、短距離運行が比較的多いとある。そうか、中国人にとっては北京から長春なんて、ちょっとそこまでの感覚なのか！

いくら探しても時刻表は載ってない。腕時計に目を走らせる。六時五十五分。いますぐタクシーで北京駅へむかえば間にあうかもしれない。ほとんどなにも考えられずに財布をたしかめ、部屋を出たところで、ちょうどドアをノックしようとしていたトシゾーと鉢合わせした。

「あわてて、どうしたの？」

「いや……ぜんぜんあわててないけど」

「電話中だったでしょ？」

「ああ、ちょっと実家に」

「さっきの伝言？　なんかあった？」

「まあ、そうかな」

「どこかに出かけちゃうんだ？」そう言って、彼女は僕の目をのぞきこんできた。

これはちゃんと考えてみなければならない。午後九時ごろの列車に乗ることができたとして、長春には午前三時着。そんな時間にあんな北の大地でいったいなにをしようというのか？　目を覚ませ、高良伸晃。いったいどこまで馬鹿なんだ、おまえは。せっかく解けかけている呪いに、もう一度自分からかかりにいこうというのか？

「ちょっと用事ができちゃって」僕は言った。「だから、晩めしは……」

「あっ、ぜんぜん大丈夫！」トシゾーの顔からなにかがこぼれ落ちた。「じゃあ、用事がすんだら電話くれる？　ちょっとくらい遅くなっても大丈夫だから」

彼女はとりつくろうような笑顔でそう言い、逃げるようにして廊下を歩き去った。その悲しげな後姿を見送りながら、きっと後悔はもうはじまっているのだと思った。トシゾーは後回しにされたと思うだろう。僕もけっきょくは三井や中塚と同類だったと悟るだろう。

これからは新選組を見たり聞いたりするたびに胸が痛むことになるかもしれない。

僕は宿舎を出、大通りまで走り、またもや自分を見失い、タクシーをひろった。

16

長い目で見た場合、これでよかったのかどうかはわからない。

けれど、窓口でけっして整列しようとしない中国人たちとの死闘を制した僕は、とにもかくにも最終列車の硬座を勝ちとることができた。ちなみに、いちばん値段が安いのがこの硬座だ。ガイドブックによれば「シートはかなり硬く、長距離移動の場合、日本人の尻にはかなりこたえる」らしいが、それも致し方がない。たったの六時間だ。僕の尻には泣いてもらおう。

列車は警笛をなびかせ、一路北へ。

街の灯が視界からすっかり消えてしまうと、一週間の留学生活も細雪《ささめゆき》にぼんやりとかすみ、やがてなにもかもが中国へ旅発つ前と見分けがつかなくなってしまった。

窓外は黒一色で、小さな駅を通過するときに流れ去るさびしげな灯火だけが、どうにか列車が動いていることを実感させてくれる。列車はたしかに動いていた。僕を乗せて。過去へむかって。

車内は混みあっていて、圧倒的なまでに生活くさい。中国人たちは弁当を食い、酒を飲み、歯をせせり、怒鳴りあい、骨やら皮やらを床にどんどん吐き出す。僕の前にすわっていた色の赤黒い男は、ひまわりの種をぽりぽり食べては手のなかに殻をため、それがいっぱいになると窓から黒い大地にパッとまき散らした。

「どっからきたんだ?」と、ひまわりの種の男が訊いてきた。

「北京です」僕は答えた。

「韓国人?」

「日本人です」

「吃瓜子吧《ひまわりの種を食べな》」

男がビニール袋からひまわりの種をすくって差し出す。僕は礼を言って、それを両手で受けた。ふたりで黙々とひまわりの種を食べる。前歯で殻をバキッと嚙み割る音が、小さな銃声のようにつぎつぎとはじけた。

いつの間にか、まわりの中国人たちが沈黙していた。よく陽に焼けた赤銅色の顔をひとつ残らずこっちにむけ、真っ黒な瞳で僕とひまわりの種の男のことをじっと見つめている。中国人たちはなにかを知っていて、ひまわりの種の男がどうやってそれを切り出すのかを待っているみたいだった。

手にたまった殻を車外に投げすててから、ひまわりの種の男はおもむろに口火を切った。「結婚してるのか？」

「いえ」

「学生か？」

「はい」

「そうだと思った」

「だったら、なんで結婚してるのかって訊いたんですか？」

「学生だって結婚できるさ」男は肩をすくめた。「俺は十九のときにはもう親父になってた」

僕たちはひまわりの種を食べた。

「日本人は女を殴るのか？」

「え？」

「大男人主義だろ？」僕が小首をかしげると、彼は言い足した。「つまり、男が偉いんだろ？　男が出かけるとき、女はひざまずかなきゃならないんだろ？　亭主が死んだら女房も包丁で腹を裂いて死ななきゃ、子供たちに邪険にされるって聞いたけどな」

僕は曖昧に首をふった。この男が本気でそんなことを言っているのかどうか、てんで見当がつかなかった。

「女を殴ることについてはどう思う？」彼はこの話題に固執した。

「どうって？」

「どんなひどいことをされても女は殴っちゃいけないと思うか？」

まわりの中国人たちは、すわ、お国の一大事、とでもいうように固唾を呑んだ。

僕はすこし考えてから口を開いた。「時と場合によっては」

「じゃあ、女を殴ってもいいと思ってるんだな？」

「あんたはそう思わないんですか？」

「いや、思うよ」

「…………」

「殴ったことは？」

「ありません」

「そうか、ないのか」

「あんたは？」

男はひまわりの種をひとつ口に放りこみ、バキバキ噛み、砕けた殻を掌に吐き出した。「六《リウ》・四《スー》のとき、俺も天安門広場にいた」

「六・四？」

「一九八九年六月四日だよ」と、まわりから声が飛ぶ。「天安門事件のことさ」

だれにともなく僕はうなずいた。

「学生たちといっしょに何日も広場で寝泊まりしてたんだ」ひまわりの種の男は話をつづけた。ゆっくりと、丁寧に、身振りをつけて。「で、六月四日、人民解放軍が俺たちにむかって発砲してきた。最初はみんな、なにがなんだかわからなかったよ。それから逃げ惑った。ライフルの音って空にむかって撃つのと、水平に人にむかって撃つのとじゃ、ぜんぜん音がちがうんだ。空にむかって撃つと余韻が残るんだが、水平に構えて撃つと音がこもる」

それを受けてだれかが、俺は軍隊に三年いたけどそんな話は聞いたことがないと言い、またただれかがそれはありえることだと口をはさみ、なぜなら空気抵抗がちがうはずだからと説明した。

「俺はとなりの学生に早く逃げろと言った。そいつとは何日もいっしょにめしを食い、いっしょに中国の民主化や家族や将来の夢について語らい、いつかそいつの故郷へいく約束をしていた」

たぶん、ひまわりの種の男はそんなふうなことを話していたのだと思う。僕が首をかしげたり目をぱちくりさせたりするたびに、だれかが日本人にもわかるような簡単な言葉で言いなおしてくれた。

「そこへ解放軍が撃ってきた。弾がこっちに飛んでくるときって空気の裂ける音が聞こえるんだ。シュッてな。で、いっしょに立ち上がって逃げようとしたときにその音が聞こえたんだ。ちょうど天安門広場の南をふりかえったときだった。弾はそいつのここから……」男は自分の側頭部を指さし、次いで反対側の額を指さした。「ここへぬけていった。俺の目の前にパッと赤い靄《もや》がかかった。なにかが顔にベタッと貼りついた。手でぬぐうと手が真っ赤になった。俺は逃げたよ。必死でね。こもった銃声が断続的にあがっていた。そこかしこで怒声と悲鳴が轟いて、学生たちはまるで爆発したみたいに四方八方に散っていった。戦車だ、戦車だ、と叫ぶ声が聞こえた。解放軍は俺たちを本気で殺そうと思ってたんだ」

男が言葉を切ると、日本人になにかを教えるなら俺にまかしとけとばかりに外野がやいのやいのしゃべり、話の辻褄《つじつま》をあわせてくれた。

「でも、それが女を殴る話となにか関係があるんですか？」僕は訊いた。

「いまの中国をどう思う？」

「どうって……北京は日本とさほど変わらない気がしますけど」

「そうか、日本と変わらないか」男がうなずく。「だとしたら、あんなに流れた血はいったいなんのためだったんだ？　学生たちの要求は打ち砕かれた。なのに日本人のおまえから見て、いまの北京は日本とたいして変わらない。だとしたら、あの学生はなんのために死んだんだ？」

「彼らの死は無駄だったと思ってるんですか？」

「そうなのかもしれない。俺にはわからない。けっきょく、いまの中国は学生たちが望んでいた方向になしくずしに進んでいる。それは彼らが三十年前に流した血の結果のような気もする。証明はできんがね。俺は女を殴ることがある。殴っても、すぐにはなにも変わらんがね。だけど、この世界には暴力によってしか動かせない時計があるような気がするんだ」

それまでだった。

男が暗い窓外に顔をむけてしまうと、まわりの人たちもぶつぶつ文句を言ったり、ちょっとしたコメントを加えたり、僕の肩をたたいたりしてから自分の人生に引きかえしていった。

列車は走り、暴力によってしか動かない時計は着実に時を刻む。踏み切りの警鐘が亡霊のように近づいては、また遠ざかっていった。

漆黒の荒野のどこかで列車が停まった。なんのためかはわからない。窓にもたれてうとうとしていた僕は、薄目を開けて外を見た。駅でもどこでもなく、小さな雪がちらちら舞っていた。ひまわりの種の男とほかの何人かがそこで降り、闇のなかへと消えていった。

僕はぼんやりと彼らの後姿を見送った。彼らは一歩一歩夜と混ざりあい、すぐに見えなくなった。人を呑んだあとの流砂のような静寂が、どこまでも広がっていた。目を閉じると、なにもかもが夢のように感じられた。彼らはどこへいこうとしているのか？　暖かい家？　それとも、秘密のカジノ？　僕はなにをしようとしているのか？　どうしてトシゾーじゃだめなのか？

車両がガタンと大きく揺れて起こされた。寝ぼけ眼《まなこ》であたりを見まわすと、乗客たちが席を立って降車の準備をしている。列車は夜よりすこしだけマシなプラットホームへすべりこんだが、そこが永遠の雪と氷に閉ざされた長春だった。

駅の構内で夜を明かそうかとも思ったが、あまりの寒さに凍死してしまう恐れがある。これはもう寒いというレベルじゃない。痛い。北京の寒さも痛いが、長春のは激痛だった。とくに耳と鼻の穴が痛い。息を吸うたびに鼻のなかがヒリヒリし、息を吐くたびに鼻水がちょろちょろ流れ出た。

駅舎を出ると、すぐにデジタル表示の時計と温度計が目に入った。午前四時、マイナス十七度。かじかむ手でガイドブックをめくると、幸いなことに駅前の人民大街をすこし南へくだればホテルが見つかりそうな按配だった。

ナトリウム灯の黄色い光もわびしいメインストリートを、僕は体中の関節をぎくしゃくさせて歩いた。吹き溜まった雪が車道の両側を凍りつかせていて、歩道もところどころ凍っている。よっぽど用心して歩かないことには、すっころんでどこかを骨折してしまうだろう。もしも〈冬のあいだにだれがいちばんたくさんころんで骨を折るか人民大会〉が開かれるとしたら、ここをおいてほかにない。僕は細心の注意を払って足を運んだが、くたくたになってしまう前に人民大街は北京大街と交わり、そこにホテルの灯をふたつ見つけた。

迷わず安そうなほうに飛びこむ。服務員のあんちゃんがカウンターでこっくりこっくり舟をこいでいた。ベルをチンチンッと鳴らすと、ハッと目を覚まして涎を拭いた。

「部屋、ありますか？」

中国語でそう尋ねた僕を、彼はまじまじと見つめた。たったいまおまえの母親が死んだぞ、とでも言われたような顔つきだ。それから恐ろしい勢いで椅子を蹴って立ち上がり、怒ったように訊きかえしてきた。

「おまえはだれだ！」

僕は後退りした。

「だれだと訊いてるんだ！」

「部屋がほしいんですけど」

「部屋か？」

「はい」

「どこからきた？」

「北京です」

「何人《なにじん》だと訊いてるんだ！」

「あっ、日本人です」

「日本人か」

「日本人、日本人」

「部屋ならあるぞ！」あんちゃんはチェックインの用紙をカウンターにバシッとたたきつけた。「書け」

僕は必要事項を記入し、一泊分先払いし、部屋の鍵をもらった。

長春はむかしの満州国の首都だ。エレベーターのなかでついついそんなことを考えてしまった。とても疲れていたのだ。おまけに第二次世界大戦のころには関東軍の七三一部隊がこのあたりでとんでもない人体実験をやってのけた。ペスト菌をばらまいたり、中国人を裸にし、水をぶっかけてこの寒空に一晩放置してみたり。だからあのカウンターのあんちゃんがちょっとくらい変だとしても、それはそれでだれにも文句を言われる筋合いなどないのだ。

はげちょろの赤い絨毯が敷かれた廊下を渡り、自分の部屋を見つけて入った。せまくて、どことなくだらしない部屋だった。前に泊まった人間の気配がうっすらと残っている。絨毯には煙草の焦げ跡、灰皿にはなにかのレシートが入っていた。小さなテーブルにはポットとカップがのっている。洗面台に長い髪が一本落ちていた。蛇口をひねってお湯を出してみたら、錆びた真っ赤な水がどぼどぼ出てきた。服を脱ぎ、ベッドに飛びこんで頭からふとんをかぶる。そしてひとりぼっちで丸まり、いつまでもふるえていた。

17

昼前に目を覚まし、小一時間ほど天井をにらみつけていた。

タイルの割れたバスルームへいき、バスタブの栓をひねり、赤い水が透明になっていくさまをつぶさに見とどける。火傷《やけど》するくらい熱いシャワーを浴び、髪も洗う。蒸気でもうもうとしているなかで歯を磨く。曇った鏡を手で拭くと、濁った目の自分が見つめかえしてきた。

バスルームを出た僕はベッドにすわり、ナイトテーブルにある煤けた赤い電話をじっと見下ろした。

「ちくしょう」腕時計を見ると、もう二時近い。「こんなところまでのこのこきといて、いまさらなにかっこつけてんだ俺は」

ダッフルコートのポケットからあのメモ紙をとり出し、受話器を上げ、プッシュホンをひとつずつ丁寧に押していく。電話は間違いなく陸安娜の家につながったけれど、応対してくれた女性によれば、彼女は出かけていて夜まで帰らないとのことだった。僕はホテルの電話番号と部屋番号を告げて電話を切った。

受話器をおいたとたん、どうしようもなく狂おしい気持ちに呑まれた。

「うおお、愛なんか知ったこっちゃねぇ！」ベッドにひっくりかえり、手足をバタつかせ、腰をギッタンバッッタン突き上げた。「くー、安娜！　俺も安娜とヤリてぇ！　ちくしょう、ズコズコズコズコ！」

それから服を着、部屋を出、エレベーターに乗って一階に下り、フロントのあんちゃんに鍵をあずけ、食い物を探して人民大街をうろついた。

ホテルからほど近いところに百貨大楼なんてデパートがあった。いつ何時《なんどき》電話があるかわからないから、食パンとピーナッツバターとミネラルウォーターを調達して籠城にそなえることにした。これ以上の無駄遣いはできない。この予定外の旅行で懐がかなり寒いことになっている。ビール、煙草、スナック菓子、魚肉ソーセージ、ワインなんかとんでもない話で、ぜったいに買わないぞと気を引きしめていたはずなのに、けっきょくパチンコで大勝ちしたのかってほど買いこんでしまった。ほしいものは手あたりしだいに買ったし、ほしくないものまで買った。金魚の絵がついたホウロウのカップ、ヘアブラシ、ヘアスプレー、爪切り、すんでのところで麻雀牌にまで手を出すところだった。たぶん、現実から目をそむけていたかったのだ。

ホテルへ帰り、R&Bをちびちびやりながらじっとテレビに見入る。考えてみれば、中国にきてからまともにテレビを観てない。それどころじゃなかった。嵐のように目まぐるしかった北京での生活が大昔のことのように思えてならない。

電話はいっこうにかかってこなかった。

テレビで公開裁判を最初から最後まで観た。どこかの缶詰工場が衛生法に触れたとして摘発されたようだ。画面にその工場が映ったが、そのへんの公衆便所のようなたずまいだった。大きな金盥《かなだらい》に得体の知れない黒い液体がたっぷり入っていて、煙草をくわえた男たちが黙々となにかの肉を浸していた。鼠かもしれない。リポーターが木の棒で金盥をさらうと、靴下がひっかかってすくい上げられた。

「これは死刑だろ」酒を飲みながら、僕は声に出して言った。「中国、めちゃくちゃだな、おい」

つぎは年寄りを襲って金品を奪った四人の若者の審議。裁判官の前にひったてられた若者たちの顔を、カメラがいちいち大写しにしていく。モザイクなどという小賢《こざか》しいものはない。その技術がまだ中国にはとどいてないか、容疑者の人権なんざ糞食らえか、ふたつにひとつだ。

「あははは……ひっく、これも死刑でしょお」

最後は生活のためにやむなく電線を盗み、なかの銅を売っていた未亡人のおばさん。ひび割れた赤ら顔の幼子《おさなご》たちが、目に涙を浮かべて裁判の行方を見守っている。

「死刑だ、死刑！　だれも大目に見てもらえるなんて思うなよ！」

死ぬほどむなしいじゃないか。これが俺が日本を飛び出してまでやりたかったことなのか？　極寒の大地のうらぶれたホテルの一室に引きこもり、真っ昼間から酔っぱらってテレビに話しかけるのが？

トシゾーが日本へ帰るのは明日だ。腕時計をのぞき、いますぐ北京へ帰ればまだ間にあうかもしれないと思うと、居ても立ってもいられなかった。思わず椅子から立ち上がり、コートを羽織ったり脱いだりした。部屋のなかをうろつきまわった。

そうだ、帰っちまえ。僕は自分に言い聞かせた。前に進むんだ。陸安娜を過去にしろ。あんな女、さっさと忘れちまえ。トシゾーの唇がなつかしく思い出される。彼女の腕、まっすぐな瞳、やわらかな体——今夜、さよならパーティのあとでそれが丸ごと手に入るのだ。すべてが約束されているのに、俺はこんなところでなにをボサッとしてるんだ？

まるで霧が晴れるように迷いが消えていく。僕は荷物をまとめ、とりあえずトイレで大きいほうをしてから長春駅へいくことに決めた。清潔なトイレは素通りすべからず。中国では常識だ。便座に腰かけ、ふんっと下腹に力を入れると、満足のいく手応えがあった。すべてのごたごたを象徴するようなやつがポトンと落ちるのと、電話が鳴りだすのと、ほとんど同時だった。

「マジか!?」すっかり動転した僕は尻を拭くのもそこそこに、ジーンズを下げたままトイレを出て電話に飛びついた。「もしもし！」

「喂《ウェイ》？」不機嫌で横柄な男の声だった。「喂《もしもし》？　今日の部屋代がまだだけど」

「えっ？」中国語に切りかえる。「もう払いましたけど」

「おまえがチェックインしたのは朝の五時だろ？」

「はい」

「昼の十二時をすぎたらつぎの日だ」

電話が切れた。

受話器をおき、トイレにもどる。見下ろすと、便器のなかでごたごたの象徴がゆらゆら揺れていた。もう一度ちゃんと尻を拭いてからそれを流し、手を洗い、服務台へいって今夜のぶんの部屋代を払った。


翌日の昼前に電話をかけたのは、またしても精神的に白旗を揚げてしまった僕のほうだった。

のんびりした男の声が彼女に取り次いでくれた。

「阿良?」

「ひさしぶり」

「なに?」

冷たくも温かくもないその声に僕は戦慄した。

「なんか用?」陸安娜が言った。

「ていうか、電話くれたでしょ?」

「ああ、もう一週間くらい前にね」

「服務台の女の子がうっかりしててさ、昨日……いや、一昨日にやっと伝言を受けとったんだ」

「じゃあ、なんですぐに電話してこないの？」

「いや、昨日かけたんだけど……なんか俺に用だったんじゃない？」

「ちょっと話したいことがあったんだけど」と陸安娜。「でも、うん、もう大丈夫」

それっきり、沈黙が回線に満ちた。

話したいこと？　そりゃそうだ。話したいことがないほうがおかしい。だけど彼女があの男——くそったれの柳沢——の名前を避けている以上、こっちとしても蒸しかえすわけにはいかない。

「じつはいま長春にきてるんだ」

「ほんと？」

「知らなかったよ、北京と長春ってわりと近いんだね」僕はどうにか踏ん張った。「列車で六時間しかかからなかった。二週間の留学なんてあっという間でさ、まだビザも残ってるし、ちょうどどこかへ旅行してみようかなって思ってたんだ」

「どこに泊まってるの？」

「人民大街にホテルを見つけた」

「ひとり？」

「もちろん」

「じゃあ、今日はこれからなにをするの？」

「べつにこれといって」ここは慎重にいかなくてはならない。「だけど天気がいいから、長春の街でもぶらついてみようかな」

「じゃあ、紅旗街《ホンチージェ》にいってみるといいよ。海賊版のＤＶＤとかに興味があるなら」

「………」

「もしもし？」

「うん、ガイドブックで見ていってみようかな」

「ごめんね、あたし、今日は約束があるから」

「そうか」

「明日、日本に帰るから、いろいろ会わなきゃいけない人がいて。阿良も、もうすぐ日本に帰るんでしょ？」

それから新学期のことをすこし話して通話を切りあげた。

僕は回線の切れる音を聞き、ツーという信号音を聞き、吹きぬける風の音を聞いた。窓から射しこむ陽光に目を細める。あまりの静けさに、どうにかなりそうだ。だから、受話器をとりあげてリダイヤルボタンを押した。

「喂《ウェイ》」

「安娜？」

「どうしたの？」

「せっかくだから食事でもしないかなって思って」

「ごめんね、ちょっと時間がないみたい」

「そうか。ごめん、何度も電話しちゃって」

「じゃあ、よい旅を」

彼女が電話を切るまで、僕は受話器を耳に押しつけていた。窓から射しこむ陽光に目を細める。静寂はもう手がつけられないほどで、僕の口から鼻から耳から流れこんでくる。どうにも我慢できず、受話器をとりあげてリダイヤルボタンを押した。

「喂」

「話したいことってさ、柳沢さんのこと？」

「………」

「おまえがだれとなにしようと、いちいち俺に言い訳する必要はないから」

「わかってるよ、そんなこと」

「じゃあ、なんで電話してきたんだよ？」

「わかんないよ」消え入りそうな声だった。「でも、阿良には話しておきたいって思ったんだ」

「聞きたくねぇよ」

「そっか……そうだよね」

「なんなんだよ、おまえは？　だれでもいいのかよ？」

彼女の声がとどくまでに、すこし間があいた。

「そうよ」

「………………」

「ヒロくんじゃなかったら、だれでもおなじだもん」

言葉はそこで尽きた。僕たちは永遠に訪れるはずのないなにかを待ち、絶望のなかでどちらからともなく電話を切った。

僕は明るすぎる部屋にうろたえ、ベッドに身を投げ出し、とりあえず顔を枕にうずめて吼えてみた。喉が破れるほど吼えても、あふれる涙を押しもどすことはできなかった。

地球をまわしているものの正体が漠然とわかったような気がした。それは正しいことのように見える悪いことと、間違ったことのように思えてならない正しいこととの、摩擦熱のようなものだ。

僕は泣きわめき、枕を何発か殴った。それから部屋を出、凍りついた道を長春駅までとぼとぼ歩き、明日の北京往きの切符を買った。

18

人民大街を南にどんどんくだり、解放大路で西に折れる。目的があるわけじゃない。とにかく、明日の列車までの時間を塗りつぶしてしまわなければならなかった。今日の列車にしなかったのはトシゾーを裏切ったことへの罰のつもりだったのかもしれないし、そうじゃないかもしれない。よくわからない。彼女は今日、日本へ帰る。どうせもう間にあいっこない。だけど、ひょっとしたらまだ間にあうかもしれない。トシゾーなら待ってくれているかもしれない。そんなふうに期待しながら、なにかを弁解しながら列車に乗っている自分の姿を想像しただけで、どうにもいたたまれなかった。

とおりすぎる電柱という電柱には「性病」とでかでかと書かれた病院のチラシが貼ってあった。電柱だけを見たら、この街の性生活になにか恐ろしい不具合があるとしか思えない。そうじゃなければ、みんなが知らないだけで中国人は性に対して破滅的なまでに寛容な民族なのかもしれない。そう、まさに陸安娜がそうであるように。

同志街で南に折れ、いきあたった露天市場に足を踏み入れて闇雲に歩いた。暖かな陽気のせいか（マイナス五度くらいだ）、かなりの人出があった。キムチを売る屋台がやたらとあって、売り子はみんな白い割烹着を着た若い女の子だった。ドラム缶で肉餅を焼いているハゲちゃびんのところに人だかりができている。僕はずかずかとそちらへ歩き、どんどん売れていく肉餅を三十分ほど眺めた。やがて客足が途絶えると、ハゲちゃびんが話しかけてきた。

「美味いよ、美味いよ」

「いくら？」

「二個で一元だ」

一元を十六円で計算すると、一個あたり八円になる。美味そうな肉餅だ。胡椒の香りがふんわり漂っていて、こんがり焼き目がついている。これで一個八円だなんて、タダ同然じゃないか。だから、僕は言ってやった。

「高いな！」

ハゲちゃびんが目をぱちくりさせた。

「もっと安くしてくれなくっちゃ」

「言っとくけど、うちより安くて美味い店なんてないよ」

「高いよ」

「韓国人？」

「日本人」

「ようし、中日友好のためだ。ええい、三個一元でどうだ！」

そう言ってハゲちゃびんが啖呵を切ると、通行人がわらわらと群がってきて我先にと肉餅を買い求めた。

僕は一歩下がって、飛ぶように売れていく肉餅をぼんやりと眺めた。やがて客足が途絶えると、ハゲちゃびんが勝ち誇ったようにこっちをむいた。

「さあ、つぎはあんただ。三個一元。今日は大サービスだよ。いくつほしい？」

僕は正々堂々と胸を張った。「まだ高いなぁ！」

「…………」

「高いよ、おじさん」

「いくらなら買うんだ、あんた？」

「四個一元でどう？」

「とっといっちまえ！」まるで犬みたいに追っぱらわれてしまった。「シッ！　シッシッ！」

すこし歩いてからふりかえると、ハゲちゃびんがまわりの人たちになにか言っていた。綿入れをもこもこに着こんだ中国人たちが、ぬきさしならない目でこっちをにらみつけている。さすがにちょっとやりすぎたかもしれない。腹も減った。おわびに肉餅を買ってやろうときびすをかえして近づくと、何人かがずいっと前に出てきた。白い鼻息が荒い。ひとりがこっちを見据えたまま、凍てついた地面に唾をペッと吐いた。

僕はそのまま彼らの前をとおりすぎ、角を曲がり、南にむかって歩きつづけた。靴底にどでかい風穴でも開いてしまったような気分だ。大通りを避け、百年前の記憶をとどめているような胡同《裏通り》をいく。背の低い家々、打ちすてられた荷車、タイヤの破れた自転車、崩れかけた壁の前に積み上げられた白菜、煤煙にうっすらとおおわれた静かな暮らし——

いったいどうすればいいのだろう？　どうすればこの愚かな心が鎮まってくれるのだろう？　やはりあの肉餅屋まで引きかえすしかないのか？　そうすれば、今度こそただではすまないだろう。それができなければ、もうガンジス川でも見にいくしか手は残されてないように思えた。

どこをどうほっつき歩いているのやら見当もつかない。頭蓋骨が疲労骨折するくらいきりきりした。

やがて陽が落ち、街の灯がさびしげにともりだした。

細い道を歩いていると、やたらとけばけばしいネオンが目についた。ネオンはピンク色で、ハングルで書かれていて、どうやら焼肉屋みたいだった。うなり声をあげる換気扇が肉を焼く煙をぶんぶん吐き出している。店のなかには短いスカートをはいた女の人がたくさんいて、足を止めて見とれていると、ひとりが外に出てきて手招きをした。三流モデルか、そうじゃなければ売春婦にちがいない。背が高くて、とてもきれいな人だった。

彼女に背をむけてこそこそと立ち去る。店のなかの暖かくて、華やかで、悲しい世界が視界をよぎったとき、ここここそが自分のいるべき場所なんじゃないかと思った。もしも中国に乳首があるとしたら、この焼肉屋がまさにそうだ。そう感じた。せっかく薄桃色の乳首が目の前にあるのに、親指をちゅっちゅ吸っているしかないトンマにでもなっちまったような気分だった。

けっきょく店の前を四度行きつ戻りつしたあげく、僕はなかへ入った。

もう二度と生きてここから出ることはない。

そんな気分で焼肉を食い、犬肉のスープをたいらげ、華丹啤酒をがぶがぶ飲んだ。窓の外では雪が舞いはじめたが、店のなかは別世界だった。女たちはまるで埃《ほこり》のうっすらつもった造花みたいに美しい。客はほとんどおらず、彼女たちは入れかわり立ちかわり僕のテーブルにやってきてはビールを飲んだ。僕の手相を見たり、太腿をさする人もいた。

僕のまわりにだけ花が咲いたみたいだった。

「ワインはあるか？　ワインを持ってこい！」

この国の流儀に従って不遜に吼えるだけで、ミニスカートの女の子が寒風吹きすさぶ夜に飛び出していってワインを買ってくる。僕の中国語は着実に上達しつつあった。

「これはな、R&Bという飲み物だぞ。赤ワインのビール割りさ。日本人留学生がよく飲むんだ」

酒を調合して彼女たちにふるまうと、みんな親指を立てて口々に僕のことをほめそやした。

「あたし、お腹減っちゃったなぁ」

「焼肉を食え！」

「あたし、ビールって苦手だなぁ」

「よしよし、白酒を持ってこい！」

「フルーツ、とってもいい？」

「ああ、いいとも！」

「あたし、あんたのこと気に入っちゃったなぁ」

「きみ、一晩いくら？」

　みんなが笑った。

　そんななか、ひとりだけ僕のテーブルに近づこうとしない女がいた。艶《あで》やかな女たち相手に中国語の腕試しをしているときも、笑いさざめいているときも、手拍子のなかで日本語の歌を披露しているときも、彼女のほうをちらちら盗み見ないではいられない。ぴっちりしたジーンズに緑色のハイヒール。目が細くて、美人だというわけじゃないけれど、とても特別に見えた。僕は密かに彼女に好感を持ったが、酒が深くなるにつれ、だんだん憎しみを覚えるようになっていった。

　彼女は僕の失敗の化身だった。彼女を支配しないかぎり、僕にかけられた呪いはけっして解けやしない。そんなふうに思った。意を決して席を立つと、女たちが色めきたった。全員がいっせいに流し目を送ってくる。僕はふらつく足を根性でまっすぐにして、彼女のところまで歩いていった。

彼女はスマホから顔を上げ、僕をじっと見上げて煙草を一服した。

「馬鹿にしやがって」日本語でそう言ってから、中国語に切りかえる。「开房间吧《部屋をとろうぜ》」

彼女は鼻で笑い、煙草を灰皿でもみ消し、声を張りあげた。「买单《お勘定》！」

このときはじめて、この店にも男がいることに気がついた。革のコートを着たでっぷり太った男が奥から出てきて、金の指輪のはまった手で請求書を突き出した。

　その金額を見て一気に酔いが醒めた。おろおろと店を見まわす。さっきまでたしかに存在していた熱い一体感が見る見る薄れ、あんなに美しくて情熱的だった女たちが、まるで切れかけの蛍光灯のように疲れて見えた。

　勘定を支払ってしまうと、財布には五元札が一枚だけになってしまった。北京駅から阜成門までの地下鉄代が二元。残り三元。胸を撫で下ろさずにはいられない。ホテル代と列車代はもう払ってある。三元あればあの肉餅がすくなくとも六個は買える。

「开房间吗《部屋をとるのか》？」男がかすれた声で訊いてくる。「おまえ、いくつだ？」

　僕は目を伏せた。

「まあ、いい。二時間で百五十元だ。朝までなら五百」

　僕はすごすごと店を出た。女たちはもう、こっちを見てさえいなかった。

ちらちら舞う雪の下で、煙草に火をつけて一服した。本気でインドへ渡ることを考えてみる。こんな自分から足を洗うには、インドの行者たちといっしょに髪の毛に牛の糞でも塗りたくるしかないのかもしれない。やはり姉の言うように、K大なんかにいくべきじゃなかったのだ。ここまで裏目がつづくのなら、ずっと部屋に閉じこもっていればよかった。百万本のマッチ棒でちっぽけな家をつくるとか、この世の終わりまでピンセットでちまちま壜のなかに船でも組み立てていたほうがぜんぜんマシじゃないか。

背後から声がかかったのは、地面にすてた煙草を踏み消しているときだった。ふりかえると、彼女が階段を下りて小走りでこっちにやってくるのが見えた。ちくしょう、まだ足りないとでも言うのか？　警戒する気力なんて、これっぽっちも残ってない。いったいなにを警戒する必要があるのだろう？　もし彼女が僕を刺し殺さなきゃ気がすまないというのなら、それはそれで人生じゃないか。

彼女は息を整え、上目遣いに切り出した。「不开房间了《お部屋とらないの》？」

「没钱了《金がなくなった》」僕は財布を逆さにしてふってみせた。「もう五元しか残ってない」

彼女はひとしきり笑った。しかも、本当に愉《たの》しそうに。それから、訊いてきた。

「あんた、いくつ？」

「十九」

「ふぅん。あたし、十六」

僕はうなずいた。

「名前は？」

「高良《ガオリャン》、高粱酒とおなじ発音」

「あたし、茉莉《モーリー》、茉莉花《ジャスミン》の茉莉」

どこに泊まっているのかと訊かれ、馬鹿正直に教えてやると、茉莉が腕にぎゅっと抱きついてきた。

「走吧《いこう》」

「もう金がないんだ」

「あたし、持ってる」

まるでずっとむかしからそうなる運命だったように、僕たちは体を寄せあい、さびれた夜道をいった。中国ならどこにでもあるうらぶれた売店で、彼女がビールと煙草と西瓜を買った。

小やみなく降る雪。

ホテルに入ると、服務台のあんちゃんが笑えるほどたじろぎ、まるで領導《リーダー》に報告する義務があるんだというようにエレベーターに乗りこむ僕と茉莉を見送った。

僕たちはエレベーターに乗り、廊下を渡って部屋へ入り、上着を脱ぎ、キスをした。

「高良、キス、上手だね」

それから、いっしょに冬の西瓜を食べた。

いったいどんな奇跡が起きているのかはわからなかったが、もっとわからないのは、男とこんなことをするのには、それなりに理由がなくてはならない。理由もなしにこんな夜が訪れるのなら、人生、いくらなんでも悲しすぎる。僕に僕なりの理由があるように、彼女にだってきっと彼女なりの理由がある。彼女が僕の体でなにかを清算するつもりでいるのなら、僕だって彼女の体で清算したいものがある。彼女が傷ついたというのなら、僕を選んだのは間違いじゃない。

それを茉莉に尋ねてみようという気がさっぱり起きなかったことだ。娼婦が金もない

西瓜をすっかりたいらげてしまうと、茉莉は自分からセーターを脱ぎ、ジーンズを脱ぎ、下着だけになって抱きついてきた。

「ちょっと飲もうか」僕は立ち上がり、彼女にビールを注いでやった。

「いつまで長春にいるの？」

「明日の列車で北京に帰るんだ」

「もうちょっといたらいいのに」

そう言うなり、またしても飛びついてきて僕の股間を荒々しくまさぐる。

「ちょ、ちょっと待って……夜は長いんだから、もうちょっと飲もうよ」

茉莉は頓着しなかった。ジーンズのなかに手をねじこんでくる。

「うわああ！」思わず彼女の肩をつかんでしまった。「酒だ！　俺は酒が飲みたいって言ってんだよ！」

「……高良？」

「なにをして、なにをしないかは俺が決めるぞ！」

茉莉はベッドの上であぐらをかき、まっすぐに僕を見つめた。

いつの間にこんなにも遠出をしてしまったのだろう？　こんな地の果てのようなところで、十六歳の娼婦とふたりっきり。彼女を抱いてしまえば、ひとりぼっちで引きかえす道のりがうんと長くなってしまう。そんなことは、わかりきっていた。

「このビールを飲み終わるまでおとなしく待ってろ」僕はソファにふんぞりかえった。

「そしたらお望みどおり真っぷたつに引き裂いてやるからな」

第3部　砂漠の魚

19

恋や金や自尊心だけじゃなく、純情まで失って日本へ帰った僕がつぎに中国の土を踏んだのは、それから半年後だった。

上海からとどいた一枚の絵葉書に、僕の心はまたしてもすっかりかき乱されてしまった。美しくライトアップされ、暗い水面に合わせ鏡のように映っている豫園《よえん》の夜景。その裏にトシゾーの美しい字がさらさらと流れていた。

はじめて見る彼女の手書きの文字がなんとも新鮮で、ぶっちゃけ、どこへいくにも持ち歩いた。暇さえあればひっぱり出し、うっとりと眺めずにはいられない。インターネットで豫園のことを調べたりもした。池のまわりを樹々と大小の楼閣《ろうかく》がとり巻き、巨石や太湖石《たいこせき》が水辺に配され、欄干《らんかん》のある回廊をめぐって五つの景観区を見物できる美しい庭園。

半年というのがまたいいじゃないか。トシゾーは半年という区切りまで我慢に我慢を重ね、耐え難きを耐え、もう半年経ったのだからと自分に言い聞かせながら葉書をしたためたにちがいない。そんな姿を想像しただけで狂おしい気分になる。これが一年だとこうはいかない。もし一年後にこんな絵葉書をもらったとしたら、僕はトシゾーがすっかり立ちなおって、もう僕に対してなんのわだかまりもないのだと切なくなったことだろう。時間というのは文字に書かれなかったことを語るものなのだ。

――いま、上海で日本語教師をやってます。

それは俺に会いにこいって意味だろ？

――北京の大学にいくのはやめました。やっぱりお金がかかるしね。

本当のことを言え。金が本当の理由じゃないはずだ。北京にはつらい思い出が詰まってるからな。

――高良くんは元気にやってますか？

ああ、彼女はいないよ。それだろ？　おまえが本当に知りたいのは。

――上海にくることがあったら連絡してください。

ああ、麻里、いますぐ飛んでいくよ！

　日本に帰ってきてからというもの、ずっと得体の知れない感覚につきまとわれていた。その感覚はK大に新しい年の授業料を払おうとして姉にくそみそにののしられたこととも、弁当工場に復活した早々に殴りあいの喧嘩をしてしまったこととも、けっきょく河田と別れたと言って陸安娜が泣きついてきたことともすこしずつ関係があって、そのどれとも関係がない。上手く言えないけれど、体温がちょっと下がってしまったような、すべての物事に対する距離感がほんのちょっとだけ変わってしまったみたいな。

　悪くない感覚だった。

　この感じをしっかりと自分のものにするために、どうあっても上海へいかなくてはならない。で、残暑厳しい九月の夕暮れ、母と姉がそろって食卓についているところで、僕はまたしても中国行きを粛々《しゅくしゅく》と発表したのだった。

「はあ？」すかさず姉が嚙みついてきた。「あたしもお母さんも毎日必死で働いてるのに海外旅行って、あんた何様？」

「海外旅行じゃないんだよ。そんな浮ついたもんじゃないんだ」

「中国は海外じゃないの？」

「いや、そりゃ海外だけど」

「じゃあ、海外旅行じゃん」

「でも、ちがうんだって。お姉ちゃんにはわかんないかもしれないけど、お姉ちゃんが思ってるような旅行とはぜんぜんちがうんだよ」

「自分探しの旅とでも言ってほしいの？」

「いや、その言い方も、それはそれでなんか気に食わないというか……とにかく、ちがうんだよ」

「貧しい国へいって貧しい人たちを奴隷扱いするくせに」

「俺は中国人を奴隷扱いなんかしたことねぇし」

「人力車とかに乗って、曲がりたいときは曲がりたいほうの足で車夫の頭を蹴ったりするんでしょ？」

「中国をどんなところだと思ってんの？」

「あんたねぇ」姉が目をぐるりとまわす。「自分のかっこうを見てみなよ。中国から帰ってきてから髭は剃らない、髪はのばしっぱなし、服はよれよれ、どこへでもサンダル履きじゃん。いくら薄汚いかっこうをしたからってねぇ、なんの証明にもならないんだからね、この馬鹿」

母はお茶をすすりながら僕たちのやりとりを黙って聞いていた。

「どこかの童話にもあるでしょ、退屈した王子様が自分とそっくりな乞食を見つけてさ、そいつと服をとりかえっこして街に遊びにいくみたいな。言っとくけど、あんたの自分探しの旅なんて、けっきょくそれだから。どうせ最後はお城に帰ってくるし」

「ぜんぜんちがうし、馬鹿」

「もう日本に帰ってこないの？」

「いや、そりゃ帰ってくるけど」

「帰ってくるんじゃん」

「じゃあ、どこへもいっちゃいけねぇってことかよ？」僕は食ってかかった。

「そのへんの風俗とかにしとけば？」

「はあ⁉」

「だって、あの絵葉書の人に会いにいくんでしょ？」

「勝手に人の手紙を読んだな！」

「それ、ほんとに自分探しなの？　ただヤリたいだけなんじゃないの？」

「ちがうし！」

こんな子に育てた憶えはないと言わんばかりに母が首をふった。

まったくおなじ表情をしたふたりの女に見送られながら、僕は部屋へもどってドアをぴしゃりと閉めた。

ひとりきりになって壁をにらみつけていると、ひょっとすると間違っているのは自分のほうなんじゃないかという気がした。母と姉のひそひそ声が聞こえる。ちくしょう、もう俺のことは死んだものと思ってあきらめてくれ！

また旅へ出るとなれば、片づけておかなくてはならない問題がひとつある。

その日の朝、僕は例の元暴走族の西にメールを入れてから弁当工場へいった。しばらくバイトを休むことを話すと、趙《ちょう》さんがうろたえまくった。

趙さんは僕が短期留学にいっているあいだにここで働きだしたのだが、沢村淳一《さわむらじゅんいち》もそうだった。で、僕がバイト復活早々にこの沢村と殴りあったのを、趙さんは自分のせいだと思っていた。

沢村は二十六歳のフリーターで、自分より二十歳も年上の趙さんの日本語をあざ笑い、嫌味ったらしく「フォール」の言い方を真似、趙さんがベルトコンベアーのスピードについてこられないと大声で文句を言い立て、趙さんのつまみ食いを班長に密告するようなやつだった。趙さんはいつもじっと我慢していた。趙さんはいわゆる不法滞在で、だからいくらいじめられても事を荒立てたくないのだ。

沢村はそんな右翼野郎なのだが、これで僕より二十センチも背が低いときた日には、こいつならちょっとくらい痛い目に遭わせてもいいですよと神様が言っているとしか思えなかった。で、沢村が趙さんを突き飛ばして弁当入れのカートンの山を崩したとき、僕はこいつの顔面を思いっきり殴りつけてやったのだった。

沢村は目をぱちくりさせ、鼻血をぬぐい、血だ、血だ、と大騒ぎした。僕たちはもつれあってすこし殴りあった。それまで死んだような目で弁当におかずを盛っていた男たちの顔がパッと輝き、おばさんたちは少女のように若がえり、工場内になんとも言えない一体感が生まれた。

「大丈夫だよ」ならんで弁当箱におかずを盛りながら、僕は趙さんに中国語で話しかけた。「今日、友達を紹介するから」

「だれ？」

「そいつを見たら沢村だってもうなにもしてこなくなるから」

「高良、今度はどこへいく？」

「上海」

「どれくらい？」

「決めてないけど、ビザなしでいられるのは十五日までだからね。学校もはじまるし」

「勉強？」

「いや、ちょっと会いたい人がいるんだ」

「女？」

「まあね」

「気をつけろ、高良。上海、悪い人がいっぱい」

「気をつけるよ」

「あとでわたしの友達の住所を書いてやる」

「なにやってる人なの？」

「なにもやってない」

「………」

「でも、顔が広い。中国ではそれがいちばん大切」趙さんが言った。「わたしが日本にこられたのもその人のおかげ。困ったことがあったら訪ねていくといい」

「ありがとう」

こんな調子で僕たちは夜の十時まで働いた。

沢村は僕とおなじシフトには入らないようにしていたから、僕が更衣室でわざわざ待っていたことにまず肝をつぶした。

「なんだ、てめえ」と、いきなり怒気含みできた。「またやろうってんならいつでも相手になるぞ、こら」

が、その威勢もベンチで煙草を吸っている西たちに気づくまでだった。西は後輩っぽいのをふたりばかり連れてきていた。

「趙さん」僕は趙さんを西に紹介した。「こいつ、西《シー》。俺の友達」

沢村が目を白黒させた。

「腹、減ったね。俺がおごるからさ、牛丼でも食いにいこうぜ」そう言って、僕はさっさと更衣室を出た。

趙さんがあとにつづく。西の後輩たちがひとりずつ沢村を睨《ね》めつけながら出てくる。なんの恨みもないのに、たいしたものだ。とどめに、しんがりの西が沢村の足元に唾をペッと吐いた。

沢村は肩で息をしていた。いったいどこで間違ってしまったのか、てんでわかってないみたいだ。こいつだって、なにも生まれつき姑息《こそく》な人間のクズじゃない。過去に中国人にこっぴどい目に遭わされたことがあるのかもしれない。なのに僕はといえば、打ちひしがれた沢村に柳沢聡の面影を重ねあわせていた。

絵葉書にあった番号に電話をかけると、トシゾーのルームメイトだという女性が彼女はいま外出中だと教えてくれた。僕は自分の携帯の番号とメールアドレスをその女性に託した。

電話を切ると、すっかり手持ち無沙汰になった。家には僕ひとりしかいない。午後の喧騒が現実離れして聞こえる。屁をこくと、残響がいつまでも耳のなかでくすぶった。この数日、トシゾーに連絡するためにあらゆる心の準備をしてきたのだ。そのせいか、これでもう一日が終わったような気がした。

くつろいだ気分で身支度を整え、ゆったりと家を出て〈長白〉へいった。

中途半端な時間のせいで、店には客がひとりもいなかった。テーブルにすわって雑誌を読んでいた陸安娜が顔を上げた。

「いらっしゃい」

彼女のむかいに腰をおろし、煙草に火をつける。「担担麵ね」

厨房に声をかけてから、彼女は灰皿を手繰り寄せてくれた。「いくことにした?」

「ああ」

「上手くいくといいね」

「どうだろうね」

それから担担麵が運ばれてくるまで、僕は僕の煙草を吸い、彼女は彼女の雑誌を見た。

「で、いつ帰ってくるの？」

「まだ決めてないよ」

「でも、十一月の中検は受けるんでしょ？　こないだの三級、どうだったの？」

「おかげさまで」

「じゃあ、つぎは二級？」

「ああ」

「阿良、中国語の才能だけはあるよ」

僕は山椒の効いたピリリと辛いスープを飲み、熱々の麵をふうふうやりながらすすった。彼女は目を細めて僕が担担麵をたいらげていくのを見ていた。

「なに？」

「ううん」両手で頰杖をつき、目をキラキラさせてにっこり笑う。「阿良、なんだか変わったなって思って」

「べつに変わってないし」

「知りあったばっかのころってさ、ちょーダサかった」

「もう一年半も前だもんな」

「一回やりかけたじゃん？」

「ああ」

「あれ、なんでやんなかったの？」

「なんか怖かったのかもね」僕はすこし考え、麺に逃げた。「忘れたよ」

「やってたらどうなってたのかなって、あたし、ときどき考える」

「もっと傷つけあってたんじゃないの？　ていうか、おまえ、俺を踏みつけにする気満々だったろ」

「阿良ってさ、ないがしろにしてもいいような気にさせるんだよね」

「ちくしょう」

「だから、あの柳沢って人にしたんだよ」

口のなかのものを噴き出してしまうところだった。

「男に逃げられてさ」彼女は両手を上げ、うんとのびをした。「友達までなくしたくなかったからね」

僕は麺をすすった。

「ねえ、男と女の友情ってあると思う？　つまり、セックスぬきの」

僕はジーンズの尻ポケットから振動するスマホをひっぱり出し、アイコンをたたいて受信したばかりのメールを開いた。

「ニヤニヤしちゃって」陸安娜はまたぞろ雑誌を手繰り寄せた。「上海の彼女？」

「まあね」

「なんだって？」

「ん？　ああ、彼女、いま日本人会の手伝いをしてるんだって。それでちょっとバタついてるみたいで」スマホをテーブルに伏せる。「で、なんの話をしてたんだっけ？」

「もういい」

「ああ、男と女の友情だっけ？　まあ、けっきょくは縁だよ。うん、縁、縁！」

陸安娜が雑誌から顔を上げ、哀れむような一瞥を投げてきた。「うれしそうだね」

「そう？」

「そういうところ、ものすごくイライラさせられるんだけど」

「…………」

「そういう顔を見てるとさ、こいつ、ぜんぜん変わってないなって思っちゃうんだよね」

20

荷物はリュックサックひとつだけだから、預け荷物受取所のターンテーブルを素通りし、やる気なさげな税関を通過して到着ロビーに出た。

自動ドアが開いたとたん、むっと押し寄せてくる臭気に胸が詰まった。

なにかが僕のなかで一瞬にして切りかわる。まるで自分の家にでもいるかのように怒鳴りあう中国人たち、上海浦東国際空港こそ天国のつぎにすばらしい場所だとでも思っているような派手な女、走りまわる子供、ネームボードをかかげた角刈りにサングラスの男たち——日本に帰っていたこの半年間が雲散霧消し、北京と上海が直結したような感じに背筋がぞくぞくした。

ロビーを見渡す。まるで酔ったように、なにもかもが僕のまわりをぐるぐるまわっていた。

そして、半年前に止まってしまった時間がふたたび動きだす。

人混みのなかで僕たちはおたがいを認めあい、笑いをこらえながら歩み寄り、すこしだけ途方に暮れ、半歩だけ足りない距離をおいて足を止めた。

「髪……」彼女がさりげなく目頭をぬぐう。「ずいぶんのびたね」

僕はリュックサックを肩にかけなおす。「そっちはずいぶんさっぱりしたね」

「髭も」

「不精してるだけだよ」

まるで胸のなかで小さな鼓笛隊が大太鼓をドンドン打ち鳴らしているみたいだ。おたがいの視線に慣れるまで、僕たちはすこしだけ相手の格好や中国人たちを眺めるふりをした。

彼女は印象がすこし変わっていた。ジーンズにスニーカー、若草色の七分袖Tシャツ。いでたちは半年前のままだけど、漂わせている空気がどことなくやわらかい。それが僕を落ち着かなくさせた。トシゾーというあだ名の響きが、なんとなくそぐわないように感じた。

「お腹、空いてない？」

「飛行機のなかで食べたから」

「荷物、それだけ？」

うなずく。

「どこかいきたいところは？」

首を横にふる。彼女をまっすぐに見つめながら。気持ちを伝えるために。

「でも、よかった」人心地ついたような溜息といっしょにトシゾーが言った。「ほんとにきてくれたんだね」

僕はうなずいた。

「高良くん、なんか変わったね」

「そっちこそ」

「ごめんね」

「なにが？」

「ううん」きょとんとしている僕を見て、彼女が微笑《わら》った。「いこっか」

僕たちは到着ロビーをぐるりとまわり、出発ロビーのすぐ外にある乗り場からリムジンバスに乗った。バスは機場五号線というやつで、途中〈浦東大道〉や〈東方医院〉などのバス停に停まりながら、終点の上海駅までおだやかに走りぬけた。

上海は北京よりもずっと混沌としているように思えた。近代的な高層ビルの谷間に、まるで時空のひずみでもあるかのように過去がひっそりと息づいている。そこまでは北京とたいしてちがわないのだが、全体の雰囲気はずいぶんちがう。北京を拳銃の引き金に喩《たと》えるなら、上海は銃口といったところだ。蔣介石《しょうかいせき》の野望や文化大革命をつぶさに見てきたような古い建物がいまや、若くて、堂々としていて、鼻持ちならないビル群におびえ、滅び去るのを指をくわえて待っている。

「あの日」バスのなかで、僕はこんなふうに切り出した。「俺、長春にいってたんだ」

トシゾーは黙っていた。

「大学に入ってから好きな娘《こ》ができたんだけど、その娘が長春の娘で」

「あれ、彼女からのメッセージだったんだね」

「完璧に片想いだったんだけどね。あっちには彼氏もいたし。でも、中国語に興味を持ったのは彼女の影響なんだ。それからちょっとごたごたがあって……俺、彼女から逃げるようにして北京にきたんだよね。でも、ずっと頭から消えてくれなくて」

「ごたごたって？」

言いかけて、ふとなにかを見失う。たくさんのことが起こったはずなのに、わざわざ他人に伝える価値のあることなんて、じつはなにひとつ起こらなかったような気がした。

「たぶん」僕は言葉を押し出した。「とてもありきたりなことだったんだ」

トシゾーの微笑みは、砕け散った微笑みの欠片《かけら》みたいだった。

「男と女の友情ってあると思う？」

「どうだろう」トシゾーはすこし考えるそぶりを見せた。「でも、それって言い訳っぽくない？」

「男と女の友情が？」

「友情という言葉でなにかから目をつぶっていられるんじゃないかな」

「セックスとか？」

「責任とか」

「本当の気持ちとか？」

「過去の失敗とか」

「自分でも不思議なんだけど、俺、いまその娘とけっこう仲がいいんだよね。偶然なんだけど、今年になってから半分くらいおなじ授業をとってて。で、べつになにかがあったわけじゃないんだけど……とにかく、気がついたらまたふつうに話してたんだ」

「なにがあったの？」

「ぜんぜんたいしたことじゃなくて」

「なに？」

「北京にいく前に車の免許を取ったんだけど、ぜんぜん運転してなかったからレンタカーを借りて練習したんだ。で、学校の駐車場でちょっと人を轢《ひ》いちゃって」

「大丈夫だったの？」

「ぜんぜん平気。タイヤがちょこっと足の上にのっかっただけだから。で、その人にあやまってから車に乗ろうとしたら、彼女がそれを一部始終見てて」

「それだけ？」

「で、彼女とドライブをして。そのとき、麻里ちゃんのことなんかもふつうに話せたんだよね」

「でも、人の縁なんてそんなものなのかもね」

トシゾーの手を握ると、彼女も握りかえしてくる。冷たくて無表情なものが僕のなかにすっと入ってきた。それは僕が期待していたような感じじゃなかった。ぜんぜんちがっていた。ぎゅっと握りしめると、彼女は窓の外に顔をむけた。そのひんやりとした手は、これ以上ないくらいに僕たちの失った時間の軽さを証明していた。

街を行き交う人々が人の形をしたなにかべつのもの、悲しみによく似たなにかに見えてくる。窓から入ってくる九月の風には、いつしかあのなつかしい煉炭の臭いがまぎれこんでいた。

バスを降りると、すぐに彼女がタクシーをひろった。

「莫干山路《モウガンシャンルウ》って知ってる？　もとは国営の工場なんかがあったところなんだけど、いつの間にかアーティストたちのたまり場になってて」

「そこへいくんだ？」

「ごめんね。ほんとは高良くんをうちに泊めようと思ってたんだけど、ちょっとルームメイトの都合が悪くなっちゃって。森《もり》くんって子がいて、仲間たちとアトリエを持ってるんだけど、高良くんのことを話したら泊めても大丈夫って言ってくれたから」

「俺、どこか安いホテルに泊まるよ」

「ううん。せっかくきてくれたのに」

「さっき、なんであやまったの？」僕は訊いた。

彼女の瞳が薄暗い車内で不安げにまたたいた。「だから、今夜ルームメイトが……」

「そっちじゃなく、空港で」

タクシーはビルのあいだをぬうように走り、やがて莫干山路五十号という路地で停まった。トシゾーはどこかへ電話をかけ、それから古い木造の喫茶店へ案内してくれた。

僕たちは言葉もなくむきあった。

午後の陽が窓から射しこみ、板床に大きな十字の影を落としている。ウェイターが店の外に出て、唾を吐いてからもどってきた。

「北京でのあたし、いま考えるとふつうじゃなかった」コーヒーが運ばれてきたのを潮に、彼女はそう切り出した。「高良くんにすごく悪いことをしちゃったなって。北京で何人かとつきあったって教えたよね？」

僕はパールミルクティーに口をつけた。もちろん憶えている。彼女は「つきあった」とは言わなかった。「とっかえひっかえした」と言ったのだ。

「高良くんが北京にきた日、ほら、べろべろに酔っぱらったでしょ？　あのときは意識してなかったけど、あたし、酔っぱらった高良くんを見て、たぶんこいつを傷つけてやろうと思ったんだよね」

タピオカを吸い上げる。

「さよならパーティのあとで、高良くん、あたしとするつもりだったでしょ？　でも、あたしはそこでつっぱねようって決めてたんだよね」

小さな黒いタピオカが行列をなしてストローをのぼっていく。

「ずっと気になってた。ああ、あたしって最低だなって。高良くんに傷つけられたわけでもないのに、高良くんに仕返しをしようとするなんて。どんどん自己嫌悪になっちゃって。きっと高良くんはなにか感じとったから、あたしはすっぽかされたんだろうなって。でも、さっきの高良くんの話を聞いてちょっとだけ気持ちが楽になった」

僕はいつまでもコーヒーをかきまわすトシゾーの指先を見ていた。なるほど。あの夜、僕が長春往きの列車に乗ることに決めた瞬間、彼女は負けるべき賭けにちゃんと負けたわけか。バスのなかで感じた彼女の手の冷たさ。握りかえしてきたその手の意味。同情。贖罪《しょくざい》。

「おたがいさまだったんだね」

話はそこでつきた。

腕時計をのぞくと、もうすぐ午後六時になろうとしている。時差が一時間だから、日本ではもうすぐ七時。七時といえば〈長白〉が混みだす時間で、母はもうすぐ弁当屋から解放され、姉は同僚から合コンに誘われずに歯ぎしりし、K大は閉校へむかって驀進《ばくしん》中、サラリーマンたちが日本の夜へと繰り出すべくそわそわしている。俺はこんなところでいったいなにをやってるんだ？　こんなことなら西と風俗にでもいって、日本の女の子と日本的にいちゃついていればよかった。

ドアのカウベルが鳴った。

長い髪を頭のうしろで団子にした、いかにもそれっぽい男が入ってくると、トシゾーは水面に浮き上がった遭難者のように手をふった。

「森くん」

会釈した僕に男が微笑む。ペンキだらけのだぼだぼのジーンズに、レモン色の長袖Tシャツ。トシゾーが僕たちを紹介した。

「森くん、ごめんね。しばらくお願いしていい？」

うなずいてから、森は失礼にならない程度に僕のことをじろじろ見た。「高良くん、上海ははじめて？」

「はい」

「いつまでいるの？」

「いや、まだ……」見やると、トシゾーが視線をそらす。だから、なんと答えるべきかがわかった。「でも、二、三日」

安堵したような笑みをもらすトシゾーに、僕は頭をかきむしりたい気分でいっぱいになった。

トシゾーは森と日本人会のパーティのことを二、三確認しあった。それから僕たちは店を出た。

「高良くん」タクシーを捕まえ、乗りこむ前にトシゾーが言った。「じゃあ、明日、パーティ会場で」

僕と森は肩をならべて歩いた。

「高良くん、いくつ？」

「十九です」

森は自分のやっていることをなんだかんだと教えてくれたが、僕はほとんどなにも聞いちゃいなかった。

季節はずれに咲いた償いの花。北京で種を蒔《ま》かれ、上海で華々しく狂い咲いた。それが僕という人間で、それ以外の何者でもない。

「近々個展をやるつもりなんだけどね」彼の声が思考を乱す。「日本人会のバックアップがあれば、いろんなところで紹介してもらえるんだ」

「土方さんとは日本人会で知りあったんですか？」

「ていうか、土方さんの彼氏、俺が紹介したから」

「…………」

「彼女のルームメイトが一時帰国しちゃったんでしょ？」森が言った。「それで高良くんを泊めるわけにいかなくなっちゃったって言ってたけど。土方さんって、そういうところはちゃんとしてるんだよね」

　ちゃんとしてるだぁ？　すんでのところで叫んでしまうところだった。ハッ、あの女はな、北京で留学生全員とやりまくってたんだぞ！

　僕たちは歩き、いくつか角を曲がり、雨染みの黒くついた倉庫に着いた。森が錆《さ》びた網目のシャッターを手で押し開けると、それがエレベーターだった。

「もとは荷物運搬用だったんだ」

　彼のあとについて乗りこみ、四階まで上がる。

「ようこそ、アトリエ・インヴィジブルへ」

　アトリエのなかはびっくりするくらい現実離れしていた。自分がいまどこにいるのか、なにに腹を立てているのか、しばし見失ってしまったほどだ。

　ハーフトーンの照明が清潔でひんやりとしたコンクリートの床に淡く落ちている。煉瓦の壁には投影機の映し出す幾何学的な光がゆるやかに回転していて、天井にしつらえたスピーカーがラテンっぽい陽気な音楽を静かに降らせていた。壁には長方形の窓が等間隔にならんでいて、そこからライトアップされた高層ビルや、漢字の毒々しいネオンが遠くにうかがえる。

「もともと紡績工場だったんだ」

「だから壁で仕切って三人で使ってるんだ」

言い終わらないうちに、仕切り壁のむこうから黒人がひょっこり顔を出した。森が英語に切りかえてなにか言うと、男が僕にうなずいた。

「こいつはタイ」と、また日本語にもどす。

僕はすっかりどぎまぎしてしまい、とりあえず「你好《ニーハオ》」と挨拶をした。

「ニーハオ」

タイはチューバのような声でそう言い、僕の手をつかんで黒人たちがよくやる例の何度も手を握りなおすファンキーな握手をしてきた。僕は平静を装い、こんな握手は日本でだってふつうにやってることなんだぞ、という顔をして彼と拳骨をぶつけあった。

「タイはロサンゼルスからきてて、グラフィックアートをやってるんだ。いまは出かけてるけど、もうひとりエミリオというイタリア人の絵描きがいるよ」

森は今夜の僕のベッドになる真っ赤なソファに案内してくれた。地獄の夢を見るのにうってつけのソファだ。

「高良くん、ガタイがいいからちょっと窮屈かもしれないけど」

「いえ、十分です。たすかりました」

「タイの仕事が一段落したら晩飯にいこう」

ソファのそばに煙草尻のあふれた灰皿があったから（電車の駅なんかにあるような、背の高いやつだ）、僕はシャツの胸ポケットからラッキーストライクを出して一本くわえた。

「言い忘れてたけど、ここ禁煙なんだ」すかさず森が言った。「うちの場合、作品を買いつけにくるのって女性が多いんだよ」

僕は灰皿を見やった。

「ああ、それは灰皿じゃないんだ」

いよいよ目までおかしくなったのか？　無理もない。上海くんだりまでのこのこやってきてみれば、どこまでいってもけっきょくはひとりぼっちなんだということを思い知らされたばかりなのだから。吸いさしの突き刺さったこの灰の山が灰皿じゃないとしたら、この世界のどこに灰皿の名に恥じないものが存在するというのだろう？

「それは作品なんだ。タイトルは『実存の放つ耳障りな音楽』、どう？」

どう？　おまえがそう訊くのなら答えてやらないでもないが、こいつはどうひっくりかえしたって薄汚い灰皿以外の何物でもないぜ。

「なんかわかる気がします。煙草って実存の象徴みたいなところがありますもんね」

「でしょ！　でしょ！」

「煙草の吸い殻って、たしかに目障りというより耳障りなんですよね。言うなれば、自由という名の葬送曲ですよ」

「でしょ！　いやぁ、高良くんとはいろいろ話せそうだ。二、三日なんて言わないで、もうちょっと上海にいなよ」

「ありがとうございます。俺、ちょっと外で一服してきます」

「あっ、こっちこっち！」

台所をぬけた先にアルミのドアがあって、開けると非常階段だった。

煙草をくわえ、火をつける。すぐ目の前まで迫ってきているとなりのビルをにらみつけながら深々と一服やった。ビルに切りとられて痩せ細った夜の先で、上海が狂ったように光り輝いている。

灰皿さえ灰皿でいられない場所で、人間が人間らしく生きられるものだろうか？

僕は煙草を吸い、この界隈が火の海に包まれることを期待して指ではじき飛ばした。中国の夜にかすり傷をつけながら、赤い火は静かにビルのあいだに落下していった。

21

翌日は曇天で、森は昼すぎまで起きてこなかった。霊感に頭をぶん殴られて、鼻の先っぽに花が咲いているちっちゃなピンク色の象を朝までに四十六体も創っていたせいだ（「高良くんとのおしゃべりでひらめいちゃってね。タイトルは『幻想もしくは自由という名の破滅』、どう？」）。

森はピンクの象を今日中に百体にまで増やすべく奮闘している。

僕は日本人会のパーティへ出かけるまでの時間をもてあました。だから、日本から持参した本を片手に莫干山路を漫《そぞ》ろ歩いてみることにした。

右をむいても左をむいてもギャラリーだらけだ。それはもう、中国共産党が芸術家たちをこの一角に封じこめておいて、いざもう一度文化大革命をやるとなったら手っ取り早く火をつけてやろうと目論んでいるのかってほどに。大きな窓がある開放的なギャラリーもあれば、足を踏み入れたが最後、もう二度と出てこられそうにないのもある。窓からのぞいたかぎりでは、僕に理解できそうなものはひとつもなかった。

タイがそんなギャラリーのひとつで、経営者と思《おぼ》しき女性とお茶を飲んでいた。ぶっきらぼうな路地には開店前のバーや、おしゃれなカフェや、本屋なんかもある。あまりにもおしゃれで、思わずどこかに「中国人と犬はおことわり」の注意書きがないかと探してしまったほどだ（むかしのフランス租界あたりでは本当にそんなことが書かれていたのだ）。地元の人もたくさんいて、あきらめをとおり越して、とてもおだやかな貌《かお》をしていた。

昨日トシゾーと入った喫茶店でパールミルクティーをたのみ、マッカーシーの『すべての美しい馬』を開いた。

気だるい午後に心を落ち着け、ページをめくる。捕まえてきた野生馬を四日で馴《な》らせるかと主人公のジョン・グレイディが訊くと、相棒のロリンズがこう答える。四日で馴らした馬なんて四日でもとにもどっちまうとおれは思うがな。

考えこまずにはいられない。僕とトシゾーがいっしょにすごした時間なんてせいぜい一週間くらいのもので、もしロリンズの言っていることが正しいとすれば、これ以上上海で粘ってみても埒《らち》が明かない気がした。

ふと本から顔を上げると、年寄りが洟《はな》を垂らした子供の手を引いて窓の外をとおりかかった。こっちに気づいた年寄りがちょっとびっくりしたような顔になり、子供になにか言った。

──ぼうや、よく憶えておくんじゃよ、あれが自分の思いこみだけで生きてきた人間の顔じゃ。

──かわいそう。自分にしか関心がないんだね？

──そのとおりじゃよ、ぼうや、そのとおりじゃ。

僕は本を閉じ、鼻持ちならない額の料金を支払い、ひょっとしたら森は同性愛者なのではないかとつらつら考えながらアトリエまで歩いて帰った。


森とタクシーでむかった南京西路《ナンジンシールゥ》の国際飯店は、古いアメリカ映画に出てくる摩天楼のようなたたずまいをしていた（「このホテルは上海アールデコの真髄だと思う。どう、高良くん？　まさにオールド上海だよね」）。

ロビーでトシゾーと落ちあい、エレベーターでいっしょにパーティ会場まで上がる。トシゾーは背中の開いたブルーのドレスに、真珠色のハイヒールをはいていた。

「昨日はつきあってあげられなくてごめんね」エレベーターのなかで彼女が言った。

「夜はなにをしてたの？」

「土方さん」そう呼びかけると、トシゾーの目が僕と森のあいだを行ったり来たりした。「彼氏ができたんだって？」

「森くん、無理言ってごめんね」

「言ってくれればよかったのに」努めて明るく言ったつもりなのに、今度は森の目が僕とトシゾーのあいだを行ったり来たりした。「どんな人なの？　目は大きくないはずだよね。森さん、知ってました？　土方さんって目の大きな男が嫌いなんですよ」

「日本の商社で働いてる人」彼女は断固として森のほうをむいていた。「森くん、名刺はちゃんと持ってきてる？」

「森さんの友達なんでしょ？」口を開きかけた森から言葉をごっそり奪う。「どれくらいつきあってんの？」

トシゾーがおびえたように笑い、森の腕をバチバチたたいた。

「半年にはならないはずだよね？」僕は言った。「土方さん、北京にいたもんね」

ふたりとも、うつむいてしまった。

「彼氏、今日くる？」

エレベーターは沈黙を乗せてぐんぐん上昇する。

女でいることは、いったいどんな感じなのだろう？　砂漠の夜のような静寂のなかで僕は考えた。中学のときに僕は三島愛にメールで告白したのだけれど、なにもなくていきなりそんな暴挙に出たわけじゃない。掃除の時間にふたりでゴミを焼却炉へ運んでいるとき、三島愛が唐突にこう訊いてきたのだ。ねえ、勃起ってどんな感じ？　目を丸くした僕を見て、彼女は天使みたいに微笑んだ。きっと素敵な感じなんだろうね、なんでもできちゃうような感じかな？

　男はこんな女を好きにならずにいられるのだろうか？　いまの僕があのころの僕に言ってやれることがあるとすれば、それはこうだ。気をつけろ、高良伸晃、女たちはおまえをコントロールしようとしているぞ。そこで勘違いをしてしまったら五年後にその女に似た女にこっぴどく踏みつけられ、その女から逃れるために逃げこんだべつの女からも馬鹿扱いされちまうんだ。

　森は自分の靴をにらみ、トシゾーは祈るようにフロア表示灯を見上げている。ああ、陸安娜と知りあえて本当によかった。彼女につけられた傷にくらべれば、トシゾーの冷たい仕打ちなんか如何《いか》ほどのこともない。

　到着の電子音とともにエレベーターのドアが開くと、トシゾーはそそくさと化粧室へ消えた。

「ピカソってね」

　僕は森に目をやった。

「自分をとりあうふたりの女性に喧嘩をさせて、それを見てよろこぶようなやつだったんだよ」

「だからなんですか？」

森が口をつぐんだ。

「芸術家じゃなくてもそれくらいのことはやりますよ」僕は言った。「だれだってやりますよ」

さほど広くない広間での立食パーティだった。

会長の挨拶、副会長の挨拶、来賓の挨拶、乾杯というお決まりの流れのあと、五十人か七十人か九十人くらいの邦人たちが料理のならべられたテーブルに散っていった。五分もしないうちに僕はひとりぼっちになっていた。

トシゾーが森を引きまわして偉そうな人たちに紹介するのを遠目に眺めながら、ワインを飲み、煙草を吸う。僕は十九歳で、こんなところでは十九歳の出る幕などない。とはいえ、ひとりぼっちにはもう慣れっこだ。だから言えるのだが、日本でひとりぼっちでいるよりも上海でひとりぼっちになるほうがぜんぜん楽だった。

窓から見下ろす街の灯が、いつの間にか雨に煙っていた。まるで鐘楼や神殿のようなビル、〈奥林巴斯《オリンパス》〉や〈FANCL〉の電飾広告、そして無数のネオンや車のヘッドライトが下界に光の河をつくっている。目の焦点をすこし変えるだけで夜景がにじみ、パーティ会場に出入りする人たちや、自分の青白い顔が窓ガラスにあらわれる。どうにかすれば、正しい答えだって見えてくるかもしれない。

そして、正しい答えは夜の上を歩いてやってきた。

窓ガラスに幾重にも折り重なった風景のなかで、その男はてっぺんに土星のような球体を頂くビルを背にして大股で近づいてきた。

僕がふりかえると、彼の口がニヤリと吊り上がった。「高良くんでしょ？」

黒いスーツ、短く刈りこんだソフトモヒカンに黒縁の眼鏡、左耳にはダイヤモンドのピアスが光っている。会うたびに印象が変わるけど、この僕がこいつのことを見紛《みまが》うことなど金輪際ありえない。

「ああ、びっくりした」つい大きな声が出た。

「いやぁ、ずいぶん感じが変わっちゃってるからさ、人違いかもしれないと思ってしばらく声をかけられなかったよ」

「ひさしぶりですね」

「こんなところでなにやってんの？　ていうか、いま上海にいるんだ？」

「昨日着いたばかりです。じゃあ、柳沢さんもずっと上海ですか？」

柳沢聡は軽く両手を広げた。まあ、こんな感じかな、とでもいうように。シルバーの大ぶりな指輪が鈍くきらめいた。

「なんかうれしいですね」僕はほとんど心からそう言っていた。「こんなところでまた会えるなんて」

「だれかといっしょ？」

「大丈夫です」

「もう上海はあっちこっち見たの？」

「ぜんぜん」

「そっか」と柳沢が言った。「じゃあ、あとで軽く飲みなおそうか」

僕たちが日本人だとわかると、タクシーの運転手はいちいち道路や建物の解説をやりだした。

いまは南京西路を東にむかって走ってるよ、ほら、ここが有名な南京南路《ナンジンナンルゥ》だ。ベネトン、マクドナルド、グッチ！　ほら、グッチ！　この先のつきあたりが黄浦江で、左に折れたらすぐ外灘《バンド》、むかしの共同租界さ。ほら、左のこのヨーロッパ風の建物はなんだと思う？　この立派なやつ。中国銀行さ！

陸安娜の言葉を思い出さずにはいられない。植民地時代の建物を残しておくなんて、レイプされた記念に男の下着をとっておくようなものだ。

むこう岸が浦東《プートン》さ。ライトアップされてきれいだろ？　タクシーは走り、運ちゃんはぺらぺらと調子よくまくしたてる。あの球みたいなのがついた高いやつが東方明珠塔で四百六十八メートル、右のやつがシャングリラ・ホテルと環球金融中心だよ。あのへんはねぇ、一九九〇年に開発がはじまるまでは田んぼしかなかった。みんな貧乏でね、肉なんかめったに食えなかったな。

「お兄さんたち、結婚は？」

「学生です」と僕は答えた。「この人は上海で働いてます」

「なにやってんの？」

「まあ、いろいろ」

「なんだって？」通訳をしてやると、柳沢が鼻で笑った。「中国人ってすぐ結婚を訊いてくるよな」

「なんでもいいけど、中国に投資はしないほうがいいね」運転手が言った。

「バブルだから？」

「まあ、要するに共産党だからね」

タクシーが信号で停まったとき、雨に打たれている女の子が目についた。女の子は植民地時代の立派な石造りの建物の前に——森の言葉を借りるなら「アールデコの真髄」のような荘厳な建物の前に、まるでそこから永遠に追放されたみたいに立ちつくしていた。

「農村から出てきた娘さ」

見やると、ルームミラーのなかで運ちゃんと目があった。

「あれは花を売ってるんだ」

女の子は頬被りをして、籐の籠を腕にかけている。

「いまに自分の花を売るようになるよ」運ちゃんが車を出す。「お兄さんたち、女紹介しようか？」

ゆっくりと流れ去る花売りの少女が茉莉と重なった。タクシーはすぐに曲がり、悲しい影が視界からこぼれた。

「ふだんは徐家匯《じょかかい》のあたりで飲むんだけどね」タクシーが停まると、柳沢はジャケットの内ポケットから財布を出した。「せっかく上海にきたんだから外灘《バンド》くらいは見せときたいと思ってね……あっ、いいって！　タクシー代くらい俺が出すって……そう？　そこまで言うんなら、じゃあ、二十元だけ。それで高良くんの気がすむんなら」

土砂降りのなか、僕たちは路地裏のバーに駆けこんだ。見間違いじゃなければ、ドアの上にかかっているブルーのチューブネオンは〈WORLD'S　END〉と書かれていた。

雨粒を払ってから、僕と柳沢はクロムメッキのカウンターにならんで腰かけた。テーブル席に白人の夫婦、カウンターのむこう端に葉巻をくゆらせている男がぽつんといて、あとは背の低い白髪のマスターがカウンターのなかにいるだけだった。

「ビール？」僕がうなずくと、柳沢がマスターに英語で注文した。「もう一年以上になるのに中国語を覚えられなくてね。上海語ってスースー言ってよけいにわかんないし。まあ、こっちでは英語のほうが押し出しが利くんだけど」

「仕事、順調そうじゃないですか」

柳沢は曖昧に肩をすくめた。

酒がやってくるまで僕たちは煙草を吸ったり、空っぽのカウンターを指でコツコツたたいたり、世界の終わり酒場を静かに満たしている古いジャズに耳を傾けたりした。

やがて酒を前にしても、状況はたいして変わらなかった。酒杯を重ねながら柳沢はえんえんと自分が飲んでいるウイスキーの講釈を垂れた（「このタリスカーの十年はちょうどハイランドとアイラの中間という感じで、スモーキーじゃないけどピーティではあるよね」）が、僕には半分も理解できなかった。

「ポール・セローが日本にきたとき、信号無視をする人がぜんぜんいないのを見て、こんなところに芸術家なんかいるわけがないと言ったんです」僕は僕でぐいぐいやりながら、だれのこととはわからないように森を侮辱した。「わかります？　ハッ、偉い人にペコペコしちゃってさ！　野球で言うなら、打ったあとでなんで三塁に走っちゃいけないのか、そこんとこを突いてくるのが芸術ってもんでしょ？　芸術家なら他人に女を紹介したりしませんよ。そんなことをする暇があったら自分でヤっちゃうくらいじゃないと。旅も芸術も本質は逸脱ですよ」

自分の言葉にガツンと頭を殴られた。ひょっとしたらトシゾーは森とも淫らな関係を持っているかもしれない。十分考えられる。その不吉な思いつきをビールで腹のなかへ流しこもうとしたが、飲めば飲むほどそれが真実以外の何物でもないという気がした。ちくしょう、あの売女め、ふしだらなことをするたびにだれかからメダルでももらえるのか？

柳沢は神妙な面持ちで自分のグラスを見つめていた。

「どうしたんですか？」

「だからさ」押し殺したような声がかえってくる。「あれは俺のせいじゃないんだって」

「は？」

「いつまで根に持ってんだよ」

僕は酔眼をしばたたいた。話の脈絡が見えなかった。

「俺は自分のことを芸術家だなんて思ってないし、もうあの娘の顔も思い出せやしない」

すこし考えて、この男が言っているのは陸安娜のことだと気がついた。

「いやいやいやいやいや！」うろたえた僕は、なにをどう説明したものやら見当もつかなかった。結果的にいまは彼女と上手くやっていることを伝えたかったが、ひどくみじめでまぬけな言い訳にしか聞こえないのはわかりきっていた。「俺がいま話したのは柳沢さんのことじゃなくて……いやいやいや、いまのはそんなむかしのことじゃなくて、俺が上海にきたのは……」危険の迫ったカンガルーはポケットから子供を投げすててでも逃げようとするが、トシゾーのことを火消しに使うのもそれに負けないくらい卑怯で下劣な行為に思われた。「えっと、あんなの俺はもうぜんぜん……」そうかといって、この男に対するわだかまりが完全に消え去ったわけでもないのだ。「だって、よく考えたら、もともとは柳沢さんが……」

僕は口をつぐみ、棚にならんだ酒壜をにらみつけた。カウンターの端の男がなにか注文し、マスターが射精中の鮭みたいにシェイカーをふった。

「ごめんね」柳沢が目をもみながら言った。「最近いろいろあって、ちょっとイラついてた」

僕は返事がわりに酒を飲んだ。

「二、三日じゅうに車をとりにいかなくちゃならないんだけど、高良くん、いっしょにいかない？」

となりを見やる。

「この国にはもう、うんざりだ。善悪ってほんとに相対的なものなのかな？」

思わず身構えてしまった。この手の問答のむかう先は神か、殴りあいか、ふたつにひとつだ。

「商売は上手くいってるよ。上手くいきすぎて怖いくらいだ。前に話したっけ、俺らは基本的に車の運送しかやらないって？　それが最近は書類の偽造にまで手を出してるんだよね」

「書類の偽造？」

「公道を走るにはナンバープレートが必要じゃん。簡単に言えば、俺らが売ろうとしてる車とおなじ車種の資料を手に入れて、それをそっくりコピーしちゃうんだ。套牌《タオパイ》って呼んでるんだけどね。ナンバープレートから免許証からなにから全部コピーする。クローンと呼ぶやつもいる。本体からいくつも分身をつくれるという意味でね。登録上まったくおなじ車を何台もつくるんだ。そうすれば警察に停められたとき、無線で問いあわせられても問題ない。こっちは書類がちゃんとそろってるんだから。しかもクローンした本物の書類がね」

「考えましたね」

「田舎へいけば客のなかに警察だっているよ」

「じゃあ、なにが問題なんですか？」

「俺の理解を超えはじめてるんだ。俺たちはべつにだれかを傷つけているわけじゃない。法律なんてそのときの権力に都合のいいものでしかない。善悪なんて場所が変われば変わる。頭ではわかってるんだよね。ほら、援助交際するコギャルがいるじゃん？　あれでさ、コギャルがべつにだれにも迷惑かけてない、みたいなことを言ったりするわけだ。買うほうがいるから売ってるだけだし、みたいな。すげぇもっともらしいし、上手く反論できないんだけど、それってやっぱり理屈ぬきで悪いことなんじゃねぇのって思うんだよね。最近じゃあ、援交なんてもう話題にもなんないじゃん？　なんつーか……」

「自分のなかでなにかが馴れあっちゃうような感覚ですか？」

「自殺しようとする馬を見ちゃったんだ」柳沢はウイスキーを一口やった。「商売の取引をするやつで、ぼろ儲けしてるおっさんがいてね。すこし前にみんなでめしを食ってるときに、そういう話になったんだろうね。ほら、俺、中国語わかんないからさ。で、わけわかんないうちにみんなで車に乗って、そいつが馬を飼ってる厩舎《きゅうしゃ》にいったんだ。そしたらそいつが目隠しをした牡馬《ぼば》を一頭連れてこさせて、これまた目隠しをした牝馬《ひんば》と交尾させたんだ。終わってから、そいつは二頭の馬の目隠しをとらせた。どうなったと思う？」

僕は煙草に火をつけた。

「牝馬のほうが嘶《いなな》きとは思えないような悲しい声で嘶いて、牡馬のほうが壁に頭をガンガンぶつけだしたんだ。頭から血が噴き出て、ふらふらになってもやめないんだよ！　牝馬は後足を蹴り上げたり、首をぶんぶんふったりしてた。馬たちを見ながらその金持ちのおっさんがなにか言ったんだけど、もちろん俺には一言もわからなかった。だけど、みんなうなずきまくってたよ。あとで訊いたら、その二頭、親子だったんだって」

　煙がいやに目にしみる。

「中国人たちにとってこの話の教訓はなんだと思う？　善悪に縛られるやつは他人につけこまれる、そんなやつとはいっしょに商売できない、だよ。でもね」柳沢は遠い目をしてグラスの氷を指先でやさしくかきまわした。「俺、生まれてはじめて馬って美しいなって思っちゃったんだよね」

　雨の音がにわかに大きくなった。

　マスターがプレイヤーにレコードをのせかえ、レコードジャケットを酒棚に立てかけた。ビリー・ホリデイ。雨のなかで泣いているような歌声がスピーカーから流れた。花売りの少女は雨に打たれている。僕や、柳沢や、トシゾーや、すべての美しい馬の上に雨が降りそそぐ。

「じゃあ、仕事をやめるんですか？」

「さあね。でも、俺ってちょっと人とちがうところがあるからさ」

「どうちがうんですか？」

「サイコロでさ、たとえば一が出る確率って六分の一じゃん」柳沢が言った。「じゃあ、二回目も一が出る確率は？」

こいつめ、かっこつけやがって。

自分だけが特別だと思っているこの薄っぺらで、口が達者で、卑怯でちんけなナンパ野郎が自分のちっぽけな世界にひたるのは勝手だけど、神様も粋なことをしなさる。こいつの取るに足りない悩みなんか、この俺がもっともっと焚《た》きつけてやる。江戸の敵を長崎で討ってやる！

僕は酒を一口飲んでから、六分の一、と答えた。

柳沢がスツールを回転させて体ごとこっちにむきなおる。「えっ、ふつうは三十六分の一でしょ？」

「二回連続で一が出る確率ならそうですけど、それでもやっぱり六分の一ですよ」

「なんで？」

「警察に捕まる確率の話がしたいんでしょ？」

「………」

「犯罪者たちは三十六分の一と考えがちだけど、柳沢さんは六分の一だって言いたかったんでしょ？」

柳沢が目をそらした。

「たとえば、単純に考えて自殺をするかしないかの確率って二分の一じゃないですか。

で、毎日死なない選択をする確率を計算したら、一カ月後にも生きている確率が十億分の一くらいになっちゃうんですよね」

「だったら――」

「でも、そんなの嘘ですよ」

柳沢が口をつぐんだ。

「昨日も今日も明日も、確率はずっと二分の一のまんまです。ぶっちゃけ、二分の一ですらない。本当は死のうなんてぜんぜん思ってないんだから。とどのつまり、柳沢さんはいまの仕事にビビっちゃったってだけのことでしょ？　だから、俺を誘ったんじゃないんですか？」

窓ガラスに映るネオンを雨が洗う。白髪のマスターは詩集を読み、葉巻の男は葉巻の煙とともに消え、白人の夫婦はテーブルの上で手を重ねあわせている。それは、十億分の一の奇跡。

酒とジャズと煙草の紫煙が、中国の夜を一輪の美しい花にしていた。僕は酒を飲んだ。入れ歯の入った水でも飲んでいるような気分だった。

柳沢は煙草を吸い、煙をカウンターに吹き流した。それから勘定を払い、世界の終わり酒場を出た。

ちょうど路地を曲がってきたタクシーを彼が停め、乗りこみ、夜のむこう側へ幽霊のように消えてしまうと、僕は降りしきる銀色の雨の真下にいた。ふりかえる。〈WORLD'S END〉ではなかった。バーのドアの上でにじんでいるネオンサインは〈WONDERLAND〉と書かれていた。

22

雨に閉じこめられた豫園をひとめぐりしたあとで、僕たちは〈湖心亭〉という店に入った。

服務員の女の子が湯と茶葉と茶器のセットを運んできて、やり方を知っているかと尋ねる。トシゾーが大丈夫と返事をした。

「日本人ですか？」と、服務員が日本語で訊いた。

「はい」トシゾーが答える。

「わたしの叔父も日本にいます。上海ははじめてですか？」

「住んでます」

「上海は好きですか？」

「とても。あなたは上海の人？」

「蘇州です。いったことありますか？　上海から列車で三十分くらいでいけます」

「東洋のベニスですね。ええ、一度だけ」

「日本人、たくさんきます。東洋のなかに西洋があるのが大好きなんです。もし西洋のなかに東洋と呼ばれるところがあったら、たぶんそこにはだれも近づかないでしょうね。欧州のカンボジアとか」

「そうかもしれませんね」

「日本円を人民元に両替しますか？」

「日本語、お上手ですね」

「学校で勉強してます。両替しますか？」

「いえ、けっこうです」

僕は窓の外に目をうつした。

二階の窓際のテーブルからは、雨に打たれている灰色の池を見下ろすことができた。水紋が無数のまばたきのように広がり、つぎつぎに雨粒にかき消されてゆく。微風にそよぐ柳の葉。天空をおおっている暗い雲が、言葉のかぎりをつくしてなにかを説得しようとしている。そんなふうに感じられた。鴉が一羽、嘴《くちばし》に小枝のようなものをくわえて空の端を流れていった。

「そんなに急いで帰ることないのに」トシゾーは白磁の急須に茶葉をうつし、湯を注ぎ、一煎目を細長い器にすて、もう一度湯をあふれるほどそそぎ、蓋を閉め、蓋の上からも湯をたっぷりかけた。「せっかくきたんだから、もうちょっとゆっくりしていけばいいのに」

「ごめんね」僕は言った。「昨日、俺、感じ悪かったでしょ。途中で勝手にぬけ出しちゃったし」

「あの人、だれ？」

「地元のやつ。バイト先で知りあった人」

「ばったり会ったの？」

「上海にいることは知ってたんだけど」

「どこいったの？」

「外灘ですこし飲んだ」

トシゾーは自分の器に茶をすこし注ぎ、一口飲み、それから白磁の器をふたつとも満たした。

「ねえ、ほんとに明日帰っちゃうの？」

僕は器に手をのばして茶を口にふくんだ。「美味い」

トシゾーも飲む。急須からうっすらと立ちのぼる湯気は、雨空のために吹かれた無音の口笛みたいだった。

「前に、どうして人はひとりきりじゃいられないのかみたいな話をしたね」

僕がそう言うと、そうら、やっぱりそうきたか、というように彼女がうなずく。

「それって、けっきょく自分が正しい場所にいるかどうかの問題なんだ。正しい場所にいれば、人は孤独を遠ざけておけるんじゃないかな」

「あたしはいま孤独じゃないわ」そして、つけ加える。「もし高良くんの聞きたいことがそのことなら」

「北京にいたときは？」

僕たちは茶を飲み、またやさしく器が満たされ、かなり長いあいだ黙っていた。僕はテーブルの縁を爪ではがしたり、失敗の予感が降りしきる池を眺めやったりした。

「出会いは孤独の結果であり、孤独の原因だと思う」彼女の声が風のように鳴った。「新しい出会いが孤独を忘れさせてくれる。でも、孤独はけっしていなくなったりしない」

ああ、いったん世界の崩壊がはじまれば、もうだれにもどうすることもできないのだ。

「すべてのことは孤独をまぎらわせるためにあるんじゃないかしらと思えるくらい。高良くんの言う正しい場所をあたしはまだ想像できないな」言葉を切る。「ひとつの孤独に見切りをつけても、つぎの孤独が待ってる。人って、きみが思うほど単純じゃないよ」


つぎの日、森に礼を言ってアトリエをあとにし、上海駅までとぼとぼ歩き、地下鉄に乗って上海体育館までいき、そこから柳沢聡に電話をかけた。

柳沢のアパートで海賊版のDVDを観て二日ばかりやりすごした。

一度、柳沢に復讐をしてやるつもりで、彼の留守中に長々と国際電話をかけてやった。電話のむこうの陸安娜は黙って僕の話に耳を傾け、そして言った。

「こないだ、あたし、阿良はないがしろにしてもいい気がするって言ったでしょ？」

「おまえは正しかったよ」

「それって阿良には素の自分を見せられるってことなんだよ」

「ありがとう」受話器を持ちなおす。「なんの慰めにもならないけど」

「でもさ、その人の言うこともわかるな」

「なにがだよ？」

「阿良の言う正しい場所ってどこ？」

「それは……」言葉に詰まる。「正しい場所は正しい場所なんだよ。いざそのときになったら、わかるもんなんだ」

「自分だってわかってないじゃん」

そのとおりだ。

「わかってないのに、阿良の直感ってけっこうまともなんだよね」

「じゃあ、正しい場所ってどこなんだよ？」

「最近、思うんだけど」そう言って、陸安娜は先をつづけた。「人って孤独の密度が低いところへ流れるようにできてるんだよ。だから、だれかにすがりついたり旅をしたりする。でもね、その密度がいちばん低いところって、けっきょくはひとりきりだということを悟ることなんじゃないのかな」

「ちぇっ、そんなことかよ」

「みんなが阿良みたいにひきこもっていられるわけじゃないんだよ」

「……………」

「あの何年間、あんたは知らず知らず正しい場所に足を踏み入れてたんだよ」

「死にたくなる場所だったぜ」

「だから、だれでもおいそれとは近づけない。あたしもそうだった。そのせいで、ずいぶん無様なこともしちゃったよ」

「説得力ありすぎだよ」一息つく。「じゃあ、やっぱりもうどうしようもないのかな?」

「だって、けっきょくは縁なんでしょ?」

「そりゃそうだけど」

「そういうところ」

「は?」

「阿良って腹が立つほど素直なんだから」海のむこうで陸安娜が言った。「早く帰っておいで。あたしだって一年以上かかったんだから、一週間くらいじゃ阿良のことなんかなんにもわかんないって」

そんな彼女の言葉をつらつら考えながら、僕は柳沢と列車に乗った。

西安まで。

盗まれた車を受けとりに。

コンパートメントの切符が買えず、僕たちは軟座に乗った。

「シー、シー、シー」僕の足元にしゃがんでいる小さな女の子におばさんが言った。「没事儿《大丈夫》、没事儿」

列車が動きだして、どれほどもたっていなかった。

僕は両足を上げた。

それが気に食わなかったのか、女の子は僕のことをじっと見上げておしっこをした。あんたがそれでいいんならあたしに言うことはなにもないよ、彼女の目がそう言っているみたいだった。

おしっこがまるで小さな蛇のようにちょろちょろ座席の下を流れてゆく。だれもなんの文句もなかった。

途中でふたりの少数民族の男が抜刀してわめきあった。彼らの刀は短い日本刀くらいあって、抜き身でおたがいを指しながらののしりあった。殺気立つ車両のなかで、彼らのそばにいた男だけが「没事儿、没事儿」と余裕しゃくしゃくだった。やがて制服を着た人たちが抜刀のふたりをどこかへ連れていったが、それはそれだけのことだった。

23

駅を出、うるさくまとわりついてくるタクシーや旅館の客引きたちをかき分けて、出迎えの男を探した。

空気は乾いていて、半袖一枚ではすこし肌寒い。西部の大きな夕陽がスモッグのむこう側でぐらぐら煮えたぎっていた。

駅前には段ボールのネームボードをかかげた男が数人いた。どんな人なんですかと僕が訊くと、角刈り、と柳沢がかえす。男たちはほとんどが角刈りだ。軍人あがりじゃなければ、みんなおなじ床屋を贔屓《ひいき》にしているにちがいない。

「会社の名前が書いてあるはずだから」

が、〈飛鴻汽車《フェイホンチーチエ》〉と書かれてあるボードはどこにも見あたらず、それらしきものといえば〈飛鷲公司《フェイオーゴンスー》〉だけだった。

やがて待ち人を得た男たちがひとりまたひとりと、駅前の環城北路《ファンチェンベイルゥ》を西へ東へと車で走り去っていった。待てど暮らせど〈飛鴻汽車〉の迎えは姿をあらわさない。そして〈飛鷲公司〉の男もいつまでもボードをかかげている。

「高良くんさ、ちょっと話しかけてみてよ」

僕は言われたとおりにした。

男はサングラスをかけた顔をこっちにむけ、まるで小銭でもねだられたかのように眉をひそめ、またそっぽをむいてしまった。

僕はしばらく彼の横顔を見つめ、もう一度おなじ質問をした。「飛鴻汽車の人ですか？」

男はゆっくりと地面に唾を吐き、僕によく見えるようにボードを持ち上げた。

「眼睛瞎了啊《目が見えないのか》？」

「…………」

「走开《あっちいけ》！」

僕は柳沢のところへ引きかえした。二十分ばかり無駄にすごしたあとで、今度は〈飛鶩公司〉の男がにこやかに小走りでやってきた。

「你是柳沢先生吗《あなたは柳沢さんですか》？」

柳沢が僕を見、僕は男にうなずく。

「欢迎《ようこそ》、欢迎！」

男はまず柳沢と握手し、それから僕とも握手した。

「车就在那儿《車はすぐそこです》」

「柳沢さん」尋ねずにはいられない。「いままでどうやって仕事してきたんですか?」

柳沢は小さく肩をすくめただけだった。

車は赤のシャレードで、中国全土にすくなくとも十億台くらい走っているやつだ。男がまず運転席に乗りこみ、体をのばして助手席と後部席のドアを解錠した。

「吃饱了吗?《食事は》」

助手席におさまった僕はうしろにむかって通訳をした。柳沢が西安はなにが美味いのかと訊くから、それを男に伝えた。

「羊肉の串焼きですかね」男はエンジンをかけた。「日本人の口に合うかどうかはわかりませんが」

車は市街地を南へむかって走りだした。

ドラム缶を縦に割ったようなグリルで商売している羊肉串屋が、道端に途切れることなくならんでいた。エキゾチックな香辛料の香りが鼻先をかすめる。「性病」のチラシがベタベタ貼ってある街路樹。その枝からぶらさがっている裸電球の下で、人々はほとんど地面すれすれの長掛椅子に腰掛け、肩を寄せあい、ビールを飲み、笑いさざめきながら肉を焼く煙にまかれていた。発動機のうなり、舞い上がる火の粉。通行人は炉端をひやかしながら店を品定めしたり、知りあいとばったり出くわしたり、木陰で子供におしっこをさせたりしている。

僕は肩越しに柳沢をふりかえった。「腹、減りましたよね」

「そうだな」

街の喧騒が遠ざかったころ、男がフロントガラス越しに前を指さした。「あそこです」

「やっとか」柳沢が言った。「やっぱ地元の人間に連れていってもらうのがいちばんだな」

「ほら、あれが有名な大雁塔《ダァイエンタア》ですよ」男が右にステアリングを切る。「三蔵法師が印度から持ち帰った経典を保管するために建てられたんです。上にものぼれるんですよ」

暮れなずむ空に黒くそびえる先細りの仏塔がゆっくりと流れ去る。

「なに？」柳沢が身を乗り出した。「めしじゃないの？」

車はそのまま西へむかって四時間突っ走った。

西へ。

遥かなるシルクロードへ。

天竺《てんじく》へ。

もしも三蔵法師の時代にも車があったとしたら、三蔵のやつもステアリングを片手でさばき、V8エンジンのアクセルペダルをぎゅっと踏みこんで法衣を風になびかせ、土埃をもうもうと巻き上げながらこの道を爆走しただろうか？　それとも、じつは経典をとってくるというのはたいしたことではなく、本当は旅自体に意味があったのだろうか？

なにもかもが加速している。むかしの人がタフだったのは、彼らの人生が一編の長い、やりなおしのきかない物語だからだ。三蔵法師が天竺にいって帰ってくるあいだに、いまの僕たちなら地球を何周だってまわれてしまう。僕たちの人生は一冊の薄っぺらな短編集みたいだ。いくつもの物語があるかわりに、どれかひとつを忘れ去ったところでべつにどうということもない。孤独はそこからやってくる。

宵闇が迫るころ、道路で検問をやっている警察官たちと出くわした。西安の街が終わり、そこから先はできればいかないほうがいいような荒涼とした一本道だった。大きな犬を連れ、モスグリーンの制服を着た四、五人がパトカーの前で煙草を吸っている。ひとりが煙草をはさんだ手をふると、僕たちの前の車が路肩に寄って停まった。その警察官は官帽を押し上げ、唾を吐き、くわえ煙草で運転手を手招きした。

「なにを取り締まってるんですか？」僕は尋ねた。

「ああ」と、僕たちの運転手が答えた。「麻薬でしょう」

「流行ってるんですか？」

「ここは西安ですからね」

停められた車の運転手は頭のハゲた男で、もしこの男が麻薬をやるようなら、きっと西安では麻薬をやらない者はひとりもいないだろう。警察官は男になにかを尋ね、トランクを開けさせた。ハゲた男は掌にもう片方の手の甲を何度もたたきつけ、ほら、なにも持ってないだろ、というように両手を広げた。それからふたりはいっしょに煙草を吸った。

僕たちの車は停められなかった。ほかの警察官たちはこっちを見てもおらず、自分が警察官だということさえ知らないみたいだった。共産主義に魂を売り渡したようなシェパード犬が頭をもたげ、またつまらなそうに地面に伏せた。俺のご先祖様はナチスのために働いたんだ、日本人なんかに吠えかかるなんてちゃんちゃらおかしいぜ、とでもいうように。

「あんなもんですよ、中国の警察なんて」僕たちの運転手は走っている車のドアをすこし開け、身をかがめて地面に唾を吐いた。

右をむいても左をむいても地平線まで見とおせる踏み切りで北へむかう列車をやりすごしてからは、街灯すらなくなってしまった。夜空と荒野の境目には暗い山々の稜線がどこまでも波打っている。僕たち三人は、この荒ぶる大地においてきぼりを食った三匹の兎みたいに息をひそめてじっとしていた。

ヘッドライトでアスファルトの黄砂を刷《は》きながら、車は疾走した。すぐにアスファルトの上を走っているのか、はたまた黄砂をかき分けて道なき道を進んでいるのか見分けがつかなくなった。

道路のくぼみにタイヤをとられるたびに、ステアリングを握る男が舌打ちをしたりぶつくさ言ったりする。僕が煙草に火をつけると、男が一本もらえないかと言う。僕はくわえ煙草でパックから一本ふり出して彼にやった。そのままパックを後部席の柳沢にまわす。エンジンの振動とタイヤが砂埃を巻き上げる音を聴きながら、僕たちは吹きつけては割れていく風のなかで煙草を吸った。ちっぽけな煙草の火が、まるでゆっくりと呼吸しているみたいに明るくなったり暗くなったりした。

「あとどれくらい?」

柳沢の擦《す》り切れた声を僕が中国語にすると、もうすぐだ、もうすぐだ、と男が溜息まじりに応じた。それから、まるで面倒くさいことはいっぺんに片づけてしまおうとでもいうように手元のレバーを操作し、フロントガラスに洗浄液をかけ、ワイパーを動かして視界から埃や砂を掃き出した。フロントガラスに扇をふたつならべたような模様がついた。

「このへんは砂漠化が進んでもうどうしようもないですよ」

僕は窓に顔をむけた。視界をさえぎるものはなにもない。目の前に黒いビロードのカーテンでも吊るされているみたいだ。見渡すかぎり黒一色。夜空には満天の星がまたたいていて、時折白骨化したようなやせ細ったポプラが流れてゆく。

「このへんって黄土高原になるんですか？」

男は車を走らせ、僕の質問がすっかり影をひそめたころに口を開いた。「東は太行《タイシン》山脈、南は秦嶺《シンリン》山脈からずっと甘粛省をとおって、たしか青海省くらいまでをそう呼んでますね」

「なんて？」うしろから声が飛ぶ。

僕はふりかえらずに日本語に訳してやった。柳沢はこんなときにこんな話をするやつの気が知れない、というような溜息をついた。

「このへんの農民にとっちゃ雨は石油より貴重ですよ。今年は春耕のときにも雨がありませんでしたね。風ばっかり吹いて」男は鼻で笑った。「春耕のときに砕かれた黄土がその風に乗って日本まで飛んでいくんですがね」

それだけがせめてもの救いだ、とでもいうような口ぶりだ。

「わたしの子供のころにはもうすこし雨が降りました」前の土塊道《つちくれみち》をにらみつけたまま、彼はだれにともなく語りだした。「すると、小さな水溜まりがたくさんできます。子供たちはそんな水溜まりで遊ぶのが大好きでした。そのころからの友達で劉大三《リウダアサン》というのがいるんですが、そいつがしょっちゅう鼻血を出すんです。理由はわかりません。近くに医者もいないし、鼻血くらいのことで医者にかかるような者もいない。でも、とにかくいっつも鼻血を出してるんです。あれはわたしたちが十八、九のころだったかな……わたしが軍隊に入った年だから十八のときです。西安に出てきた劉大三とめしを食ってると、やつがまた鼻血を噴いたんですよ。で、ずっとそうなのかと訊いてみました。すると劉大三は、ああ、ずっとこのまんまさ、と言う。だから、やつを病院にひっぱっていきました。どうなったと思います？」

僕は運転席に顔をむけた。

「そいつのここんとこの奥から……」そう言って、男は自分の鼻のつけ根を人差し指でたたいた。それからその人差し指と親指を五センチほど離し、なにかの大きさを測ろうとするみたいにかざした。「これくらいの黒い馬鱉《マービエ》が出てきたんですよ」

「マービエ？」

「ほら、水田とか池なんかにいる血を吸う粘っこい虫ですよ。没手没脚《手足のないやつ》」

「蛭《ひる》かな？」僕は日本語でつぶやき、中国語で訊いた。「その字って虫偏に至と書きますか？」

「ああ、蛭《ジー》ですね。そうです、水蛭《スイジー》です」

「鼻のなかに蛭がずっと棲んでたんですか？」

「すくなくとも五、六年ですよ」

「生きてたんですか？」

「鼻の奥の肉と半ば同化してたそうです」

「へぇえ！」

「いつも不思議に思うんですよね」

「いやあ、それは不思議な話だなあ」

「不思議ですよ」と男が言った。「この乾いた土地に水蛭はいったいどこからやってくるんでしょうかねぇ」

「そっちか！」

車は走りつづける。広大無辺の荒野の片隅を。地底で蛭たちが蠢《うごめ》く黄土の上を。過去につづいている夜の真下を。

このまま前へ進めば、いずれ世界の果ての崖っぷちから落っこちることになるんじゃないかと思いはじめたころ、不意にブレーキがかかった。ヘッドライトのなかに羊が一頭立っていて、すぐに白いシャツに紺の人民帽をかぶった男がその羊を捕まえにきた。男と羊の影が地面に長くのびた。

僕たちの運転手が窓を巻き下げて土地の言葉でなにか言うと、羊の首根っこを押さえつけている男もなにかを言いかえし、闇の先を指さした。運転手は礼を言って車を出し、すこし走ってまた停めた。

「到了《ダオラ》」

そう言われれば車を降りるしかないが、いったいなにをもってしてこの男が「着いた」などと言うのか、さっぱりわからなかった。

街灯ひとつなく、広大な闇のなかには悪霊の気配だけが漂っていた。一歩足を踏み出すごとに土埃がうっすらと舞い上がる。ヘッドライトの照らす先にあるのは断崖絶壁だけなのに、僕たちをここまで連れてきた男はその崖にむかってずんずん歩いていく。そのあとに柳沢がつづく。ぞっとせずにはいられない。僕は死人になりにわざわざここまでやってきたのかもしれない。殺人者以外、こんなところになんの用があるというのか？

柳沢がふりかえって僕の名を呼ぶ。

崖っぷちまでいくと、眼下の斜面に弱々しい灯がいくつかともっていた。それは本当に弱々しく、空から落ちてきた星が死を待っているみたいだった。はじめはそれが家の灯だとは思わなかった。きっとだれも思わないだろう。けれど暗闇の中腹あたりに突然黄色い長方形の光があらわれ、つづいて人影らしきものがその光のなかをよぎり、女の怒鳴り声が谺《こだま》し、しばらくしてその長方形が細長く閉じてまたなにもない暗闇にもどったのを見て、これはだれかがドアを開け閉めしたのだとわかった。

男が煙草に火をつけた。「ここから下りましょう」

「これって人が住んでるんですよね？」

「わたしたちは窰洞《ヤオトン》と呼んでます」

「ヤオトン？」

「浸食谷の黄土を削って造った家のことです。夏に大雨がきたらいくつかは崩れますよ」

「ここに盗まれた車があるんですか？」

「この近くに乗りすてられていたのを村人が騾馬《らば》で牽《ひ》いてきたそうです」

「で、警察にとどけたわけですか?」

「貧しいからといって」男の鼻先で煙草の火がひときわ強く燃えた。「正直じゃないわけじゃないですよ」

柳沢は通訳を求めてこなかった。脱け殻のように崖の縁にしゃがみ、下をぼんやり眺めている。

「明日にはここを出るんですよね?」僕は訊いた。

「そのつもりだけど」柳沢はふりかえりもせずにつぶやいた。「まあ、出られるようにがんばるよ」

どこかで犬が吠えた。べつの犬が吠えかえす。目が慣れ、色合いの異なる黒を見分けられるようになると、斜面が段々畑みたいに切りとられているのがわかった。その一段一段には屋根がほとんど真っ平らの四角い家々が、崖と癒着したように建っていた。建っているというよりは、ただ崖をくりぬいただけみたいなのもある。闇の底のほうに街灯らしきものがふたつ、三つあって、そばの煉瓦の壁にはなにかスローガンらしきものが書いてあった。

「等我一下《待っててください》」男はそう言い残して車まで引きかえし、ヘッドライトを消してからもどってきた。「走吧《いきましょう》」

柳沢が両膝に手をついて体を押し上げ、深い溜息をひとつつき、ジャケットの腰を手でパンッと払った。

斜面のいちばん下の家の、土壁に囲まれた庭の真ん中に、その白のメルセデス・ベンツは無造作に停まっていた。

柳沢がドアハンドルを引くと、ドアが開いて室内灯がともった。「鍵はついたままだ」

「家のなかで寝ますか？」と、男が僕をふりかえって言った。「まあ、車のなかより快適かどうかはわかりませんが」

柳沢が車のルーフ越しにこっちを見、僕は通訳をした。「俺は車んなかでも平気ですよ」

男が家のなかに入っていくのを見とどけもせずに、僕たちはそのへんで小便をしてから車のなかにもぐりこんだ。カーステレオのラックが空洞になっていて、コードが何本か垂れている。ドアを閉めると、室内灯が闇に溶けるようにゆっくりと消えた。

柳沢が運転席をリクライニングさせて長々とのびる。

ブーツを脱ごうとして、なにかが足の下で砕ける音がした。僕は手をのばして室内灯をつけた。

「どうした？」

足元を見下ろす。フロアに使用済みの注射器が数本落ちていた。ポンプのなかに黒い血が残っているものもある。

「なんでもないです」僕は後部席に注射器が潜んでないことをたしかめ、靴を脱がずに横たわった。

柳沢が煙草に火をつけるまで、僕たちはかなり長いあいだじっとしていた。

「眠れないんですか？」

「頭がどうにかなりそうだ」

吐き出される煙が車のなかに広がっていく。

横になったまま首をそらし、窓から上と下がひっくりかえった夜空を見上げる。またたく星々。そのうちのひとつが、まるで崖っぷちにしがみついていた手を放してしまったみたいにすうっと流れていった。

「どういう段取りになってるんですか？」

「明日、警察が書類を持ってくる。整備がすんだら上海まで運転して帰る。それからまたどこかへ出かけていっておなじことをやる」

「壊れてるんですか？」

「盗まれた車はだいたいな」

「検問やってましたね」

「問題ないよ。車の書類をクローンするって話はしたっけ？」

「はい」

「クローンには二種類ある。他人の車の書類を偽造するのと、自分の車のを偽造するのと。このベンツの書類は俺たちの会社の車の書類をクローンしてるんだ。だからバレっこない」

「だから盗難に遭っても会社に連絡がくるんですね？」

「ああ。俺が引き取りにいくのは全部安全な車なんだ。じゃなきゃ高良くんを誘わないよ」

「本体を自分の会社が持ってるわけか」

「ああ、腹減った」柳沢が窓から煙草を投げすてた。「こないだのサイコロの話なんだけど」

僕は目を閉じた。目を開けているときとたいしてちがわない闇が待っていた。

「俺たちは見落としていることがあるよ。俺もきみも二度目があるという前提で話をしてたけど、もしこれがロシアン・ルーレットだったら?」

「もう寝ましょうよ」

「ああ」

僕は目を開けて待った。

「俺が見た馬の親子にはやりなおすチャンスなんてない。二度目なんてないんだよ。たとえあったとしても、どんどん分が悪くなっていく。悪意を防ぐ手立てなんてないんだよ。だれかが悪意を抱いたら、あいつらにはもうどうしようもない。だけど、俺が馬よりマシかどうかはわからない。ぶっちゃけ、ぜんぜんマシじゃない気がする。すくなくとも馬には選択肢がなかったわけだからさ」

僕はふたたび目を閉じた。

柳沢もそれっきりだった。

24

自分でもいつから起きているのかわからないまま、灰色に白みはじめた空をぼんやりと見上げていた。

いつまでもそうしていると、ちっぽけな黒い点がひとつ、ふたつ、三つと視界をかすめて落下してきた。それは車のすぐ外に落ちたようだった。

足を座席から下ろすと、また注射器を何本か踏み砕いた。

柳沢はまだ眠っていた。

ドアを押し開けて外に出る。外気はひんやりと心地よかった。東の地平に姿をあらわした真っ赤な太陽を眺めやってから、さっきの黒い点を探してまわった。すぐにひとつ見つかった。僕は乾いた黄土に落ちている黒い点に目を凝らし、一片の雲、一羽の鳥も飛ばない完璧な空を見上げ、それから黒い点の上にしゃがみこんでその尻尾をつまみ上げた。どうひっくりかえして見ても、それはしましまのちっぽけな魚だった。

あたりをきょろきょろ探してみると、もう一匹見つけてしまった。

二匹の死んだ魚を掌にのせて自分をとりまく世界を見まわす。曙光に照らされた木々の影が黄色い荒野に長くのびている。斜面の土を削って造った窰洞は、家というより古代の遺跡みたいだ。馬の嘶《いなな》き、時をつくる鶏、村をうっすらおおっている煤煙。崩れかけた土壁のむこうに、木樽を荷台いっぱいに積んだ馬車がゆっくりと坂道を下りていくのが見えた。

魚に目をもどす。神を身近に感じずにはいられない。やつがまた雲の上で退屈している。で、地球の皮をぺろりとむいてこの砂漠をつくったのとおなじ理由で、今度はしましまのちっぽけな魚を投げてよこしたのだ。ちくしょう、いったいこの俺がなにをしたというのか？ 戦争、地震、通り魔、いまのままじゃまだ謎が足りないとでもいうのか？

魚をすて、どうしたら水を一口飲めるだろうかと思案していると、家の戸口から飛び出してきた子供が僕を見て固まった。五歳くらいの男の子で、モスグリーンの解放軍の制服に同じ色の大きすぎる官帽をかぶり、手にバケツをさげている。

「早《おはよう》」と、僕は声をかけた。

「わああ！」その子はわめきながら家に駆けこんでしまった。「鬼子《グイズ》だ、鬼子《日本人》が起きたぞ！」

すぐに腫れぼったい女が戸口にあらわれた。僕がうなずきかけると、彼女は朗《ほが》らかに声をかけてきた。「起来了《起きたの》？」

「はい」

「きなさい。お腹が減ったでしょ」

「厠所《トイレ》はどこですか？」

女は土の家のとなりの土の小屋を指さした。もしそこがトイレなら、母屋のほうはちょっと立派なトイレといった感じだ。なかは真っ暗だった。壁際に紐が一本垂れ下がっていて、ひっぱると弱々しい裸電球がともる。穴がひとつ、ぽっかりと口を開けていた。

まるで湖面の朝靄のように便意が失せてゆく。僕は電気を消し、しましまのちっぽけな魚のことを考えながら母屋へいった。戸口から顔を差しこむと、女が身ぶりでなかに入るように言った。台所兼寝室兼居間のような部屋だった。どぎつい色の犬や猫のポスターがそこらじゅうにべたべた貼ってある。男の子は黒ずんだ木のテーブルにかがみこみ、どんぶりを抱えて一生懸命なにかを口にかきこんでいた。

「妈妈《お母さん》、鬼子来了《日本人がきたよ》！」

「坐《すわって》」

男の子は口をあんぐり開けて、僕の一挙手一投足を見守った。

お口に合うかどうか、そう言って女が僕の前においたのは、ひび割れた白いどんぶりに入った灰色の蒸しパンのようなものだった。布巾をかぶせたトウモロコシの皿も出してくれた。

「吃吧《食べて》」

口のなかがパサついたが、意外と食えた。

「これ、なんですか？」

「燕麦《イエンマイ》さ」男の子が教えてくれた。

「イエンマイ？」

「知らないの？」

僕はかぶりをふった。

「鬼子はなにを食べるの？」

「なんでも食べるけど」

「子供も食べる？」

母親が子供をどやしつけた。

僕は苦労してどんぶりを空にし、トウモロコシも一本もらった。

「お腹いっぱいになった？」と母親。

「ありがとうございました。水を一杯いただけますか？」

すると、母親が子供にバケツを渡して水を汲んでこいと言う。僕はあわてて手をふった。

「どうせ使うから」母親がそう言った。

「じゃあ、俺もいっしょにいきます」

「なにもない村ですよ」

僕は男の子といっしょに家を出、土の坂道を下り、たぶん一キロくらい離れたところにある井戸までてくてく歩いた。

「ちくしょう」男の子が井戸穴をのぞきこんで舌打ちをした。「今日は先を越されちゃった。おまえのせいだぞ」

「どうしたの？」

「水がすくないから、朝一番に汲みにこないと水が溜まるまで待たなきゃなんないんだ」

「ごめん」

「ちぇっ、ずっと僕がいちばんだったのにな」

ぐらぐらする三本の木柱に支えられた藁葺《わらぶき》屋根はあるものの、それは地面に穴が開いているだけのちっぽけな井戸で、だれかが間違えてここで用を足したとしても僕は驚かない。トイレの穴とちがうところがあるとすれば、穴のまわりにコンクリートが打ってあることくらいだった。

僕たちは井戸の縁にすわって辛抱強く待ち、つるべを穴に落とし、バケツに泥水のような水をたっぷり汲んだ。

帰り道で男の子が訊いてきた。「あの車をとりにきたの？」

「そう」

「あれは王老爺が見つけて、息子が騾馬《らば》で牽いてきたんだよ。白い煙がもくもく出てたと言ってた」

「どこにあったの？」

「あっち」

男の子は遥かなる南を指さす。そこにあるのは地平線までつづく石ころだらけの大地だった。

「先生が言ってたけど、鬼子は中国人をたくさん殺したんでしょ？」

「それはむかしのことだよ」

「なんで？」

「戦争があったんだ」

「いまは？」

「いまは中国人と日本人は友達だ」

「日本人が木を植えにきたことがあるよ。この村にはこなかったけど」

「この村、なんて名前？」

「杏花郷《シンファシャン》さ」

「そうか」

「おじさん、何歳？」

「あててごらん」

「うーん、三十？」

「ほんと？」

「髭がそんなに生えてるからね」

「そうか、髭か」

「なんて名前？」

「高良《ガオリャン》。高粱酒とおなじだよ」

男の子がゲラゲラ笑った。

「バケツ、持ってやろうか？」

「平気だよ」

「きみの名前は？」

「小兎《シャオトウ》。兎子《うさぎ》の兎《トウ》」

「小兎か。いくつ？」

「七歳。高粱酒は結婚してるの？」

「まだだ」

「彼女はいる？」

「いまはいない」

「她不要你了吗《すてられたの》？」

「え？」

「だけど、それは運がよかったんだよ」

「なぜ？」

「男は結婚したらおしまいさ」

「へぇえ、よく知ってるね」

「楽しいことがお酒と奥さんを殴ることだけになっちゃうんだ」

「…………」

僕たちは家へもどり、小兎がバケツの水を大きな水甕《みずがめ》に空けた。

「砂が沈むのを待ってから飲むんだよ」

「そうか」

母親は家にいなかった。僕たちはテーブルにすわり、しばらく窓から射しこむ光や、戸口をよぎる鶏や、自分の爪を眺めたりした。

「昨日、俺たちを連れてきた人がお父さんなの？」

「ちがうよ」

「そうか」

それから、またふたりでぼんやりした。

「大きくなったらなんになりたいの？」

「お金持ち」

「そうか」

なにもすることがない。サッカーボールでもあればこの子の度肝を抜いてやれるのだが、僕はなにもリフティングだけの男じゃない。手の親指を切り離す例の手品をしてみせた。テーブルの輪ゴムを指にひっかけて撃つふりをすると、小兎がわあわあ叫んで部屋中を逃げまわった。すぐにふたりとも退屈してしまった。

家を出ると、柳沢が車のところで煙草を吸っていた。足元に空のどんぶりがおいてある。

「食いましたか？」

「大変なところだな」

僕も煙草をくわえて火をつけた。

しばらくふたりで煙を吹き流していると、遠くから女の泣き叫ぶ声が聞こえてきた。

僕と柳沢は顔を見あわせた。

声はだんだん近づいてくる。土壁のすぐむこうでだれかが取っ組み合いをしているような物音がし、すぐに玄関先に男が姿を見せた。男は若い女を引きずっていた。女が僕たちにむかってなにか叫んだが、土地の言葉だったから一言も聞きとれなかった。男はこっちに鋭い一瞥をくれたきり、そのまま女を引きずってどこかへいってしまった。

「あの人が僕たちの先生だよ」

ふりむくと、小兎がいた。「どっち?」

「女のほう」

僕は玄関先を見やった。彼らが踏み荒らした場所には、まるで彼らの思い出のような土埃がわだかまっていた。

柳沢が車の整備をしている午後に、僕は窰洞の家々がへばりついている斜面をのぼってみた。

つづら折りの土塊道をふうふう言いながらのぼり、崖の上にしゃがみ、ちっぽけな浸食谷の村を見下ろす。

火をつけたらあっという間に燃えそうなくらい、なにもかもがカラカラに乾いている。ほとんどの家が平らな屋根にトウモロコシをびっしりならべて干していた。なにかを干すなら、ここよりうってつけの場所なんてこの地球上のどこを探しても見つかりっこないだろう。村そのものが干物みたいだった。土色の風景のなかで、トウモロコシの黄色だけがいやに鮮やかだった。

立ち上がって、昨日とおってきた道をふりかえる。荷台に人をびっしり立たせた青いトラックが、百年前からついているような轍《わだち》を踏んでガタゴト東のほうへ走っていく。僕は荷台の人たちを見送った。荷台の人たちも、いつまでも僕のことを見ていた。ほかに見るものなど、なにもないのだ。土煙が道の上で静止している。道のむこうは荒野また荒野で、その果てに山々が灰色にかすんでいた。

煙草に火をつけてまたぼうっと村を眺めていると、土壁から煙がぽっぽっと上がっているところがあった。僕は坂道を下り、のぼってくるときにはとおらなかった脇道へ踏みこみ、煙の雲ができているところへいってみた。壁に横穴が開いていて、穴のなかに老人がひとり入っていた。煙は老人のキセルのものだった。

うなずきかえしてきた老人は、人民帽をかぶった色の黒い骸骨みたいだった。

「你好《こんにちは》」

「いい天気ですね」

「まあ、いいほうかな」

「今年は春にあまり雨が降らなかったそうですね」

「土地の歌にこういうのがあるよ。『山は近いが柴はなし、十年のうち九年は日照り、一年は洪水さ』わかるかね？」

「空から小魚が降ってくることってあるんですか？」老人が目をぱちくりさせたから、僕は咳払いをして質問を変えた。「なにをしてるんですか？」

「休憩だよ」

なるほど。たしかに休憩以外の何物でもなさそうだ。僕はそこから村を見下ろしてみたが、どこから見ようとも、うんざりさせられることに変わりはなかった。

「吃饱了吗《もう食べたかね》？」

「はい」

「車をとりにきた日本人だろ？」

「はい」

「あの車は老王の息子が騾馬で牽いてきたんだ。えらく煙が出とったと言っとったな」

「そうですか」

「走りそうかね？」

「たぶん」

「それはよかった」

僕は煙草のパックをとり出し、老人にすすめた。老人はうなずいて一本ぬきとり、僕も一本くわえ、まず老人の煙草に火をつけてから自分のにつけた。

「おいくつですか？」

「もう六十にはなるな」

「お元気そうですね」

「まあ、どこも悪くはないよ」

「いつからここにいるんですか？」

「一九六七年かな」

ふと、この老人は一九六七年からずっとこの穴に入っているんじゃないかという気がした。それほど老人と穴は一心同体だった。

僕は煙草を吸い、尋ねた。「ということは、文革でここへ送られたんですか？」

「ああ、下放されてそのままここで所帯を持った」

「街へ帰ろうとは思わなかったんですか？」

「どこでもおんなじだろ」老人は煙草を吸い、顔をそむけて唾を吐いた。「たまにべつの人生もあったかもしれんと思わんでもないが、まあ、こんなもんだろう。一九二七年に蔣介石がクーデターを起こしたとき、わしの親父も上海におった。あの時点で親父にはふたつの選択肢があった。共産党につくか、国民党につくか。親父は国民党についた。けっきょくは共産党が勝ったが、親父は撃たれて右手の指が鉤《かぎ》のように曲がってもとにもどらなくなった。そのあと朝鮮戦争にも遣《や》られたが、たいしたことはできんかったと言っとったよ。それから瀋陽《しんよう》で機関車をつくらされた。わしはそこで生まれた。そのあとのことはよくわからん。文革がはじまって、わしはここへ送りこまれた。いまはもう土に還《かえ》ってしまった連れ合いとは、ここで出会ったんだよ。このへんは八三年ごろまで人民公社があった。彼女は公社の食堂で働いとったんだ。鄧小平が人民公社を廃止したとき、わしにもふたつの選択肢があった。ここに残るか、街へもどるか。わしは残った。それだけのことだ」

「後悔してますか？」

「そうは考えんようにしとるよ。考えたってしようのないことだからな。ちがうかね?」

「きっと奥さんのことがお好きだったんですね」

僕たちは黙って煙草を吹かした。

「さあ、もういきなさい」

「再見《さようなら》」

「ああ、再見《ツァイジェン》」

坂を下りて車のところへもどる。

ボンネットを開けてエンジンルームにもぐりこんでいた柳沢が腰をのばし、出発は明日になりそうだと言った。「エンジンオイルが一滴もない。きのうの運転手が明日の朝持ってくることになってる」

「トランクとか見ましたか?」

「なんで?」

「昨日、検問やってましたよね。この車、麻薬でひっかかったらまずくないですか?」

僕たちはいっしょに車尾へまわってトランクを開けた。スペアのタイヤとちょっとした工具以外、なにも入ってなかった。

「でも、相手は犬を連れてますからね」

柳沢が舌打ちをした。携帯をジャケットのポケットからひっぱり出したが、すぐに圏外だとわかった。そこでふたりして小兎の家へ電話を借りに入っていったのだが、そこにもなく、そのかわり小兎の母親に電話の在処《ありか》を教えてもらった。

僕と柳沢は家を出、坂道を下り、途中で犬に咬《か》まれそうになった。跳び上がった僕たちを見て、土壁の陰にしゃがんでいた男たちが手をたたいて笑った。そのそばで騾馬が一頭、尻尾をぱたぱたふっていた。

「あの車をとりにきた日本人だろ?」ひとりが呼ばわった。「老王爺さんの倅《せがれ》が騾馬で牽いてきたときには盛大に煙を噴いてたぜ」

「前に湖南にいったときのことなんだけど」柳沢が歩きながら語りだした。「列車が遅れて、その町で一泊しなきゃならなくなったんだ。もう夜もかなり遅かったから、駅前で客を引いていた男にくっついて安宿までいった。そこに犬がいたんだけど、それがもうよぼよぼの老犬なんだよ。歯もろくにないような。その犬が俺を見るなりむっくり起き上がってきて、とことこやってきてパクッと咬みつきやがった。まるでもう何年も俺を待ってて、やっとあらわれたなという感じでさ」

「中国の犬ってなにか知ってそうな感じがしますもんね」

「それから俺は高熱を出して三日ばかりその宿で寝こんだんだ。狂犬病にかかったかもしれないと思ったけど、四日目に熱が下がって、それからはぴんぴんしてるよ。で、チェックアウトするときに犬がいなかったからどうしたんだと訊いたら、もう死んだと言われたよ」

「その三日のあいだにですか？」

「まあ、不思議がることはなにもないんだけどね」

「だけど、ちょっと不思議ですよね」

「で、ふと思ったんだけど」と柳沢が言った。「さっきの犬も俺に咬みついた犬も、中国の犬は日本人を襲ったということで、死んでからもずっと大事にされるんじゃないのかな」

僕たちはうろつき、「性病」のチラシが貼ってある電信柱のそばにその売店を見つけた。

柳沢が上海に電話をかけているあいだに僕は煙草を三本吸った。それからパンとビスケットと水を買って車にもどった。

エンジンオイルがとどいたのは翌日の昼すぎで、僕たちは息を吹きかえしたメルセデス・ベンツに乗って村をあとにした。

25

省道一〇七号線に乗ってそのまま東へいけば、藍田《ランティエン》というところで国道三一二号線に接続する。その道をさらに東南へ千五百キロほども走れば上海に着くはずだった。

車は殺伐とした風景のなかを、もうかれこれ二時間近く走っていた。

杏花郷を出るときに傾きかけていた太陽がじりじりと地平線に吸い寄せられていく。三百六十度どっちへ進もうがこの黄土高原からは永遠にぬけ出せそうにないと思っていたけれど、道路は着実に砂よりもアスファルトのほうが多くなっていった。

「もし西安で一泊するんなら、この先の国道二一〇号線で左に曲がってください」僕は地図帳を閉じた。「俺はどっちでもいいですよ。本場の羊肉串を食ってみたいけど北京でも食ったことはあるし、腰がめちゃくちゃ痛いけど死ぬほどじゃないですしね。時速七十キロで飛ばしたら二十時間後には上海です。ちょろいですよ。俺は国際免許持ってないから、どうせ運転をするのは柳沢さんだし。そんなに急いでなにか意味があるのかなって気はしますけどね」

「わかった、わかった。ガイドブック持ってきてる？」

「はい」

じゃあ、と言って柳沢がスマホを差し出した。「ホテルに電話しといてよ」

「YMCAでいいですか？」リュックサックから『地球の歩き方』をひっぱり出す。

「どうせならちょっと贅沢しようよ」

「ここは？　西安では老舗の高級ホテルって書いてありますよ」

「いくら？」

「ツインで五、六百元」

「いいね」

僕はそのホテルに予約を入れた。

もう午後五時近かった。アスファルトにときどきぽっかり開いている大きな穴や大きな陥没をやりすごすとき以外、車は順調に時速七十五キロで疾走した。小さな穴や陥没にタイヤをとられて車体がバウンドしたりした。道路脇に寄せられていた事故車がうしろへ飛び去る。ちょっとした石橋にさしかかったとき、欄干《らんかん》の上に立っていた男がひょいっと橋から跳び下りた。

しばらく車を走らせてから、柳沢が言った。「なに、いまの？」

「自殺？」

「下に畑でもあんのかな？」

だけど、あたりには月面のような黄色い大地とアスファルトの道路しかない。遥か前方で煙がもくもく上がっている。煙は空にむかってのぼっていかず、ある程度のところで横に広がっていく。すぐに道路が白煙にうっすらとおおわれてしまった。

「地表の温度が上空より低いんだよ。だから煙が上がっていかないんだ」

「目がしょぼしょぼしますね」

「高良くんは自殺って悪いことだと思う？」

「思いません。柳沢さんは思うんですか？」

「いや、思わないね」

着実に街に近づいている証拠に、国道沿いにぽつぽつ店があらわれだす。なにかの屋台の前で、人々が地面にしゃがみこんでなにかを食べていた。

「腹減りましたね」

「もう三日もあのくそまずい燕麦パンとトウモロコシとクラッカーしか食ってないもんな」

三日前とおなじ場所でまた検問をやっていた。パトカーを上り車線、サイドカーを下り車線の脇に停めた警察官たちが、まるで三日前からずっとそうしているかのように煙草を吸っていた。犬もいる。僕たちは徐行して彼らの前をとおりすぎたが、だれからも見向きもされなかった。

ルームミラーのなかで小さくなっていく警察官たちを見やってから、僕は訊いた。

「けっきょくどうなったんですか？」

「俺たちが盗難車を引き取りにきただけだという証明書を書いてもらったよ。つっても、ぺらぺらの便箋に警察署長が一筆書いてサインしただけのものなんだけど」

「麻薬のことは？」

「べつに」

「マレーシアあたりじゃ死刑になるそうですよ」

「中国の銃殺ってどんなだか知ってる？」柳沢が言った。「俺といっしょに仕事をしてるやつのことって話したっけ？」

「T大の留学生だったんでしょ？」

「そいつの親父がむかし刑務所の看守をしてたんだ。いまもそうだけど、むかしは死刑なんてしょっちゅうやってたみたいだね。どうするかというと、まず死刑囚の上半身を裸にしてひざまずかせるんだって。で、聴診器を背中にあてて心臓のうしろに筆で大きな丸を描く。執行人はふたり一組で、死刑囚のすぐうしろから撃つんだ。ひとりが立ってライフルを構えて、もうひとりがしゃがんで銃口をその丸にあわせる。あとは合図で立ってるほうが引き金を引くだけ。で、一発撃ったらライフルをその場にぽんっと放り出して帰っちゃうそうだよ。自分が撃った人間なんか見もせずに。あとに残ったほうがライフルを回収しておしまい。だけど、そのほうがいいと思わないか？」

「なんでですか？」

「ふたりとも罪の意識が半減するじゃん」

「相手のせいにできるから？」

「弾が体に入るときの穴はちっちゃいんだけど、出るときには……」柳沢が拳骨をかざす。「これくらいの穴になっちゃうそうだよ。それでも一発で死なないときがあるんだって。そんなときはそいつの罪状しだいでもう一発撃って楽にしてやるか、ほったらかしにするらしい」

「どんなやつがほっとかれるんです？」

「強姦したやつとか」

「二発目はだれが撃つんですか？」

「それは聞かなかったな。だけど、罪悪感と無縁の人間っているからね」

　はじめての信号機にさしかかったとき、肉を焼くいい匂いがベンツをかすめた。交差点の角の店の前で、頭蓋帽《スカルキャップ》をかぶった大髭の男が真っ黒に煤けたグリルで肉を焼いている。店の壁は漆喰《しっくい》がはがれ、むき出しになった煉瓦もところどころ崩れかけていた。緑色のビニールの日除けには、アラビア語のような文字でなにか書いてある。あの神聖な感じのする文字だ。それが料理の味を保証しているように見えた。店の横は男たちが数人、屋外でビリヤードをしている。ビリヤード台に敷かれたフェルトは緑ではなく赤だった。

　柳沢がベンツを歩道に乗り上げて店の前に停めた。

　僕たちが車から降りると、ビリヤードをしていた男たちが話をやめた。玉突き棒《キュー》を持っている上半身裸の男が、こっちから目を離さずに壜ビールを一口あおった。そのうしろのベンチに腰かけている男たちも、まるでライフルのようにキューを地面に突き立ててじっとこっちを見つめている。ビリヤード台にかぶさって球を突こうとしていた男でさえ、そのままの姿勢で僕たちを注視した。

　肉を焼いている頭蓋帽の男がうなずきかけてくる。目鼻立ちがはっきりしていて、中国人とは明らかにちがう骨格をしていた。砂漠、駱駝《らくだ》、三日月のような刀、顔の下半分を紗《しゃ》でおおった妖しい女たち――彼の深い目の色は、そのいっさいがっさいから切り離されてしまったような悲しみをたたえていた。

「なんにしますか？」

「いい匂いですね。その羊肉串を四本ください」

大髭の男はうなずき、グリルの上の肉をひっくりかえした。「すぐ焼けますからね」

ビリヤードの男たちはまだこっちを見ている。

「どこからきたんですか？」と彼が訊いた。

「日本です」

彼はうなずき、ビリヤードの男たちに自分たちの言葉でなにかわめいた。すると男たちもうなずき、またビリヤードの球と球のぶつかりあう音がしだした。

「なんて言ったんですか？」

「彼らはあなたがたを漢民族だと思ったようです」

「漢民族だとなにか問題があるんですか？」

「なにもありゃしませんよ」彼はそう言い、肉に香辛料をまぶし、両手に一本ずつ持って僕たちに差し出した。「すくなくとも、わたしはなんとも思ってやしません」

暴力の気配が漂う黄昏《たそがれ》に、僕と柳沢は黙々と羊肉の串焼きを食べた。まるで腫れ物にでも触るような球のぶつかりあう音が、彼らの警戒心のかけ声みたいに聞こえた。

僕たちは無言で肉を食い、車にもどり、信号が青に変わるのを待ってふたたび東へむかって走りだした。

「中国人が日本人よりも毛嫌いしてるのは」と柳沢が言った。「黒人だ」

「だからなんですか？」

それきり、西安に着くまでふたりとも黙っていた。


地図でホテルの場所を確認するために、いったん車を停める。

僕は室内灯に手をのばした。

ガイドブックによれば僕たちがいるのは安定門という城門のすぐ近くで、そこから城壁のなかへ入っていける。この城壁にぐるりと取り囲まれているのが、どうやら西安の繁華街のようだった。

「このまま城壁沿いにまっすぐいって、左に折れたらすぐのはずです」僕はガイドブックから顔を上げて柳沢を見た。「先にチェックインしときますか？」

柳沢はフロントガラス越しに城壁を見上げた。「でも、このなかが繁華街なんでしょ？」

「はい」

「美味そうな店ってないの？」

「いろいろありますよ。この前見た羊肉串の屋台通りもこのなかだし」ガイドブックに目を落とす。「西安烤鴨店……五一飯店というのもよさげですね」

「ホテルにいっちゃうともう出たくないよね」

「先に食っときますか？」

「そうだね」

「じゃあ」僕はフロントガラスを指さした。「その城門からなかに入りましょう」

柳沢はハザードランプをウィンカーに切りかえ、うしろを確認してから車を出した。

城門のそばにはパトカーが一台停まっていた。ふたりの警察官が車体に寄りかかり、この国のすべての警察官の流儀にたがわず、煙草を吸いながら行き交う車をぼさっと眺めていた。

前の車が右折し、僕たちの車が左へ曲がったときだった。警察官たちがふたり同時にこっちをむいた。その動きが二羽の鳥みたいにぴったりとあっていたものだから、僕は思わず柳沢のほうを見てしまった。

「なんだよ、オマワリども」とステアリングを回転させながら柳沢がつぶやく。「なんか文句あんのか？」

警察官たちは僕たちを目で追い、寄りかかっていたパトカーから体を離した。で、ベンツがロータリーに入ろうとしたところで、やおら呼び子を力いっぱい吹き鳴らしたのだった。煙草をはじき飛ばし、なにかを路肩に押しやろうとするふうに大きく手をふる。

柳沢が舌打ちをして車を道路脇へ寄せた。

警察官たちがゆったりした足取りでこっちへやってくる。その姿がルームミラーに映っていた。ひとりが運転席に近づき、もうひとりが煙草に火をつけながら助手席のほうへまわってくる。柳沢がウィンドウを下げると、警察官はルーフに片肘《かたひじ》をついて車のなかをのぞきこんできた。彼は柳沢にうなずき、僕に一瞥をくれ、それとなく後部席に目を配ってから口を開いた。

「哪儿来的《どこからきた》？」

柳沢がなにも言わないから、かわりに僕が答えた。「上海です」

「外国人？」

「日本人です」

警察官は上体を起こし、相棒に「日本人《リーベンレン》」と声をかけ、また身をかがめて柳沢を顎で指した。「彼、中国語は？」

「できません」

「あなたは」

「すこしだけ」

「今日は九月二十三日だ。奇数日だ。だから城内にはナンバープレートの末尾が奇数の車しか入れない。言ってること、わかるか？」

僕はうなずき、こっちをむいた柳沢に日本語で教えてやった。

「この車のナンバープレートの末尾は偶数だ。だから、今日は城内に入れない。わかるか？」

柳沢の体から緊張がぬけた。くそ、そんなことかよ、と小声でつぶやき、警察官にむきなおってお得意の英語でペラペラまくしたてた。

警察官はびっくりした顔になり、苦りきって目を泳がせ、それでも負けじと言いかえした。「とにかくトランクを開けて」

僕が通訳をすると、柳沢が懐から財布をとり出して、ハウマッチ、ハウマッチ、とやりだした。さもこれこそが中国人と接する唯一無二の正しいやり方なんだと言わんばかりに。

官帽の影に沈んでいた警察官の目が鈍く光った。「見られちゃまずいものでも入ってるのか？」

「そんなものは入ってません」と僕。「この車は上海で盗まれたものです。僕たちは警察から連絡をもらって引き取りにきただけです。現地の警察署長が書いてくれた証明書もあります」

「見せろ」

僕は柳沢に例の警察署長の一筆を渡すように伝えた。

警察官がそれに目をとおしていると、助手席の外に立っていたほうも車首をまわってきていっしょに読んだ。

「あとで確認しておく」警察官はその証明書を折りたたんで胸ポケットに入れた。

「トランクを開けろ」

「なぜです？」

「俺がトランクを開けろと言ったら、この男があわてて金を渡そうとしたからだ」

柳沢に通訳をしてやってから、僕はつけ加えた。「怒らせちゃったみたいですよ」

「くそ」柳沢が座席の下にあるレバーを引いてトランクを開ける。「いまから言っとくけど、どうせこいつらはこうやって弱い者いじめをして一生を終えるんだ」

「柳沢さんはすこし中国語を勉強したほうがいいと思いますよ」

「もう、うんざりだ」

車尾へと歩いていく警察官の後姿がサイドミラーに映っている。僕と柳沢はいっしょにルームミラーに目をうつし、トランクの蓋が持ち上げられるのを確認した。しばしの沈黙のあとで、うしろにいる警察官が相棒を呼んだ。ふたりは一言、二言なにか言葉を交わした。で、気がつけば、僕たちはふたりの警察官にそれぞれ運転席と助手席の外から拳銃を突きつけられていた。

「なんだ？」柳沢がふたつの窓を交互に見やった。「なんなんだ？」

僕もそうした。

「どこにも触るな！」と拳銃を両手で構えた警察官が声を荒らげた。「ゆっくりと車から降りるんだ」

柳沢の目の動きを追うと、もうひとりの警察官が片手で拳銃を持ったまま、助手席のドアを引き開けようとしていた。

「手を頭のうしろで組んで外に出ろ」その警察官が言った。「もたもたするな！」

あたふたと言われたとおりにすると、いきなり車のルーフに両手をつかされて、両脚を広げさせられた。

柳沢もおなじ目に遭っている。

うしろから体を乱暴にまさぐられ、後手に手錠をかけられてからトランクのところまでひっぱっていかれた。

「这是什么《これはなんだ》!?」

「なんだこりゃ!?」柳沢が体をよじってわめいた。「ざけんな！　こんなの知らねぇよ！」

引き倒され、ふたりがかりで蹴飛ばされたり警棒で殴られたりしている柳沢を後目に、僕はトランクに一歩近づいてみた。

はじめはなにがなんだか、わからなかった。なにがなんだかわかってからも、やはりなにがなんだかわからなかった。

僕の目がおかしくなったのじゃなければ、スペアタイヤのかわりにそこに入っていたのは体を丸め、目をつぶり、顔からすっかり血の気の失せた髪の長い女だった。

26

救急車がトランクの女を運び去るのを、僕と柳沢はパトカーの後部席から見ていた。

サイレンが遠ざかり、やがて喧騒にすっかり溶けこんでしまうと、運転席と助手席に警察官たちが乗りこんできた。運転席の警察官がエンジンをかけて車を出す横で、助手席の警察官が無線でどこかへ連絡する。

それからは、だれひとり口をきかなかった。

パトカーは西のほうへすこし走り、さほど大きくない三階建ての建物の前で停まった。そこにはまたべつの警察官たちがいて、パトカーから降ろされた僕たちを建物のなかへ連れこんだ。回転警告灯の青い光が建物の煤けた白い壁を何度も何度も横ざまになぎ払った。

建物のなかは暗く、あらゆる悲しみや、怒りや、あきらめや、劣等感の最大公約数のような臭いがしていた。廊下の両側には暗褐色の木のドアがならんでいたが、どれもぴったりと閉ざされていた。自分たちの足音がいやに大きく聞こえる。階段のところへ着くと、僕だけが二階へ連れていかれた。僕は柳沢をふりかえり、柳沢は僕をふりかえった。彼の顔からはあらゆることが読みとれたが、それはけっきょくなにも読みとれなかったのとおなじだった。

前を歩いていた警察官がドアを引き開け、電気をつけた。うしろの警察官が僕の背中を押す。

「进去《入れ》」

部屋のなかには大きな木机と椅子があって、天井にはファンが二機ついていた。机の上には電話と灰皿があり、あるものはそれですべてだった。ひとりが僕の背後にまわって手錠をはずしてくれた。

中国の警察のことは弁当工場の趙さんに聞いてとっくに知っている。趙さんがむかし喧嘩をして捕まったときも、やはり警察は趙さんをこんな殺風景な部屋に連れこみ、取り調べの前にまずみんなして袋だたきにしたのだそうだ。日本の警察はやさしいよ、と趙さんは言った。犯罪者は中国では人間扱いされないね。だから「等着《待ってろ》」と言い残して警察官たちが部屋を出ていってしまったときには、てっきり彼らが自分たちだけで楽しむのは仲間たちに申し訳なくて、だれか僕を殴りたがっている人がいないかどうか訊きにいったのだと思った。

廊下に谺《こだま》する足音が聞こえなくなると、なにひとつ物音がしなくなった。

僕は蛍光灯の下に立って待った。壁は下半分が薄緑色、上半分と天井は白。かなり長いこと待ってからドアのところへいき、そっと押し開けて首を差し出してみた。廊下の両側には闇がのびているだけで、人の気配はない。ドアを閉め、またもとの場所に立って待つ。しばらくして、足音が近づいてくるのが聞こえた。足音はひとつだけで、部屋の外で止まった。

僕は固唾《かたず》を呑んだ。

ドアを開けた警察官は僕に目を留め、部屋のなかを見渡してから怪訝《けげん》そうに言った。

「ここでなにをしてるんだ？」

「待てと言われてるんです」

「だれから？」

「わかりません」

「じゃあ、待ってろ」

そう言って、彼はまたドアを閉めていってしまった。

そんな状態が四十分ほどつづいた。あと五分待ってだれもこなかったら日本に帰ろうと思いはじめた矢先、また足音がしてドアが開いた。

今度の警察官は僕を見て目を丸くし、廊下に出て大声でなにか呼ばわった。すると、すぐにいくつかの足音が駆けつけてきた。部屋に飛びこんできた警察官たちは僕を怒鳴りつけ、また後手に手錠をかけ、ひったてるようにして部屋から連れ出した。

「我是日本人《僕は日本人だ》！」僕はおなじことを何度も訴えた。「日本領事館に連絡してください！」

「我们知道你是谁《おまえがだれだか知ってるさ》。你是个大笨蛋《おまえは大馬鹿者だ》」

警察官たちは笑いあい、あれで逃げないなんてこいつは頭がどうかしていると言い、ついで日本人は規律を重んじるという話になり、いったいだれが僕をあの部屋に入れたのだろうかとあれこれ憶測したあげく、最後にだれかが日本人がこんなやつばかりならつぎに戦争をしたらきっと勝てるだろうと言うと、全員が同意した。

連れていかれたのは立派な鉄格子の扉がある留置場だった。僕の身柄を引き渡すときにも警察官たちは牢番を巻きこんで、部屋でただぼさっと待っていたのんきな日本人のことをひとしきり話題にした。牢番のひとりが僕を哀れむように見て首をふった。牢屋のなかには人影がひとつあったが、柳沢ではなかった。くそ、知ったことか！　あいつが背中に丸をつけられてズドンと一発食らったとしても、それがいったいなんだというのだ。

鉄パイプの二段ベッドがふたつあった。そのひとつから男が半身を起こしてこっちを見ている。鉄格子の檻《おり》が絶望的な音を立てて閉まるのを聞きながら、僕は空いているベッドの下段に腰かけた。マットレスはなく、ベニヤ板が敷いてあるだけだった。枕などあるはずもなく、タオルケットはすえた臭いを放っている。手にとってみると、乾いた血の跡のようなシミがついていた。

鉄格子のはまった高窓から射しこむ月光が、コンクリートの床に縞模様の影を落としていた。

「いまの話は本当か？」

男に顔をむける。年齢不詳で、顎に大きな切り傷のある男だった。

「ほんとに一時間近くも逃げずにただ待ってたのか？」男は自分の頭を指先でコツコツたたいた。「ここ、大丈夫か？」

ベッドに横たわり、男に背をむけて壁をにらみつける。

黄ばんだコンクリートの壁にはなにかで削ったり、こすったりして描いた落書きやメッセージがたくさんあった。鉛筆で描かれた立派な戦車――目を閉じる。状況がまったく見えないけれど、不思議と心は落ち着いていた。もしも人とこの世界のあいだになにか取り決めのようなものがあるのだとしたら、これもその取り決めの一部なのだろう。きっと、どうにもならないことなのだ。

夜中にもうひとりぶちこまれてきたから、朝食は三人で黙々と食べることになった。硬い饅頭《まんとう》が半切れと、黄色く濁ったしょっぱい豆乳。ミネラルウォーターも一本配られた。僕に関して言えば、この三日間で口にしたものよりひどいとは思えなかった。

アルミの食器が片づけられてしまうと、僕たちはベッドにひっくりかえってめいめいの殻に閉じこもったり、煙草を吸ったり、鉄格子にしがみついてぼんやりしたりした。窓から街の喧騒が入ってくる。タイヤがアスファルトを刻む音、クラクション、どこかで吹き鳴らされる呼び子、いまにもバラバラになりそうなエンジンの轟き。笑い声や咳。そんな音が留置場のなかに流れてきては、静寂にすこしずつ重みをつけていった。

すっかりとり残されてしまったような気分になる。牢番が交代するときに壁の時計を見ると、まだ午前九時半だった。

「なかじゃ鶏姦《ジージエン》なんかあたりまえだからな」

それから五分くらい、だれもなにも言わなかった。

「ジージエンってなんですか？」僕はベッドに寝そべったまま口を開いた。

沈黙のあとで、さっきとはちがう声がかえってくる。「男同士でやることだよ」

「同性愛ですね」

「同性愛とは言えないだろうな」と最初の男。「外国人か？」

「日本です」

日本人もこんなところへ入れられるのかと彼が言うと、もうひとりのほうが領事館には連絡したのかと訊いてきた。僕たちはおたがいの顔も見ずに言葉を交わした。

「領事館だろうがなんだろうが」と最初の男。「だれかがなにかをしてくれるなんて期待しないほうがいい」

「そうだな」と二番目の男。「それは真実だ」

「俺の叔父さんは文革のときに人を殺した。バスのなかで紅衛兵のガキどもにとり囲まれてどうしようもなかったと言っていたよ。おまえは古い人間だ、自己批判しろとわめかれた。まだ人生もはじまってないようなガキどもにな。で、ひとりが錐《きり》みたいなもんで叔父さんを刺そうとしたんだ」

「あのころはたしかにそういうことがあったな。名前は憶えてねぇが、たしか有名な作曲家も紅衛兵に目の前で奥さんを輪姦《まわ》されたんだよな。ほら、『在那遥远的地方《草原情歌》』をつくったやつさ」

「王洛賓《ワンルオビン》だよ。あの奥さんはな、つぎの日にちゃんと王洛賓に朝飯をつくってから自殺したんだ」

「俺は北京にいたんだけどよ、動物園の大熊猫《パンダ》の檻に跳び下りて抱っこして写真を撮ったぜ。ああ、いまふりかえってもなにがなんだかわかんねぇや」

「叔父さんがどうしてナイフを持ってたのかは知らねぇ。まあ、護身用だろう。とにかくそのガキの腹を突き刺して、バスのいちばんうしろまで押していったんだそうだ。

ほかのガキどもはみんな逃げたそうだよ。叔父さんは死刑を覚悟した。とにかくどんどん死刑になってた時代だからな。だけど、けっきょくだれも捕まえにこなかった。いまも西安で元気に食堂をやってるよ」

「いったいこの話の教訓はなんなんだ？」

「世界は親切でも意地悪でもねぇってことさ。いつだって俺たちのほうが勝手に期待して勝手に裏切られるんだ。世界はそこにあるだけだ。すくなくとも中国ではそうさ」

「だけど、領事館がなにもしてくれないってことはないだろ？」

「あんたの言うとおりだ。打てる手は打っとかなきゃな。俺が言いたいのは、この国じゃなにがどうなるか老天爺《神様》にしかわからねぇってことさ」

「あんた、運命を信じてるのかい？」

「運命か……信じてるよ、俺は。あんたは信じてねぇのか？」

「いや、俺も信じてるよ」

「運命ってやつはよ、老婆の指に七十年もはまっている金の指輪みてぇなもんさ。はめるときは一瞬だけど、いまはもうどうしたってとれやしねぇ。わかるかい、俺の言ってること？」

「ああ、はずそうと思ったら指をちょん切るしかねぇってことだろ？」

「そうだ。で、そんなことをしようもんなら」パチンと手を打つ音が響いた。「たちまち刑務所いきさ」

それっきり会話は途絶え、僕はいつしかまどろみに落ちていた。

草原に打ちすてられた、夏草のからみついた古い戦車の夢を見た。キャタピラがはずれ、錆びつき、砲筒からは蔦《つた》が何本も垂れ下がっている。そばに立派な白い馬が一頭いて、吹き寄せる風にたてがみをたなびかせている。草原を鳥の影が流れ、音もなく遠ざかっていく……

留置場から出されたのは、その日の夕方だった。

鉄格子の影がコンクリートの床の上で長くつぶれていた。

ふたりの警察官が僕をどこかの部屋へ連れていった。そこは昨夜入れられた部屋ではなかったが、その部屋となにからなにまでおなじだった。柳沢がそこにいて、僕を見て目を潤ませた。切れた唇をわななかせて。

木机のむこうには髪を七三になでつけた痩せた男がすわっていた。警察官たちがドアを閉めて立ち去ってからも、男はしばらく机の上に広げた書類から顔を上げなかった。水色のワイシャツを着ていて、五十歳くらいに見えた。

「大丈夫ですか？」

柳沢は首を横にふり、うなずき、また首をふった。

瘦せた男が目を上げて僕を一瞥し、また書類にもどっていった。

「これからどうなるんですか？」

「サインをさせられた」柳沢は蹴飛ばされた犬みたいに瘦せた男を盗み見た。「そうすればこの件は終わりだって……」

「終わり？」

「帰っていいって」

僕は瘦せた男を見やった。「英語で話したんですか？」

「ビー・クワイエット《静かに》」

僕と柳沢は口をつぐんで瘦せた男にむきなおった。

「ドゥ・ユー・スピーク・チャイニーズ《中国語はできるかね》？」

「一点儿《すこし》」と僕は応えた。

「那好《よろしい》」男はそう言って、机の上の紙切れをこっちに押し出した。「签个字儿、你《サインをしたら》们就可以走了《帰ってよろしい》」

進み出てその紙を手にとる。そこには印刷された文字で今回のことは警察に非はなく、職務執行中に発生した、いたって正常な措置であり、よって警察のことを訴えないということが謳《うた》ってあった。

痩せた男がボールペンをこっちに押し出す。

僕はその念書を何度か読んだ。「つまり全部誤解だったわけですか?」

彼は椅子の背に体をあずけたが、その薄い唇から言葉が出てくる気配はなかった。

「日本領事館に連絡してください」

僕がそう言うと、柳沢の目が僕と痩せた男のあいだを行ったり来たりした。

「なぜ?」彼は両手を軽く広げた。「きみたちの車のトランクに女性が入っていたのは事実だろう?」

「それでも、ちゃんと事情を聞くべきでしょう」

「事情はあの女性から聞いた。だから、きみたちはもうなんの関係もないんだ」

「関係ない? 取り調べも受けずに留置場にぶちこまれたのに?」

彼は鼻で笑った。それがいったいどうした、とでもいうように。

「日本領事館に連絡してください」

痩せた男は、痩せた指で机をコツコツたたいた。「おたがい面倒なことはよそうじゃないか」

「僕は面倒じゃない」

「こっちはきみたちの車の出処を洗うこともできる。それでもきみは面倒なことにはならないと言えるのか？」

「………」

「わたしはそんなことはしたくない。外国人が相手だとなにかと手続きが面倒だからね。中国の公務員でそれを厭《いと》わない者はいない。きみたちが麻薬でも持っていたら話はもっと簡単だがね。ただ、きみがどうしてもというのなら、やるしかないが」

僕たちの視線が交差し、先に目をそらしたのは僕のほうだった。

「きみたちはこの国の警察なんて馬鹿にしてるだろう？　賄賂《わいろ》と弱い者いじめばかりやっているどうしようもない連中だと思っているんじゃないかね？」痩せた男が言った。「そのとおりかもしれない。だが、きみたちのような日本人がこの国であんな車を乗りまわしているのを見てピンとこん者はおらんよ」

ふりかえると、柳沢がおびえたようにうなずいた。僕はボールペンをとってしかるべきところに自分の名前を書いた。

「好了《よし》」念書をさっと取りあげると、彼はそれを見もせずに机の抽斗《ひきだし》にしまった。

「入口のところで荷物をかえしてもらいなさい」

僕は彼に背をむけ、ドアまで歩き、回れ右をして引きかえして尋ねた。「あの女性はどうなったんですか？」

「我々が家まで送りとどけたよ」

「これからどうなるんですか？」

痩せた男が小首をかしげた。「きみになんの関係があるのかね？」

「関係はないです。ただ知りたいだけです。彼女はいつトランクにもぐりこんだんですか？」

彼は溜息をつき、腕時計をのぞき、椅子に深く背をもたれてすわりなおした。しばらくボールペンで自分の指をたたいていたが、やにわに切り出した。「鍵は車についていたと言っていた。きみたちが車を離れた隙にその鍵でトランクを開け、またもとのところに挿《さ》し、それからトランクに入って蓋を閉めたのだそうだ」

「なぜです？」

「中国の人口政策のことは知ってるかね？」

「一人っ子政策ですか？」

「あの時期、農村では間引きが広く行われた。間引き……つまり女児殺しだ。そのせいで女性が足りなくなった。日本では女性たちはよろこんで農村へ嫁ぐのかね？」

僕はかぶりをふった。

「中国でもそうだ。農村から出ていく女性は都会の生活を知ったらもう帰ってこない。都会の女性が農村へくることなどまずない。それは都市戸籍をすてることになるからだ。そんな馬鹿はおらん。だけど、農村にだって女が必要だ。そこで、おぞましい事件を引き起こす輩が出てくる。そう、女性の誘拐だ」痩せた男は話を切り、煙草に火をつけて一服した。「あの女性も数年前に出稼ぎ先の上海で誘拐された。ある村に連れていかれて、そこで村の男と結婚させられた。が、どうにか逃げ出して故郷の杏花郷へ帰ってきたようだ」

彼女のことを思い出したのはそのときだった。小兎の家の前を男に引きずられてゆく彼女のことを。

僕の顔つきを見て、痩せた男が訊いた。「彼女を知ってるのかね？」

「杏花郷で見かけたような気がしただけです」

「そうか」

「でも、なぜまた自分の村から逃げ出そうとするんです？」

「子供がいるそうだ。誘拐されて六年間も閉じこめられていた村に」

「…………」

「当然、彼女の父親は怒った。誘拐された自分のかわいい娘がやっと帰ってきたと思ったら、そのくそいまいましい村に心をおき忘れてきてるんだからね。彼女はもう何度も脱走を試みているそうだ。そのたびに杏花郷のだれかに見つかって連れもどされる。あの村を見てきたんなら、きみにもわかるだろう。歩いてあそこから出るのは不可能じゃないにしても、かなりの困難がある。どこかへたどり着く前にかならず荒野のどこかで追いつかれてしまう」煙草の煙がその痩せた指先からまっすぐに立ちのぼっていた。「きみはいまこう思っている。警察はなにをしてるんだ、さっさとその狂った村にいって誘拐などという恥知らずなことをやらかしたやつらを逮捕し、彼女の子供を保護したらいいじゃないか。ちがうかね？」

「はい」僕は彼から目をそらさずにうなずいた。「そう思ってます」

「きみは中国のことがわかってない」

「世界中どこだろうと関係ないと思いますけど。あなたたちはそういうことを解決するために給料をもらっているはずなんだから」

「その村がどこにあるのか、彼女自身もよくわからんのだよ」痩せた男は煙草を吸い、灰皿でもみ消した。「だいたいの見当はついているがね」

「だったら――」

「その場合、我々は……そうだな、こう言ったらわかりやすいだろう。我々は日本が丸ごとふたつぶん入る地域を捜査することになる。それも彼女の記憶が正しいとしての話だ。そして運よくその村が見つかったとして、いったいどうやって誘拐だったと証明するのかね？　彼女が嘘をついているかもしれない。その村へは自分の意思でいったのかもしれない」

「でも、だけど……」喉元に詰まった言葉をどうにか吐き出す。「それじゃ杏花郷から逃げ出せたって自分の子供のいる村なんか見つけられないでしょう？」

そんなことは神様にでも訊いてくれというように、痩せた男は片手をふり上げた。

「そもそもどうやって誘拐されたんですか？」

「それがなにか重要なことなのかね？」

「これからこういう犯罪を防げます」

「これからこういう犯罪を防げる？　そんな言い草はなにもするつもりのない人間の弁解だよ」

「そんなことはない」

「ほう」痩せた男は机の上に両肘をつき、手を組みあわせ、上目遣いになった。「それじゃあ、きみは彼女のためになにかしてやるつもりなのかね？」

「それは警察の仕事でしょう」

「イエス・キリストを見殺しにした人々もそう思ったはずだよ」

「…………」

「きみらはただ救われるのを待っているだけだ。自分以外のだれかが曲がったことを正し、弱きをたすけ、悪をくじいてくれるものだと思っているだろう？　日本ではそれでいいかもしれんが、ここは中国だ。ここではきみらが想像もつかんようなことが起こる。たくさん起こりすぎて、なにをやったってだめな気にさせられるほどだ。だから、我々は優先順位をつけて仕事をする。言うまでもなく、国家をペテンにかけるような事件が最優先だ。実際に血が流れる事件もほうってはおけない。ちゃんと正義が存在することを人民に教えねばならんからな。そこでだ」一呼吸つく。「彼女を誘拐したやつの村を我々が見つけたとしよう。そして、厳正に法を執行する。その場合、それはいったいだれのための正義なのかね？」

「だからといって、ほうっておいていいことにはならない」

「ほうっておくのがいちばんなんだよ」

「そんな！」

「これは個人的な考えだがね、中国は法治国家じゃない。そんなものであったためしなどないし、これからもそうはなってほしくない。事件というものは人間の感情が引き起こすものだが、法律はその感情を切りすてるためのものだ。が、わたしがどう思おうと、いずれ中国もアメリカや日本のようになる。正しい暴力が軽んじられ、法律と金が支配する国にね。じつのところ、もう半分ほどそうなっているよ」

「拝金主義ですか？」

「悲しいことだがね」彼がニヤリと笑った。「我々だって法律をふりかざさねばならんときがある。それでも、彼女の子供にはなんの罪もない。わざわざその子を探し出し、おまえの父親は誘拐犯で、祖父も祖母も、それどころか村ぐるみでそれに加担していて、母親はそのせいで気が変になったと教えてやる必要はないと思うが、どうかね？」

僕は口を開きかけたが、なにも言いかえせなかった。

「その子も生きていかなきゃならない」痩せた男はなにかを追い払うように手をふり、机の上の書類に目を落としてしまった。「话说完了《話はこれまでだ》。你们可以走了《もういきなさい》」

柳沢がいまにも泣きそうな笑顔でこっちを見ている。僕はきびすをかえし、なにもかもを心から締め出して部屋を出た。

「ねえ、高良くん、なにを話してたの？」

僕たちは足音を響かせて薄暗い廊下をとおり、階段を下り、玄関脇にある窓口で荷物をかえしてもらった。車は駐車場に停めてあると教えてもらった。リュックサックの中身をあらため、パスポートがちゃんと入っていることをたしかめる。それから、暮れなずむ外の世界に出た。

冷静になってみると、痩せた男に対する反論が頭のなかをぐるぐるまわりだした。

ふりかえって建物を見上げる。中国ならどこでも見かける煤けたタイル張りの建物。国旗掲揚台の上で五星紅旗が風にはためいていた。

柳沢がリモートスイッチを押すと、駐車場の隅にたたずんでいたベンツが電子音を発し、わたしはここですよというようにウィンカーを点滅させた。

僕たちは車に乗りこみ、一晩お世話になったブタ箱の門前でいったん停止し、車を何台かやりすごしてから道路に出た。

「サインさせられたじゃん？」柳沢が言った。「あれ、具体的にはなんて書いてあったの？」

僕は煙草に火をつけてから答えた。「『わたしはあのトランクの女性の首を絞めて犯し、どこかへすてにいくところでした。彼女の前にもわたしは十一人の女性におなじことをして殺しています』」

「ちょっと、マジで訊いてるんだけど」

「もうどうでもいいじゃないですか」

「………」

「柳沢さんがこれからどうするつもりかは知りませんけど、俺は今晩はホテルに泊まりますから」僕は言った。「酒飲んで肉食って風呂入って寝ます。もしこのまま上海に帰るんなら、そのへんで降ろしてください」

27

目を覚ますと、柳沢が窓辺で煙草を吸っていた。

「あと十分したら起こそうと思ってたよ」

やわらかいベッドの上で深呼吸をし、のびをする。「何時ですか？」

「もうすぐ十一時半」

窓にかかっている薄いカーテンを透かして青い空が見えた。半身を起こしてヘッドボードに背をあずける。ナイトテーブルから煙草をとるときに手があたって、空のビール壜が二本とも絨毯の上に落ちた。火をつけ、三口ばかり吸い、灰皿でもみ消す。ベッドをぬけ出し、五分でシャワーと歯磨きと着がえをした。

僕たちは部屋を出、エレベーターでフロントに下りてチェックアウトした。

車に乗りこみ、走りだす。

先に食事をすませようということになったが、一昨日が奇数日なら、よほどのことがないかぎり今日だって奇数日だ。だから、車で城壁のなかをうろつくわけにはいかない。けっきょく、目についたそのへんの小さな食堂で間にあわせた。

僕たちはほとんど口をきかずに食べた。豚の内臓の炒め物、鶏の蒸し肉、羊肉のスープで白飯を食べ、ビールを二本飲んだ。

「柳沢さん、あのベンツの書類はぜったいに問題ないって言ってましたよね」

「自社ベンツの書類をコピーしてるからね」

僕は彼のグラスにビールを注ぎ、自分のグラスにもそうした。「この国の警察が本気になったら、書類なんか関係ないみたいですよ」

「なんか言ってた？」

「たぶん、俺たちってものすごく馬鹿ですよ」

ワリカンで勘定を払い、またぞろ車上の人に。

省道一〇一号線を走り、途中のガソリンスタンドで給油し、国道三一二号線に合流する。地図によれば、あとは上海まで一本道だ。街並みはすぐに消え失せ、どこまでもおなじ荒野を突っ切って走った。右手の彼方にじっと浮かんでいる灰色の山々が秦嶺山脈のはずだ。僕は開け放った窓から入ってくる風に顔をむけ、この世界はいったいぜんたい自分になにを伝えようとしているのかを考えてみた。

「空から魚が降ってくることってあると思いますか？」

ステアリングをさばきながら、柳沢はちらりとこっちを見た。「ファフロッキーズ現象のこと？」

僕は運転席に顔をむけた。

「何年か前に日本でも空からおたまじゃくしが降ってきたよね」

「マジすか？」

「ああ、高良くんはひきこもりちゅうだったかもしれないね。世界中で起こってる現象みたいだよ。その場にあるはずのないものが空から降ってくるという定義だったと思うけど……どうしたの、急に？」

「いえ、べつに」

「あの警察の人となに話したの？」

途中でアスファルトを敷きなおしている区間があり、かなり長い距離、砂利道をいかなくてはならなかった。それからまたアスファルトにもどった。背負子《しょいこ》に枯れ枝を山と積んだ老婆が、小さな女の子の手を引いて道路脇を歩いていた。ベンツが彼女たちを追い越すと、ふたりは車の巻き起こす砂埃のなかに閉じこめられた。僕はそのふたつの影を見送り、それから警察署での会話を柳沢に再現してやった。

神妙な顔つきでステアリングをさばいていた柳沢は、話を聞き終わってからもかなり長いこと口を引き結んでいた。色がすっかり褪《あ》せ、ところどころ破れ目のある大きな看板が流れ去る。羽毛布団の広告のようだ。

「どうしようもないってことくらい、わかってるんです」僕は言った。

「それは物乞いに金をやるかって話に似てきちゃうのかな?」

「偽善だってことはわかってるんです」

「高良くんはどうしたいの?」

「柳沢さんはどうですか?」

「そりゃ、たすけてあげられればとは思うよ」

「じつは俺もそう思います」

「でも、俺たちになにができる?」

「もどってみますか？」

「それは無理だよ」

「じゃあ、俺がどうしたいかなんて関係ないじゃないですか」

柳沢がどこまで走るつもりだったのかは知らないが、その日はあまり距離も稼げずにふたりともすっかりうんざりしてしまった。

太陽がまだ沈みきらない時間に国道をはずれ、地図にも載ってない町で見つけた奇跡のようなホテルにチェックインした。

ホテルと呼んでいいのかどうかも怪しい。壁は薄く、となりの部屋の話し声は筒抜け。トイレとシャワーは廊下の先にあって、白いタイル張りの床はびしょびしょだった。それもそのはずで、小便器の配水管がひとつ残らず切断されていて、用を足すと、その切り口からいま出したばかりの自分の小便が音をたてて滴《したた》り落ちる。それが床ではじけてブーツやジーンズにかかった。いったい中国人たちは小便器のことをどう思っているのだろう？　ちょっと気の利いたインテリアくらいに思っているのか？　個室にはちゃんとドアがあったが、恐ろしくて開けてみる気にもなれなかった。

部屋にもどると、柳沢がベッドにうずくまって壁に耳をつけていた。こっちを見て、人差し指を口にあてる。耳を澄ましてみると、男女の秘め事の気配がかすかに聞こえた。僕の聞き間違いじゃなければ、軋《きし》むベッド、乱れた息遣いの合間に、男が「说《言え》、说吧《言えよ》」と言っていた。

ドアを静かに閉め、部屋を出る。階段を下り、ちっぽけなフロントデスクのなかで麺をずるずるすすっている男の前を横切ってホテルを出た。

どうしたものかとすこし途方に暮れ、とにかく人がいそうなほうへ足をむけた。すこし歩くと、少数民族の衣装を着た色の黒い男が、地べたにネックレスや銀のブレスレットや羊の頭蓋骨などをならべて売っていた。

さらにいくと市場があった。

クレープに肉や野菜を巻いて売っている屋台に人だかりがしている。僕も列にならんでひとつ買った。それを食べながら屋台をひやかしていると、買い物籠のなかに生きた猫を入れている女性を見かけた。あとを尾《つ》けずにはいられない。女性は葱《ねぎ》を買い、ニンジンを買い、トマトを買っていく。で、にんにくを買ったところでキッと僕のことをにらみつけた。

「干嘛《なによ》？」

「那只猫《その猫》……」僕は彼女の買い物籠を指さした。

「猫怎么了《猫がなにか》？」

「你要吃它吗《食べるんですか》？」

「这是我养的《飼ってんのよ》！」

彼女はぷりぷりと立ち去ってしまった。

市場を離れ、あてもなくぶらぶらしていると、〈Heineken〉のネオンが目についた。

ほとんどなにも考えずに、僕はその店の木の扉を押し開けた。なかは暗く、閑散としていて、中国語の歌謡曲と小便の臭いがうっすらと漂っていた。テーブル席で三人の男が酒を飲んでいるだけで、ほかに客はいない。僕が店に入ると、彼らは話をやめた。

カウンターへいき、なかの男に声をかける。「海尼根《ハイネケン》」

「没有《ない》」

「………」

ふりかえると、テーブルの男たちが顔を伏せて笑いを隠した。僕はバーテンダーにむきなおった。

「なにがある？」

「生ビール」

「それでいい」

バーテンはピーナッツの皮がくっついているジョッキにビールを注いで出してくれた。カウンターのうしろの酒棚にほとんど酒はなく、フォアローゼズが三本、まるで百年前のワインのように大事に飾られていた。

「何人《なにじん》だ？」テーブルから声が飛ぶ。

僕は聞こえないふりをしてビールを飲んだ。

「カムサハムニダ？　アンニョンハシムニカ？」

僕は無視してビールを飲んだ。

「アリガト？　サヨナラ？」

無視してビールを飲む。が、なにがいけなかったのか、正体を見破られてしまった。

「ああ、日本人か」つまらなそうな声が背中にあたった。「小日本人」

煙草に火をつけてから肩越しにふりかえる。男たちはせっかくの酔いが醒めてしまったとでもいうように酒をあおっていた。僕は煙草を吸い、ジョッキを干し、バーテンを呼んで酒棚のバーボンを指さした。

「多少《いくら》？」

買えるものなら買ってみろという感じで「四百」という返事がかえってきた。ということは、六千五百円ほどだ。日本ならコンビニで千五百円くらいの酒が。

背後に視線を感じながら、ジーンズのポケットからありったけの金をつかみ出してカウンターにばらまく。バーテンはうなずき、酒棚からフォアローゼズをとってきて僕の前におき、代金分の金をとっていった。残りは五十元札一枚と小銭だけになった。それをポケットに押しこみ、ボトルの首をつかむと、僕は男たちにむきあった。蓋をねじ開け、ボトルを傾けてぐいっと一口あおる。アルコールの塊はまるで焼夷弾のように喉を焼き、胃を火の海にし、巨大なきのこ雲のような臭気を口から押し出した。

「日本人请你们喝酒《日本人が一杯おごるぜ》」

沈黙のなかで、彼らの昏《くら》い目が闇から浮かび上がった。

ひとりが「喝就喝《飲むなら飲もうぜ》」と言うと、前腕に黒々とした龍の刺青をしている男がコップのなかに残っていた酒を床にこぼし、テーブルの上にタンッとおいて挑むように僕を見た。

僕は椅子を引いて彼らのテーブルにつき、四つのコップにバーボンをなみなみと注いだ。一瞬にしてボトルが空になった。

刺青の男がそれを一気に飲み干し、つぎはおまえの番だというように顎をしゃくった。だから、僕も一息に飲んでやった。すると男がニヤリと笑い、カウンターになにか怒鳴った。

バーテンが新しいボトルを持ってきた。

彼は蓋をねじ開け、自分のコップと僕のコップを琥珀色の酒であふれさせた。あとのふたりは煙草を吸い、ちびちび酒をなめながらニヤついていた。

「金は？」

「ああ？」刺青の男がバーテンを睨《ね》め上げる。「俺をだれだと思ってんだ？」

バーテンがすごすごとカウンターへもどっていった。

「有种《いいな》」刺青の男は僕にむきなおった。「俺らがだれだか知ってんのか？」

「どうでもいいよ」

「どうした？　今夜は死にたい気分なのか？」

「べつに」アルコールは右手で僕の脳みそを、左手で僕の胃袋を鷲掴《わしづか》みにしていた。

「地面に這いつくばってるのにちょっとうんざりしただけさ」

「日本人は南京大虐殺をどう思ってんだ？」

「中国人はダライ・ラマのことをどう思ってんだ？」

「飛びたいのか？」男のほうも呂律《ろれつ》がまわってない。「だったら、いいものがあるぜ」

僕は黙って酒を飲んだ。

「言っとくが、飛ぶのは簡単だぜ」

「言うのは簡単だ」

「飛ぶのは簡単さ」

　彼の声がぐにゃりとゆがむ。一回回転させれば一回経文を唱えたことになるというチベットのマニ車が頭のなかでぐるぐるまわっていた。百人の僧侶が大合唱している。飛ぶのは簡単だ、飛ぶのは簡単だ、飛ぶのは――

「問題はいつだって着地のほうなんだよ、小僧」

　僕と彼はコップをカチンとあわせ、酒を喉に流しこんだ。胃のなかの酒が逆流する。口を押さえ、トイレに駆けこもうとしたが、てんで間にあわなかった。床に嘔吐する僕を見て男たちは声をたてて笑い、バーテンはののしりまくった。

「今日はもうこれくらいにしとけ」だれかが言った。「どこに泊まってんだ、小僧？」

　僕は糸を引いて垂れる唾をぬぐい、どうにかホテルの名前を告げた。すると、両脇を抱えられて店を連れ出された。刺青の男が路地に消え、すこしして車を運転して帰ってきた。それは黒い車で、助手席のドアがなかった。

「上车《乗れ》」

　僕はそうした。

　どこをどう走ったのかはわからない。気がつけばホテルの前で降ろされていた。

「死ぬ気になりゃ豚だって飛べるぜ」走り去る前に、刺青の男は窓から声を張りあげた。「憶えとけよ、小僧。問題は着地さ」

柳沢は部屋にいなかった。

椅子にすわり、となりの部屋からもれ聞こえてくるテレビの音をBGMに煙草を吸う。腕時計を見ると、午後十一時をすこしまわっていた。

煙草の煙と、吐き気と、柳沢が置き去りにした憎しみがつもった部屋のなかで、頭がすこしずつしびれてくる。部屋を出、廊下をとおってトイレにいく。入れちがいに男がひとり出てきたが、男は裸足だった。狂っているのは僕のほうなんだろうか？　小便の滴《しずく》を跳ね散らかしながら用を足し、洗面台で吐き、鏡で自分の顔を見た。このまま生きていたってなにもないような気がした。

部屋にもどり、ベッドにのびる。眠りはすぐに草原を渡る鳥の影といっしょにやってきた。雲の影と見紛うほど巨大な鳥の影。夏草にうずもれた古い戦車。そして、白い馬。夢のなかで、僕はそれらが象徴するものがはっきりとわかった。すたれてしまった暴力と、正しい心。そして、どこまでも追いかけてくる過去。そう確信したのだけれど、目が覚めてくるにつれて曖昧になり、暗闇のなかで柳沢の鼾《いびき》を聞いているうちに、またなにもかもわからなくなってしまった。

天井をにらみつけながら、しばらく横たわっていた。腕時計のボタンを押すと、デジタルの数字が青白く光った。

午前四時十六分。

煙草を一本吸った。ベッドから足を下ろしてブーツをはき、紐をぎゅっと結ぶ。立ち上がり、椅子の背にかけてある柳沢のジャケットから車の鍵を探り出す。その鍵を握りしめたまま、アルコールに浸かった脳みそを奮《ふる》い立たせていろいろ考えてみた。考えなくてはならないことはあまりないような気がした。ここで柳沢が目を覚ましてくれたらいいのに、とも思った。彼の安らかな寝顔を見下ろし、起きろ、起きろ、と心のなかで念じてみた。

ドアを押し開け、静かに部屋を出る。廊下をとおって階段を下り、フロントを横切ってホテルを出、ベンツのドアを開けて運転席にすわった。

鍵を挿してエンジンをかける。

シートをすこしうしろにずらし、ルームミラーを調整する。日本車の感覚でレバーをいじると、できそこないのコメディみたいにワイパーがぶんぶん動いた。それを止め、ヘッドライトをともし、シフトレバーをしかるべきポジションにスライドさせる。

エンジンの振動が全身に伝わってくるのを感じながら、おっかなびっくり車を出した。道路には人っ子ひとり、車一台走っていなかった。ナトリウム灯の黄色い光のなかで、町は僕と僕の乗ったメルセデス・ベンツを見張っているみたいだった。

方角はわかっている。

すこし走ると、国道三一二号線にいきあたった。車を路肩に寄せて停め、外に出てまたすこし吐いた。それからふたたび西へむかって走りだした。

28

藍田《ランティエン》までもどってきたときには、かなり陽も高くなっていた。ここから省道一〇一号線をいけば西安で、省道一〇七号線をいけば西安を迂回して荒野に出る。

道路脇の売店でミネラルウォーターとビスケットを買いこみ、万一なにかあっても二、三日は生きていける準備を整えた。

手垢で濁ったガラスケースの上に電話がおいてあった。白い、ちっぽけな、家庭用のやつだ。店番をしている中年の女にこれは使えるのかと訊くと、おまえはあたしが使えない電話をおいとくような馬鹿に見えるのか、ときりかえされた。

「じゃあ、かけさせてください」

女は背後の棚から目覚まし時計をとってきて電話の横においた。「三分《三分で》一块《一元だよ》」リュックサックをあさり、よれよれになった名刺をひっぱり出し、それを見ながらプッシュボタンを押す。中国独特の、あの心拍が停止したときの心電計にも似た呼び出し音に耳を傾ける。しばらく待っていると、回線のつながる音がした。

「おはようございます」僕は送話口に言った。

「え？　ああ……え？　高良くん？」

「朝っぱらからこんなことを言うのは気が引けるんですが」空っぽの僕のベッドをきょとんと眺めている寝ぼけ眼の柳沢が目に浮かぶ。「車、いま俺がちょっと借りてます」

「え？　なに……え？　いまどこ？」

「西安にもどってきました」

「ちょ、ちょっと待ってよ……え？　そんな……冗談だろ？」

「俺、やっぱりいってみます」

「どこに？」

「…………」

「もしもし？　えっ、ちょ、ちょっと待ってよ」

柳沢の戸惑いは怒りに変わり、目覚まし時計の赤い秒針が三周するあいだ、僕は一言も口を差しはさめずに彼の要領を得ない罵詈雑言を聞く破目になった。彼は学生という身分をののしり、日本に強制送還されたあとに待ち受けていることをせつせつと説き、僕のせいで人生がめちゃくちゃになったと吼《ほ》えまくった。

「なんかあったら弁償しろよ！」

「わかってます」

「なんでこんなことすんだよ⁉」

「自分がこんなことをするなんて思ってもみませんでした」

「俺だってきみがそんな馬鹿だとは思わなかったよ！」

「なにかを証明したかったのかもしれません」

「証明？　なにを？」

「言葉にしちゃうとくだらないことです」

「ねえ、高良くん、もうちょっと大人になりなよ。俺たちにはなんにもしてやれないって。きみはなんの覚悟もなく他人の人生に土足で踏みこもうとしてるんだよ」

「そんな死臭のするようなことを言わないでくださいよ」

沈黙。

「それに、あの女の人は俺が土足だろうと気にしないと思いますよ」

「もし人を轢いたりしたら、いったいどうなると思ってんだ！」

「つまり、人生なんてロシアン・ルーレットどころの騒ぎじゃないってことですよ」

相手が息を呑むのがわかった。

「本当に申し訳ないと思ってます。だけど、こうなったらもう俺にもどうなるかわかりません」受話器をおく前に僕は言い足した。「まあ、祈っててください」

迷うほどの道じゃないとたかをくくっていたのだが、けっきょく迷いに迷ったあげく、ようやく杏花郷にたどり着いたのは夜もかなり更けてからだった（途中で陥没した道路にタイヤをとられて車をスピンさせてしまった。大事には至らなかったけれど、心理的なショックが大きくて、しばらく車を運転する気になれなかった）。

数日前にも降り立った場所に僕は降り立った。

見渡すかぎり暗黒の浸食谷。あまりにもなにもなくて、逆になにか大切なことがあるんじゃないかという気にさせられる。風が吹きつけ、口のなかに砂の味を残して盲目の大陸へと飛び去る。

ヘッドライトをつけっぱなしにして崖っぷちまでいき、煙草を吸いながら斜面にへばりついている窰洞《ヤオトン》の家々を見下ろす。歴史にはしょられてしまった場所。悲しみさえも、とっくのむかしに風化してしまった大地。地面を見ると、タイヤの跡がまだ残っていた。ひょっとしたらあの日の自分の靴跡も残ってやしないかとうろついてみたが、とうとう見つけることはできなかった。

車にもどり、ヘッドライトを消す。いっそう深まった静寂のなかで、腕時計のアラームを午前四時にセットし、運転席をリクライニングさせた。思い入れたっぷりな犬の遠吠えが聞こえた。一時間か二時間、そのままじっとしていた。

半月がゆっくりと弧を描いて西へ傾いていく。一度か二度、車の外になにかの気配を感じて身をすくめた。それは狼のように息をひそめ、やがて消えてなくなった。この広大な闇のどこかに太古とつながっている岩や木があるのだ。

体を起こし、腕時計のアラームを解除してから車を降りる。崖っぷちまでいき、用心しながら坂道をくだったが、最後のほうで足を踏みはずして景気よくころげ落ちてしまった。立ち上がり、体の土埃を払うと、むせて咳きこんだ。犬たちが狂ったように吠えたてた。足を引きずって歩き、村の井戸までいってすわって待った。

やがて東の空が白み、黄色い砂地の上にうっすらと靄《もや》が漂いだす。鶏が時をつくり、騾馬を牽いた男が、ぽっくり、ぽっくり、目の前をとおっていった。煙草に火をつけようとしたとき、朝靄のなかから歌声が近づいてくるのが聞こえた。僕は煙草をパックにもどして立ち上がった。

　歌声がやむ。

　人影はどうしたものかと立ちつくし、それからおずおずと近づいてきた。灰色のシルエットがだんだん色づき、モスグリーンの人民解放軍の制服に大きすぎる官帽をかぶった小兎があらわれた。

「高粱酒？」小兎は手に持ったバケツを大きくふった。「你又来了《またきたの》？」

「又来了《またきた》」

「どうしたの？」小兎は井戸口に近づき、つるべで水を汲んだ。「なんか用か？」

「うん、ちょっとね」僕は小兎がつるべをひっぱり上げるのを手伝い、バケツに水をうつしてやった。「ちょっときみにたのみたいことがあってね」

　バケツを持ち上げようと腰を曲げた小兎が、そのままの姿勢で僕を見上げた。

　僕はどう切り出したものかと考えあぐね、苦しまぎれにポケットからコインをとり出した。

「ちょっとこれを見てよ」

で、二枚のコインをこすりあわせて三枚に見せかける例の手品をしてやった。そのコインを差し出すと、小兎がいよいよ疑わしげな目をむけてきた。

コインをジーンズのポケットにもどし、すこし途方に暮れてから、僕は切り出した。

「小兎の先生を、ちょっと呼んできてくれないかな」

小兎は返事をせず、水の入ったバケツをさげてさっさと歩きだす。僕は彼に追いつき、横にならんでいっしょに歩いた。

「先生になんの用？」小兎は土塊道を見据えた。

「えっと……用というか、ちょっと話があるんだ」

「どうでもいいけどね」

「ちょっと呼んできてくれる？　井戸のところで待ってるからさ」

「だめだよ」

「べつに悪いことなんかしないよ。本当にちょっと話があるだけなんだ」

「無理だよ」

「たのむよ」

「無理なんだって」小兎が言った。「老师死了《先生、死んだんだ》」

「えっ？」

小兎は僕をおいてどんどん先へいく。大きすぎる官帽をかぶった頭を突き出し、世界中を敵にまわそうとでもするかのように。

「待ってよ」僕は走って追いつき、またならんで歩いた。「いま、僕、死んだって言ったの？」

「そうだよ」

「どうして？」

「死んだんだ」

「でも、なんで？」

小兎は顎をぐっと引き、バケツの重みで体をよろよろさせながらも歩調を速めた。水が跳ね、彼のズボンと土塊道を濡らした。

「ねえ、小兎、先生は本当に……」

「不知道《知らない》！」小兎が叫んだ。「別跟我来《ついてくるな》！」

僕は足を止めた。

水をバシャバシャこぼしながら、小兎は一生懸命なにかから遠ざかろうとしていた。僕から。先生の死から。少年時代から。

太陽が山の頂《いただき》から真新しい光を投げかけてくる。赤いオートバイに乗ったくわえ煙草の男が、荷台に仔羊を一頭縛りつけてどこかへ走っていった。

僕は村をとおりぬけ、痛めた足のせいでひどく苦労して坂道をのぼって車にもどったが、思いたってまた坂道を下り、途中で道をはずれ、前に老人と出会った横穴をのぞいてみた。

老人はいなかった。煙草の吸い殻が何本か落ちていた。

車にもどり、しばらく運転席にすわっていた。いまや太陽はすっかりのぼり、フロントガラスには青い空と白い雲がくっきり映っていた。

一日はまだはじまったばかりだ。本でも読もうと思ったが、頭が冴えすぎて活字を追えない。太陽が砂漠の真上に輝くころもう一度老人の穴へいってみると、老人は穴のなかで煙草を吸っていた。

「こんにちは」

老人はゆっくりと煙草を吸い、煙を吐き、夢から覚めたように目を上げた。「ああ、あんたか」

僕は煙草に火をつけ、しばらく無言で黄砂の舞う風に煙を吹き流した。それから、僕は僕の身に起こったことを老人に話した。

「あの女の人は本当に死んだんですか？」

老人はそれに答えてはくれなかった。

「いまの若者はなんでも自由にできるのがいいと思っとる」そのかわり、こんな話をしだした。「わしの親父が老蒋《蒋介石》を選んだのは十三歳のときじゃった。十三歳だ。まだなにもわからん歳じゃないか。たぶん、親父は仲間たちにくっついとっただけなんだろう。むかしはそうやって人生を決めたもんさ。めしを食わせてくれたのがたまたま国民党だったんだろう。共産党に敗れて、国民党が台湾に逃げたのは知ってるかね？」

僕はうなずいた。

「老蒋《ラオジャン》が台湾に連れていったのは、やつの腹心ばかりじゃった。要するに黄埔軍校出の連中だけさ。わしの親父は陶峙岳《タオシーユエ》の下におった。知らんだろ？ 陶峙岳は新疆《しんきょう》を押さえとった将軍だ。老蒋が逃げたあと、やつは共産党に投降した。で、今度は親父たちは共産党のために働くことになった。建設兵団と呼ばれて、道路や鉄道をつくらされたんだ。じゃがな、戦争をしとらん軍人ほど厄介なものはない。毎日、だれかが喧嘩で血まみれになったそうだ。仲間同士でも喧嘩をしたし、ウイグル人たちとも喧嘩をした。喧嘩となったら、ウイグル人は刀を出すからな。そこで共産党は親父たちに家庭を持たせようとしたんだが、現地のウイグル人たちはぜったいに漢民族とは結婚せん。そこで共産党はどうしたと思うかね？」

僕はかぶりをふった。

「街から娘さんたちを騙して新疆へ送りこんだんだよ」老人は先をつづけた。「学校へいけるとか、ソビエトに留学させるとか言って汽車に乗せてな。で、まず上官がべっぴんさんを選んで自分の連れ合いにした。残った娘さんは大きな暗い部屋に入れられてな、その部屋へ親父たちがあとからどんどん入れられたそうだ。真っ暗だから、なにも見えん。親父たちは手探りで娘さんたちを探りあてさせられた」

「それで、どうしたんですか？」

「手に触れた最初の娘さんと結婚することになっとったんだよ」老人はガラガラ声で大笑いし、途中からゲホゲホ咳きこんだ。「それがわしの母親さ」

「本当の話ですか？」

「恋愛だのなんだの、お呼びじゃない時代だった。自由なんてとんでもない。それでも、わしの知るかぎり、母はべつに不幸じゃなかったと思うよ。わしが生まれ、わしの兄弟たちが生まれ、いまはわしにだって息子や孫がおる。人間に必要なものなんて、けっきょくはそんなにたくさんはないんだ。わしに言わせりゃ」老人はいったん言葉を切り、唾を吐いた。「あの娘は自分の子をおいてこの村に逃げ帰った時点で、もう半分くらい死んどったんだよ」

「でも、あとの半分は生きていた」

「それになんのちがいがある?」穴のなかの賢者は煙草を最後まで吸ってから投げすてた。「あきらめにゃならんことは、あきらめにゃならん。中国人はずっとそうやって生きてきたんだよ」

だけど、と言いかけて、僕は口をつぐんだ。

老人は穴のなかにいるというより、暗くて深い穴そのものみたいだった。

あきらめをひどい裏切りと感じ、あきらめるくらいならいっそのことそれに押しつぶされたほうがマシだと思える出来事というのが世のなかにはたしかにあって、もしそんな出来事に律儀に押しつぶされることを選ぶ人間がひとりもいないとしたら、いったい僕たちはどうやってなにが自分にとって大切かを知るのだろう?

僕はきた道を引きかえし、車に乗りこみ、エンジンをかけ、走りだした。

29

車がスピードにのってずいぶん経ってからも、なにも考えることができなかった。

体が火照《ほて》り、ステアリングを握る手が熱い。痩せ細り、風に吹かれて卑屈にねじ曲がったポプラの木を何本も見送った。木々はみんなおなじ方向にのけぞり、死後硬直した大蛇のようだった。

小一時間ほどひたすら車を走らせた。目に映る風景はうんざりするくらいおなじで、こんな道を本当にとおってきたのだろうかと不安になったが、この道以外どこにも道などない。

ひとりよがりの、あっけない道を走りつづけた。

核実験でもやったらよさそうな荒野で牛を追っている子供がいた。子供は先っちょに赤い吹流しをつけた長い竿を持っていた。子供は僕よりもずっとちゃんと生きていた。

スピード感覚が狂いだす。道路に大きなくぼみを発見してブレーキペダルに足をのせかえたときには、百二十キロ近く出ていた。

車は矢のように突っ走った。

前に走っている車があればセンターラインをまたいででも追い越してやった。ドイツのエンジンはすべての道路で尊敬をあつめることになっているのだ。背中に大きな袋をのせた驢馬が牽かれてゆく。黒い騾馬の牽く馬車を追い越す。その板張りの荷台には白い頭巾をかぶった老婆たちがうずくまっていた。トラクターやオート三輪車が近づいてきては、弾丸のようにうしろへ流れ去る。

風が——まるで矢印のように僕のゆくべき道を指している。いつしか風景の流れがゆるやかになり、不意にどんどんゆるやかになり、胸騒ぎを覚えてしまうほどまでになり、ついに僕が車を道路脇に出したところで完全に止まってしまった。

僕はステアリングを両手で握りしめたまま、身動きをしなかった。自分の心臓の鼓動以外、なんの音もしない。埃にまみれたフロントガラスの先には、黄砂のさらさら流れるアスファルトがどこまでものびていた。

車を降りてボンネットを開けると、エンジンが白い煙を盛大に噴き上げた。煙は道路にまで流れ出し、砂埃と混ざっていつまでも車のまわりにわだかまっていた。

僕は車からすこし離れたところにしゃがんで煙草を吸った。そのうち爆発するかもしれない。それならそれでかまわなかった。煙は風に散らされ、くすぶる程度になり、やがてすっかり落ち着いた。

煙草を投げすて、運転席にもどってイグニションキーをまわしてみる。うんともすんとも言わない。何度か挑戦していると、もはやこれまでというような爆発音が一発、エンジンルームからあがった。

こうなってしまってはもう手の施しようがない。しばらく運転席にすわって、横を走りぬけていく車をぼんやり眺めた。僕が過去に追いぬいていったやつらだ。何台かがスピードを落としてベンツをやりすごし、哀れむような視線を投げかけ、また一目散に未来へむかって走り去った。

タンタンタンタンというディーゼルエンジンの音が遠くでしていた。だけど僕がリュックサックからミネラルウォーターのボトルを出し、それを飲みながらビスケットをかじり、またそれらをリュックサックにしまい、煙草に火をつけて一服するまで、そのトラクターはやってこなかった。

僕は車から降りて、アスファルトに立って手をふった。

青いトラクターはベンツのすぐうしろで停まり、運転していた年寄りがうなずきかけてきた。年寄りは黄土とおなじ色の鳥打帽をかぶり、帽子とおなじ色の上着を羽織っていた。

「你好《こんにちは》」

年寄りはベンツを見やった。「抛锚了《エンコかね》？」

「町まで乗せてもらえませんか？」

「どこからきたんだね？」

「日本です」

「日本か。日本人がこんなところでなにをしとるのかね？」

「車が壊れて立ち往生してるんです」

なにがツボにハマったのかはわからないが、年寄りは僕の答えでひとしきり笑った。喉がガラガラ鳴り、その勢いでカアッと痰《たん》を切って吐きすてた。

「町へはいかんよ」

「電話があるところならどこでもいいんですが」

年寄りは上着のポケットからスマホをひっぱり出して、こっちに差し出した。

「打吧《かけなさい》」

「…………」

「どうした？」

「いえ」僕はそれを受けとった。「携帯電話をお持ちなんですね」

「近頃はだれだって持っとるよ」

いったん車にもどり、リュックサックから柳沢の名刺をあさり出し、彼の携帯を鳴らした。すぐにつながった。

「高良です」

「ざけんなよ、てめえ」

「西安にもどる途中のどこかです」僕は車の横に立ち、まっすぐにのびる道路を見渡した。「車が壊れて動かなくなりました」

「いまどこ？」

「すみません」

短い沈黙のあとで声がとどく。「けっきょく他人にすがりつくんじゃないか」

その口ぶりからして、柳沢は腹が減っているか、本当に腹が立っているかのどっちかだ。

「自分に言い訳をしないのって、どんなかなと思ったんです」

「なんの言い訳だよ？」

「年齢や距離や国籍や、とくに過去の失敗に逃げこんでなにもしないことへの。わかんないけど、こういうことって一度くらいやっておかなきゃならないような気がして」

「だれかに迷惑をかけてもかよ？」

「だれでもいいってわけじゃないですけど」

「どういう意味だよ？」

「そのまんまですよ」

舌打ちが聞こえた。「あの女は？」

「死んだそうです」

「マジで？」

「たぶん」

「たぶん？」

「確認したわけじゃないんで」

柳沢が鼻で笑った。「それだって言い訳じゃん？」

「たしかにそうですね」

「おまえがやったことだって言い訳でしかないんだぞ」

「だから、こうして電話をかけてるんです」

沈黙が流れた。老人はトラクターの運転席で煙草を吸っている。その横を車が一台走りぬけた。

「西安からあの村にいく途中のどこかにいます」僕は言った。「柳沢さんがくるまで待ってますよ」

舌打ちが聞こえ、電話が切れた。

僕は車をまわってトラクターまでいき、礼を言って携帯電話をかえした。「たすかりました」

老人はうなずき、携帯を上着の胸ポケットにもどした。金を払おうとすると、彼は蠅《はえ》でも追っ払うような仕草をした。

「じゃあ、ありがとうございます」僕は頭を下げた。「本当はもうお金があまりないんです」

「これからどうするのかね？」

「友達が車をとりにくるのをここで待ちます」

「いつくるのかね？」

「わかりません」

「わしらの村へくるかね？」老人が言った。「明日になったら、だれか町にいく者を見つけてやれるが」

「謝謝《ありがとうございます》　您。でも、やっぱりここで待つことにします」

「車が心配かね？」

「ぜんぜん」

「事情がありそうじゃな」

「そうでもないのですが」

「そうか」

「はい」

「じゃあ、わしはもういくよ」

「ありがとうございました」

老人はトラクターを動かし、またエンジンをタンタンタンタンと響かせて道路をゆっくりと走り去った。

真昼の太陽の下、気が遠くなるほど長い道をゆくトラクターの青い影が、いつまでも、いつまでも、見えていた。

その場にあるはずのないもの。それが僕という人間だった。僕はまだこの世に存在すらしていないのかもしれない。できることなら、これから先も存在したくない。

それでもいつか、僕はもっと複雑になってしまうのだろう。この世界と見合うほどに。たぶん、それが自分の居場所を見つけるということなのだ。

だけど、それはまだ先の話だ。

いまはまだ砂漠の魚のように実体がなく、だから好きなだけ車のそばにたたずんでいられた。

解説

池上冬樹
（文芸評論家）

瑞々しい青春小説だなあ、と思わずためいきが出た。五年ぶりに読み返して、あらためてそう思う。こういうロードノベル風の青春小説を書かせたら、やはり東山彰良しかいないないし、『恋々』（『さよなら的レボリューション　再見阿良《ツァイチェンアリャン》』改題）を書いたからこそ、傑作『流』が書けたのではないか、少なくとも助走になったのではないかと思う。

ではまず、本書『恋々』を語る前に、『流』の話からしよう。

『流』は二〇一五年に上梓されて、すぐに読書界の話題をさらった。僕もすぐに新聞に書評を書いたほどだ。台湾人の秋生が祖父殺しの謎を追及するミステリであり、少年が喧嘩《けんか》にあけくれる躍動感にみちた青春小説であり、幼なじみの少女と過去のある女性二人との関係を描くリリカルな恋愛小説であり、そして何よりも台湾人の波瀾に富む家族の歴史を描いた家族小説であり、同時に戦争の悲劇を捉えた反戦小説でもある。圧倒的な厚みをもつ希有な物語で、第一五三回の直木賞にノミネートされて、受賞の運びとなった。

直木賞受賞もすごいけれど、驚くのはその評価の高さだろう。「二人の委員が、自分が選考に関わって以来の最高作だ、と絶賛した。……たしかに素晴らしい読書体験だった」と東野圭吾がいえば、「これほどエンターテイメント〝どまん中〟の小説は久しぶりで、本当に楽しませてもらった。……選考委員満場一致の受賞となった」と林真理子も絶賛する。

だが、ほかの選考委員の文章はもっと熱い。「『流』の声は熱く、豊かな声質であった。或る時は叫び、或る時は囁き、或る時は沈黙さえしていても常に耳の底に作者の声がしていた」（伊集院静）「暑さが、食物の匂いが、ドブの臭さが、街の埃っぽさが、行間から立ちのぼってくる。混沌であるが、そこから青春の情念を真珠のひと粒のようにつまみ出した」（北方謙三）「文章に勢いがあり、作者も書くことを楽しんでいるとみえて、まるで本がはね回るような躍動感が漲っていた」（浅田次郎）「活き活きとした表現力、力強い文章、骨太のストーリーテリング、〈人生・青春・家族の滑稽と悲惨〉を把握して全編に漂うユーモア、全てにおいて飛び抜けた傑作」(宮部みゆき)と、まさに称賛の嵐である。選評がこれほどの絶賛にうまるのは、直木賞の歴史の中でも極めてまれなことだろう。

しかし『流』が簡単に生まれたわけではない。『流』に至るまでの東山作品は実にバラエティにとんでいる。もともと東山彰良は二〇〇二年、近未来の日本を舞台にした脱獄小説「タード・オン・ザ・ラン」で第一回の『このミステリーがすごい!』大賞の銀賞および読者賞を受賞してデビューした。(二〇〇三年『逃亡作法　TURD ON THE RUN』と改題して出版された)

これは日本人、台湾人、韓国人、中国人などの一癖も二癖もあるキャラクターを賑々《にぎにぎ》しく絡《から》ませた、クエンティン・タランティーノ風の暴力と笑いを加味した犯罪小説で、その路線は『ワイルド・サイドを歩け』『ラム&コーク』『さようなら、ギャングランド』『さすらい』(『愛が嚙みつく悪い星』改題)と続く。これらは東山が〝師匠〟と仰ぐ、エルモア・レナードの世界を日本に置き換えたような軽妙かつハードボイルドな世界でもあった。ただレナードと比べると一段と諧謔《かいぎゃく》精神にとんでいて皮肉なユーモアが光るけれど、もうひとつ強烈な個性が発揮されているとはいえなかった。

やがて犯罪小説から離れて音楽小説『イッツ・オンリー・ロックンロール』、青春サスペンス『路傍』(第十一回大藪春彦賞受賞)、SFハードボイルド『ジョニー・ザ・ラビット』、青春ノワール『ライフ・ゴーズ・オン』、青春ロードノベル『恋々』、恐怖劇(グランギニョール)『ファミリー・レストラン』、医療サスペンス『ミスター・グッド・ドクターをさがして』、近未来を舞台にしたSF的西部劇『ブラックライダー』、ユーモア小説『ラブコメの法則』、ゾンビ小説『キッド・ザ・ラビットナイト・オブ・ザ・ホッピング・デッド』、そして『流』など多岐にわたる作品を次々に送りだしてきた。

東山作品はみな意欲的で完成度も高い。宮部みゆきは『ブラックライダー』こそ東山彰良のベスト1と推しているし、ほとんど注目されなかったが、『ラブコメの法則』も収穫のひとつ。映画評論家がおもにアメリカン・ニュー・シネマを論じながら、彼自身の女系家族の歴史を絡めて、ラブコメの法則にそった恋愛を語る。東山彰良がもつ傑出した批評性がより直接的かつユーモラスに表現されていて個人的に愛着があるのだが、しかし、東山文学の流れを振り返ったとき、ターニング・ポイントとなったのは、やはり『路傍』だろう。

この小説は、二十八歳の「俺」と喜彦の物語。酔いつぶれたサラリーマンの財布をくすね、ドラッグを横取りし、密輸された爬虫類を売り、金持ちたちの変態セックスショーのお膳立てをし、北朝鮮からの密航者を運んだりする。学も金も仕事もない若者たちの無目的な暴走の口々を、いかにもチープで馬鹿馬鹿しくて、きわめて悲惨な笑いにくるんで描いているが、しかしそこには青春の真正な輝きがある。賑々しく戯画化されたキャラクターたち、脱力する俗悪な挿話の数々、クレージーでオフビートな展開など、初期の犯罪小説から解き放たれていちだんと自由で、いっそう洗練の度合いが増していた。

そして『路傍』と『流』をつなぐ作品こそが、本書『恋々』なのである。さすらう若者たちのよるべなき魂を、異性や文化との触れ合いで叙情的に捉えていて、青春小説として輝かせている。しかもここには『流』で重く語られる中国の歴史の闇と現実が、物語の背景としてすでに描かれてある。

物語の主人公は、三流大学に通う高良伸晃《たからのぶあき》、十九歳。弁当工場でバイトする以外、あてどない毎日であったが、大学の教室で、一人の中国人女子学生と出会ってから一変する。実は、彼には苦い恋の思い出があった。中学の時、好きな女の子に送ったメールが裏サイトで公開されて以来、自宅に引きこもるような日々を送っていたのだ。十九歳になっての初めての恋といえるが、相手の陸安娜《りくあんな》は気まぐれで、気がありそうでなくて、寄ってきては時にはとても冷淡だった。

やがて安娜に恋心をひきさかれて、高良は中国に短期の語学研修へ赴くことになる。その後、上海でバイト先の先輩に偶然出会い、頼まれて、盗難車の移送のため、一緒に上海から西安、そして黄土高原へと向かう。

一口でいうなら、元引きこもりの三流大学生が恋に破れて中国に渡り、上海から盗まれた車の回収に同行し、黄土高原を走って人生を見つめなおす話といえるだろう。簡単にまとめてしまうと平凡な印象を与えてしまうが、小説はそうではない。生き生きとしたユーモアがすばらしく、だらしなく、情けなく、恰好悪いのに、見栄をはったりする青年の姿に親しみを覚えてしまう。東山彰良はここでも次々にユーモラスな比喩をくりだし、鋭く観察し、脱力気味だが辛辣な挿話の数々で読者の胸をあつくさせるのである。ここにもまた詩情にあふれたやるせない青春の輝きがあり、切ない思いを味わわせてくれる。

陰影深い個性的な人物像や、緩急自在の語りの力もいいけれど、忘れてならないのは、さりげない優れた比喩であり（心情を投影した街の風景―「街を行き交う人々が人の形をしたなにかべつのもの、悲しみによく似たなにかに見えてくる」。絶望的な悲しみ―「心が水漏れをしている。あらゆるところから。あらゆる水が」）であり、至るところで開陳される教訓や戒めの言葉だろう。箴言《しんげん》といってもいいが、それが結びつき、テーマとして浮上してくる。

たとえば、引きこもり気味の情況からの脱出について。「動かなくてはならない時期というのがある。動け。／いま動かなければ、ゆるやかに空回りする人生から永遠にぬけ出せなくなってしまう」と。動けば「勇気も憧れも、そしてあせりでさえも少しずつ幸せへと変わってゆく」と。なんと力強い言葉だろう。あるいは、孤独という本質について。「出会いは孤独の結果であり、孤独の原因だと思う。新しい出会いが孤独を忘れさせてくれる。でも、孤独はけっしていなくなったりしない」と。「人って孤独の密度が低いところへ流れるようにできてるんだよ。だから、だれかにすがりついたり旅をしたりする。でもね、その密度がいちばん低いところって、けっきょくはひとりきりだということを悟ることなんじゃないのかな」といい、こう付け加える、自殺も考えた孤独な時期の「あの何年間、あんたは知らず知らず正しい場所に足を踏み入れてたんだよ」孤独をとことんかみしめる場所は〝正しい場所〟なのであり、人生に大いに必要であるというのだ。

ほかにも多くの箴言があるが、目立つのは中国に関するものだろう。「法律なんてそのときの権力に都合のいいものでしかない。善悪なんて場所が変われば変わる」といい、ある小話から中国の教訓を引き出す。つまり「善悪に縛られるやつは他人につけこまれる、そんなやつとはいっしょに商売できない」「世界は親切でも意地悪でもねぇってことさ。いつだって俺たちのほうが勝手に期待して勝手に裏切られるんだ。世界はそこにあるだけだ。すくなくとも中国ではそうさ」といって運命の話をする。「運命ってやつはよ、老婆の指に七十年もはまっている金の指輪みてぇなもんさ。はめるときは一瞬だけど、いまはもうどうしたってとれやしねぇ。わかるかい、俺の言ってること？」「ああ、はずそうと思ったら指をちょん切るしかねぇってことだろ？」

「そうだ。で、そんなことをしようもんなら……たちまち刑務所いきさ」運命を甘受するしかない中国の民衆の真情を小話や譬《たと》えで引き出している。

物語の最後で、高良がたどるプロセスは、中国の歴史の犠牲者の救済だろう。日本人による中国人の救済であるけれど、これが、中国人同士の対立と救済と許しという構図になるのが、『流』である。

作家は何度も同じテーマを変奏する。そのたびに前作よりも深く奏でることができ、より広い別の世界を繰り広げることになる。『流』という傑作を書き上げることができたのは、『恋々』を書いていたからだろう。『恋々』を書いたからこそ、より高い境地の『流』を生み出すことができたのである。その意味において、本書『恋々』は、東山文学には欠かせない要《かなめ》の作品といっていい。

二〇一六年二月

新装版・追記

『さよなら的レボリューション』が『恋々』というタイトルに変更になり、新装版として出ることになった。ストーリーに変化はないが、細かいところに加筆・訂正が入っていて、より主人公の内面を強く打ち出すようになっている。

たとえば、序盤で、陸安娜と親しくなるきっかけの教室の場面がある（30頁）。主人公がジョージ・オーガスタス・ロビンソンの話をして教室が白けるところだ。旧版では「なにもいえなくなってしまった。」の一行で終わっているが、新装版では、「なにも言えなくなってしまった。胸がドキドキして吐きたくなった。そもそもなぜ自分なんかに、人のためになることが言えると思ったのだろう。それ以前に、なぜ僕はこの世に生まれてきてしまったのだろう。」と加筆して、主人公の後悔と戸惑いを強調している。

それはその次の頁にもある。旧版では「あまりにもどうしていいのかわからなかったから、あやうく彼女のことを憎んで自分を慰めてしまうところだった。」で終わっているが、新装版ではこのあとに「それからあとは、だれの注意も惹かないようにただひたすら小さくなっていた。消えてしまったっていいくらいだった。」と付け加えられている。若さゆえに感じる羞恥心を明らかにして滑稽感をかもしだし、そのあとの陸安娜との会話の嬉しさを際立たせている。

このように細かい加筆訂正が入っている（エピグラフも変更になっている）ので、すでに読まれている方も、新たな作品として読まれるといいだろう。

先の解説では、「東山文学には欠かせない要の作品」と書いたけれど、直木賞受賞の『流』のあと、東山彰良はいちだんと大きく飛躍する。食人が流行している文明崩壊後を神話的に描く『罪の終わり』で中央公論文芸賞、連続殺人鬼と弁護士の接点を過去に求める『僕が殺した人と僕を殺した人』で織田作之助賞、読売文学賞、渡辺淳一文学賞の各賞を受賞したからだ。特に『僕が殺した人と僕を殺した人』はめざましい傑作だろう。

著者によると『流』はポジで、『僕が殺した人と僕を殺した人』はネガとなる。『流』と同じく一九八四年の台湾を舞台にした青春小説であるが、おおらかな青春讃歌の『流』と比べると『僕が殺した人と僕を殺した人』は殺人をめぐる犯罪小説の側面が強い。

物語は二〇一五年冬、米国で連続殺人鬼「サックマン」が逮捕され、弁護士の「わたし」が刑務所に会いにいく場面から始まる。台湾から米国に移住した「わたし」は、三十年前に台湾で殺人鬼と出会っていたからだ。こうして物語は、一九八四年夏へとさかのぼることになる。台湾の中学生の「ぼく」は、牛肉麵屋の息子のアガンと弟のダーダー、正義感の強いジェイたちと友情を育みながら、ある犯罪計画をたてるという内容だ。

現代と過去のパートを並行させて、殺人鬼が誰であるかを中盤以降で明らかにするミステリの形をとるけれど、『路傍』『ファミリー・レストラン』『流』をあげるまでもなく、東山彰良は単純なミステリも青春小説も書かない。ミステリ的構成を逆手にとって、謎は解かれるよりも解かれないほうがはるかに輝くことを、青春小説の文脈で十二分に示しているからである。〝人間はいつだってそのだれかの想いによってつくられる〟(ジャック・ラカン)を引用して、人物たちが背負う罪と想いを具体的に明らかにしていくのだが、これも実に読ませる。文章は詩的で、時に象徴的。重くはなく、むしろ軽やかにリズムを刻み、直情的で愚かな行為にみちた青春の日々を生き生きと捉え、自分にもこれに似た想いがあったと、読者は振り返ることになる。触れれば痛みを感じるような記憶の棘《とげ》、つまり罪や後悔の念があらためて喚起され、それが誰かに影響を与えたかもしれないと、わがことのように思い至るのである。内省をうながす小説だ。この青春の痛みは、『さよなら的レボリューション』あらため『恋々』にもある。『流』にも、また。

『流』や『僕が殺した人と僕を殺した人』ではじめて東山彰良に触れた読者は、ぜひとも本書を手にとってほしい。東山文学が大きく飛躍するうえで「欠かせない要の作品」であることがわかるだろう。

二〇二〇年八月

この作品は2010年7月徳間書店より刊行された
『さよなら的レボリューション　再見阿良』（文庫2016年3月）を改題しました。
なお、本作品はフィクションであり実在の個人・団体などとは一切関係がありません。

徳間文庫

恋《れん》々《れん》

2020年9月15日　初刷

著者　東《ひがし》山《やま》彰《あき》良《ら》

発行者　小宮英行

発行所　株式会社　徳間書店

東京都品川区上大崎三―一―一　〒141―8202
目黒セントラルスクエア

電話　編集〇三(五四〇三)四三四九
　　　販売〇四九(二九三)五五二一

振替　〇〇一四〇―〇―四四三九二

印刷
製本　大日本印刷株式会社

ISBN978-4-19-894592-3　(乱丁、落丁本はお取りかえいたします)

徳間文庫の好評既刊

電球交換士の憂鬱

吉田篤弘

十《じゅう》文《もん》字《じ》扉《とびら》、職業「電球交換士」。節電が叫ばれLEDライトへの交換が進む昨今、仕事は多くない。それでも古き良きものにこだわる人の求めに応じ電球を交換して生計を立てていた。人々の未来を明るく灯《とも》すはずなのに……行く先々で巻き込まれる厄介《やっかい》ごとの数々。自分そっくりの男が巷《ちまた》で電球を交換してる？　最近俺を尾行してる黒い影はなんだ？　謎と愉快が絶妙にブレンドされた魅惑の連作集！

徳間文庫の好評既刊

小路幸也

猫と妻と暮らす

蘆《あし》野《の》原《はら》偲《し》郷《きょう》

ある日、若き研究者・和《かず》野《の》和弥《かずや》が帰宅すると、妻が猫になっていた。じつは和弥は、古き時代から続く蘆《あし》野《の》原《はら》一族の長《おさ》筋の生まれで、人に災厄をもたらすモノを、祓うことが出来る力を持つ。しかし妻は、なぜ猫などに？　そしてこれは、何かが起きる前触れなのか？　同じ里の出で、事《こと》の見立てをする幼馴染みの美津濃《みずの》泉水《いずみ》らとともに、和弥は変わりゆく時代に起きる様々な禍《わざわい》に立ち向かっていく。

徳間文庫の好評既刊

今野 敏

遠い国のアリス

売れっ子少女漫画家の菊池《きくち》有栖《ありす》は、締め切りに追われる毎日。羽根を伸ばしに信州の知り合いの別荘をひとり訪れた。その夜高熱にうなされた有栖は、朝目覚めると自分の周辺の人間関係や細かい物事が少しずつおかしなことになっているのに気づく。昨日までと違うちぐはぐな世界に「ここは私がいたところじゃない！」。それは想像を超えた時空の旅の始まりだった。異色の青春ファンタジー。